KB074408

광인과 수녀
쇠물닭
폭주 기관차

WARIAT I ZAKONNICA
KURKA WODNA
SZALONA LOKOMOTYWA
by Stanisław Ignacy Witkiewicz

스타니스와프 이그나찌 비트키에비치
광인과 수녀
쇠물닭
폭주 기관차

정보라 옮김

wo
rk
ro
om

일러두기

이 책은 1985년 폴란드 국립 출판사(Państwowy Instytut Wydawniczy)에서 출간된 스타니스와프 이그나찌 비트키에비치(Stanisław Ignacy Witkiewicz)의 『작품 선집(Dzieła wybrane)』 중 5권 『희곡들(Dramaty)』을 한국어로 옮긴 것이다.

본문의 주는 옮긴이가 작성했으며, 원주는 별도로 표기했다.

원문에서 이탤릭체나 밑줄, 띄어쓰기 등으로 강조된 부분은 방점을 찍어 구분했고, 대문자로 표기된 부분은 고딕체로 옮겼다.

고유명사와 지명 등 폴란드어는 최대한 원래의 발음에 가깝게 적었다. 스타니스와프 이그나찌 비트키에비치의 경우 중간 이름(Ignacy)은 "Ig-na-tsy"로 발음되며, 성(Witkiewicz)의 마지막 발음은 "츄"에 가깝다. 그러나 (국립국어원 외래어 표기법에 따라 통용되고 있는 폴란드 출신 작가 인명인) 비톨트 곰브로비치(Witold Gombrowicz)와 마지막 철자가 같기에 통일성을 기해 '비트키에비치'로 표기했다. ─ 옮긴이

차례

작가에 대하여 _____ 7
이 책에 대하여 _____ 9

광인과 수녀 _____ 11
쇠물닭 _____ 55
폭주 기관차 _____ 133

부록
연극 분야에서 순수한 형태 이론에 대한 서문
_____ 179

옮긴이의 글 _____ 225
스타니스와프 이그나찌 비트키에비치 연보 _____ 241

작가에 대하여

스타니스와프 이그나찌 비트키에비치(Stanisław Ignacy Witkiewicz, 1885-1939)는 폴란드의 아방가르드 극작가, 소설가, 화가다. 폴란드 바르샤바에서 태어난 비트키에비치는 아버지와 이름이 같았기에 중간 이름 이그나찌와 성 비트키에비치를 합쳐 '비트카찌'라는 또 다른 이름을 지어 활동했다. 비트카찌는 크라쿠프 예술 학교에 다니면서 새로운 예술 사조들을 접하고, 1911년 첫 중편소설 「붕고의 622가지 몰락, 혹은 악마 같은 여자」를 발표한다. 1914년 제1차 세계대전이 발발하자 당시 폴란드를 지배하고 있었던 러시아제국의 기병대에 입대하고, 1917년 전역한다. 1918년 폴란드로 귀환한 비트카찌는 이후 전시회를 열고 "S. I. 비트키에비치 초상화 회사"라 자칭하며 여러 초상화 기법을 실험하는 한편 희곡과 예술 이론, 소설 등을 두루 집필하기 시작한다.

　　부조리극의 선구 격인 비트카찌의 희곡은 예술이 형이상학적이고 추상적인 고양감과 절대적인 아름다움을 불러일으켜야 한다는 '순수한 형태' 이론을 바탕으로 한다. 비트카찌는 희곡 「실용주의자들」, 「새로운 해방」, 「미스터 프라이스」, 「그들」, 「쇠물닭」, 「갑오징어」, 「광인과 수녀」, 「폭주 기관차」, 「피즈데이카의 딸 야눌카」, 「어머니」, 「벨제부브 소나타」, 「구두 수선공들」, 소설 『가을에 보내는 작별』과 『탐욕』, 예술 이론 「순수한 형태에 대하여」, 「미술의 새로운 형태와 그로 인한 오해들」, 「연극 분야에서 순수한 형태 이론에 대한 서문」, 에세이 「마약: 니코틴, 알코올, 코카인, 페요틀, 모르핀, 에테르」 등을 집필했고, 1939년 9월 18일 자살했다. 1985년 탄생 100주년을 맞이해 유네스코가 '비트카찌의 해'를 선포했다.

이 책에 대하여

이 희곡집은 1985년 폴란드 국립 출판사에서 출간된 스타니스와프 이그나찌 비트키에비치 작품선 다섯 권 중에서 5권 『희곡들』을 번역한 것이다. 작품선 4권과 5권에는 희곡과 에세이, 미완성 작품 일부 등이 나뉘어 수록되어 있다. 그중 특히 연극 분야에 대한 글 「연극 분야에서 순수한 형태 이론에 대한 서문」도 이 책에 부록으로 함께 실어 작가가 어떤 생각에 기반해 희곡 작품을 전개해 나갔는지 살펴볼 수 있도록 했다.

비트카쩨는 자신의 '순수한 형태 이론'이 선언적이거나 계획적이지 않다고 말하며 서두를 열지만, 이후 글은 상당히 단정적이고 강렬한 어조 아래 논리적이고 분석적으로 전개된다. 그는 연극과 종교의 오랜 관계와 고대 그리스 시대에서부터 비롯된 이데아와 현실 세계를 둘러싼 이원론을 살피고 연극을 다른 장르와 면밀히 비교하면서 당대를 "모든 종류의 형이상학이 몰락하는 시기"라고 판단한다. 그러면서 (상징주의와 종교의 영향 아래) 절대적이고 추상적이고 관념적이고 이상적인 아름다움을 "순수한 형태"라고 명명하고, 이러한 형이상학적 감각과 순수한 형태를 관객에게 직접 느끼게 해주는 "완전히 새로운 유형의 작품들"을 통해서만 극예술이 진정으로 부활할 수 있으리라고 주장한다.

「광인과 수녀」, 「쇠물닭」, 「폭주 기관차」는 그의 여러 희곡 중 영어 등 여러 언어로 번역 소개되었고 상대적으로 널리 알려진 작품들이다. 비트카쩨는 다다이즘과 초현실주의의 선구자였던 알프레드 자리, 실내극을 창시한 아우구스트 스트린드베리, 베데킨트부터 브레히트까지 독일 표현주의 연극들, 다다이스트들의 카바레 볼테르, 앙토냉 아르토의 잔혹극 등 부조리와 해프닝의 극예술 계보를 또 다른 방식으로 이어 간다. 이를테면 극 속에서 죽은 이들이 어느 순간 버젓이 다시 살아나 있는데, 폴란드의 모더니스트 작가들인 브루노 슐츠와 비톨트 곰브로비치에 이어 스타니스와프 이그나찌 비트키에비치의 작품을 국내에 소개하게 된 옮긴이 정보라는 이러한 '부활'을 두고 (바흐친이 도스토옙스키에 대해 얘기한 말을 빌려) 비트카찌가 추구한 '순수한 형태'에 도달하는 과정을 인물의 활동으로 표현한 "관념의 체화"에 가깝다고 본다(「옮긴이의 글」 참조). 이상을 추구한 끝에 현실을 벗어나 버린 다음 전혀 다른 모습으로 현실에 재등장하는 인물들은 과연 완전히 새롭다. 또한 곰브로비치의 작품들이 그러하듯이, 무엇보다 예상치 못한 방향으로 재미있다.

편집자

광인과 수녀
혹은
더 이상 나빠질 수 없는 나쁜 일이란 없다

3막 4장의 짧은 희곡

세상의 모든 광인들에게
(우리 태양계의 다른 행성들과, 은하수의 다른 태양계 행성들과
다른 은하계도 포함)
그리고 얀 미에치스와프스키*에게 바침

* Jan Mieczysławski Frydman (1884~1927). 시인, 번역가. 제1차 세계대전 이후
폴란드 자코파네에 머물며 파르나시즘의 강력한 영향 아래 「노래(Pieśni)」(1910), 「류트
찬가(Pochwała lutni)」(1922) 등의 시를 썼다.

등장인물

미에치스와프 발푸르그 28세. 갈색 머리에 대단히 잘생겼고 체격
　도 완벽하다. 턱수염과 콧수염이 아무렇게나 자랐다. 긴 머리카락. 환
　자복을 입었다(구속복). 광인. 시인.

안나 수녀 22세. 아주 옅은 금발에 매우 예쁘며 적당히 '상대적으로'
　영적으로 고양되어 있다. 환상적인 수녀복 차림. 가슴에는 사슬 목걸
　이에 달린 커다란 십자가.

바르바라 수녀 수녀원장. 안나 수녀와 똑같은 복장. 60세. 성 마테오
　수녀회 고위 수녀.

얀 부르디기엘 박사 35세. 평범한 정신과 의사. 짙은 금발에 턱수
　염. 흰 의사 가운.

에프라임 그린 박사 32세. 프로이트 학파에 속하는 정신분석가. 유
　대인 타입으로 머리카락이 검지만 천사처럼 아름답다. 흰 의사 가운.

에르네스트 발도르프 교수 나이 들고 쾌활한 55-60세 정도 사내.
　숱 많은 회색 머리. 깔끔하게 면도했다. 금테 안경. 영국식 양복 정장.

병원 잡역부 두 명 턱수염 난 사나운 짐승들. 알프레트 — 검은 턱수
　염, 대머리. 파프누찌 — 붉은 턱수염, 머리카락이 있다. 병원 제복을
　입었다.

희곡의 배경은 '포드 즈데흐윔 자용치키엠[죽은 토끼 아래]' 정신병원의
광란이 심한 정신병 환자들을 위한 병실에서 벌어진다.

제1막

무대는 광란성 정신병 환자들의 병실을 보여 준다. 왼쪽 모서리에 소파. 소파에 이런 글이 걸려 있다. "조현병", 20번. 창문 맞은편에 25개 정도의 작고 두꺼운 렌즈가 쇠창살로 나뉘어 놓여 있다. 창문 아래 탁자. 의자 한 개. 오른쪽 문 나사에서 끽끽 소리가 난다. 소파에 구속복에 감싸인 채 미에치스와프 발푸르그 잠들어 있다. 천장 등불이 어둡게 켜져 있다. 부르디기엘 박사 안나 수녀를 데리고 들어온다.

부르디기엘. 바로 이 사람이 우리 환자요. 지금은 클로랄과 모르핀을 대량 투여해서 잠들어 있소. 불치의 환자들을 천천히 중독시키는 것이 우리의 비밀스러운 원칙이지. 하지만 어쨌든 그륀이 옳을지도 몰라. 난 새로운 걸 더 이상 아무것도 받아들일 수 없는 상태의 그런 꽉 막힌 정신과 진상이 아니오. 난 실험을 허용해요. 게다가 나뿐만 아니라 발도르프 교수도 이미 방법이란 방법은 다 써 버렸으니까. 조현병. 만약 수녀님이 — 이건 몹시 의심스럽지만 — 그의 그 — 정신분석학자들이 말하는 '콤플렉스'를 해결해 줄 수 있다면, 수녀님이 자신의 여성적인 직관을 이용해 저 환자 영혼의 어두운 곳까지, 잊혀 버린 곳, 소위 '정신적 트라우마'까지 뚫고 들어갈 수 있다면, 난 그저 그륀의 성공을 기뻐할 거요. 정신분석에 대해서라면 난 그 연구 방법은 인정하지만 치료적 가치는 믿지 않아요. 그건 평생을 치료에 바칠 수 있는 사람들한테만 좋은 거지. 자 여기 의자 있소.

(안나 수녀에게 의자를 권한다.)

안나 수녀. 좋아요, 의사 선생님, 하지만 제가 정확히 뭘 해야 하는 거죠? 제가 어떻게 시작하면 좋을까요? 바로 그게 가장 중요한 일인데 여쭤 보는 걸 잊어버렸어요.

부르디기엘. 수녀님은 특별히 아무것도 하지 마세요. 수녀님의 직접적인 직관과 관련해서라면 수녀님은 양심의 목소리가 명령하는 대로 완전히 자유롭게 행동하면 됩니다. 다만 그 어떤 핑계를 대더라도 저 사람의 요구를 들어줘서는 안 됩니다. 아시겠어요?

안나 수녀. 선생님, 저는 종교에 귀의한 사람이라는 점을 다시 말씀드리고 싶네요.

부르디기엘. 너무 기분 상해 하지 마세요. 순전히 형식적인 절차예요. 그럼 이제 가 보겠습니다. 한 가지만 더요. 가장 중요한 일은 저 사람에게서 '콤플렉스', 그러니까 기억에서 잊혔지만 이 모든 혼란의 원인이 된 사건을 끌어내는 일이라는 걸 기억하세요.

(안나 수녀 고개를 끄덕인다. 부르디기엘 나가면서 문을 잠근다. 안나 수녀 앉아서 기도한다. 잠시 정적. 발푸르그 깨어나 소파에서 몸을 일으킨다. 안나 수녀 몸을 떤다. 일어나서 움직이지 않고 서 있다.)

발푸르그. (앉은 채로) 이건 무슨 환각이지? 이런 건 한 번도 겪어 본 적이 없어. 뭐야, 젠장? 말을 해.

안나 수녀. 난 유령이 아녜요. 당신을 돌보려고 파견됐어요.

16

발푸르그. (일어나며) 아하. 내 고귀하신 형리들의 새로운 발
상이군.

　　　지옥 같은 생각들이
　　　내 의식에 작용한다.
　　　그리고 영혼은 어딘가에 숨어
　　　아무도 거기에 대해 묻지 않는다.
이름이 뭐죠? 난 2년간 여자를 본 적이 없어요.

안나 수녀. (몸을 떤다.) 저의 세례명은 안나예요.

발푸르그. (갑작스러운 욕정을 드러내며) 그럼 수녀님, 수녀로서
나한테 입 맞춰 주세요. 입 맞춰 줘요. 내가 직접 할 수
는 없어요. 당신은 아름다워. 아! 이게 무슨 고문이지!
(수녀에게 가까이 간다.)

안나 수녀. (물러나며, 멀고 차가운 목소리로 말한다.) 저는 당신의
지친 영혼을 달래 주기 위해 여기 있는 거예요. 저 자
신은 삶을 넘어섰어요. 제 수녀복이 보이지 않으세요?

발푸르그. (진정하며) 아 ── 그러니까 그렇게는 안 되나요? 우리
진정합시다. (다른 어조로) 난 살아 있는 시체예요, 안나 수
녀님. 나한테 필요한 건 돌봐 주는 게 아니라 죽음이오.

안나 수녀. 전 당신보다 훨씬 더 죽어 있어요. 당신은 병에
서 회복할 거고 앞으로 온 인생이 눈앞에 펼쳐져 있을
거예요. (발푸르그 수녀를 아주 자세히 들여다본다.)

발푸르그. 당신은 어째서 수녀가 됐죠? 이렇게 젊고 이렇게
아름다운데.

안나 수녀. 그런 얘기는 하지 말죠.

17

발푸르그. 난 말해야 해요. 당신은 한때 나한테 전부였던 그 여자하고 닮았어요. 어쩌면 그냥 그렇게 보이는 것이겠지만. 여자는 이미 죽었어요.

안나 수녀. (몸을 떤다.) 죽어요?

발푸르그. 당신도 어쩌면 삶에서 비슷한 일을 겪었군요. 난 곧장 알아봤어요. 그 사람도 마찬가지로 죽은 거죠. 그렇죠?

안나 수녀. 아, 하느님 맙소사, 제발 그 얘기는 하지 말아요. 난 이미 다른 세상에 있어요.

발푸르그. 하지만 난 그렇지 않아요. 당신이 스스로 선택해서 살고 있는 그 새로운 세계가 몹시 부럽군요. 난 바로 여기, 이 끔찍한 감옥에서, 내 형리들이 나를 내던진 세계, 내가 증오하는 세계에서 살아야만 해요. 그리고 진짜 나의 세계는 내 머릿속에서 끊임없이, 심지어 잠들어 있을 때도 돌아가는 시계예요. 차라리 죽는 게 천 번 나을 거예요. 하지만 난 죽을 수 없어요. 그런 게 우리 같은 미친 사람들, 죄 없이 고통받는 사람들에게 적용되는 법률이죠. 우리는 최악의 범죄자로서 고문을 당하고 있어요. 게다가 우리에게는 죽는 것도 허용되지 않아요. 왜냐하면 사회는 선해서, 아주 선해서, 우리가 제때 되기 전에 너무 빨리 고통에서 벗어나지 못하게 돌봐 주니까요. 하!! 이 저주받을 구속복을 벗겨 주시오! 숨이 막혀! 팔이 빠질 것 같아!

안나 수녀. 전 못 해요. 의사 선생님이 허락하지 않으셨어요.

발푸르그. (차갑게) 그러니까 당신은 내 형리를 도와주는 사람이라는 거요? 좋아요. 앉으세요. 얘기 좀 합시다. 시간이 있으니까. 오! 난 시간이 아주 많아요! 단지 뭘로 그 시간을 채울지 모를 뿐이오. 그리고 내 생각은 이미 참을 수가 없어요 — 참을 수가 없어…. (울음을 삼킨다.) 하지만 생각은 제자리를 빙빙 돌아야 해요, 마치 기계처럼. 내 머릿속에서는 지옥 같은 기계가 돌아가고 있어요. 그리고 그 기계가 무슨 요일 몇 시에 맞춰져 있는지 난 알지 못해요. 가끔은 이 고문이 더 이상 계속될 수 없겠다는 생각도 들어요. 하지만 그렇지 않아요 — 하루가 가고, 밤이 오고 다시 낮이 오고, 그 뒤엔 클로랄, 모르핀, 악몽으로 가득한 잠을 자고 나면 모든 일이 새로 시작된다는 그 느낌과 함께 무시무시하게 깨어나는 거요. 그렇게 계속, 계속….

안나 수녀. 그런 식으로 말하지 마세요. 부탁이에요, 제발 부탁이에요. 진정하세요. 내가 당신에게 전혀 도움이 될 수 없다면 의사 선생님한테 부탁해서 이 책임에서 물러나겠어요.

발푸르그. (사납게) 오 안 돼! 당신은 여기서 나갈 수 없어요! (스스로 진정한다. 안나 수녀 공포에 질려 뒷걸음친다.) 수녀님 미안합니다, 난 완전히 제정신이에요. 계속 얘기합시다. 난 금세 진정될 거예요. 내가 벌써 2년이나 여성을 본 적이 없다는 걸 당신이 이해해 주시기 바랍니다. 그래서 우리가 무슨 얘기를 하고 있었죠? 아하 — 당신이 누군가 잃었죠. 나도 그래요. 얘기해 주세요. 내 소개를 하겠습니다. (고개 숙여 인사한다.) 발푸르그입니다. 미에치 스와프 발푸르그.

안나 수녀. (휘청거린다.) 발푸르그? 내가 약혼자와 함께 당신 의 시를 읽었단 말예요? 아, 이건 끔찍해요! 고마워요. 당신 덕분에 얼마나 많은 황홀한 순간들을 보냈는지! 그리고 모든 일이 이렇게 끔찍하게 끝났군요.

발푸르그. 어쩌면 바로 내 시를 읽었기 때문일지도 모르죠. 어쨌든 아직은 전부 다 끝난 건 아니에요. 세상은 마 치 아무 일도 없었다는 듯 계속되고 있어요. 그리고 3 권은 나쁘지 않아요. 그건 내가 알죠. 3권을 쓰고 나서 난 여기로 거처를 옮겼으니까요. 알코올, 모르핀, 코카 인 — 끝이에요. 게다가 불행까지.

안나 수녀. 그런 재능이 있으면서 어째서 그런 짓을 한 거 죠! 당신 같은 예술가가 된다는 것 자체가 행복인데요.

발푸르그. 행복! 고문이오. 난 바닥까지 다 써서 뱉은 다음 죽고 싶었어요. 하지만 그러지 못했죠. 사회는 선해요. 내가 인생을 고문실에서 끝내야만 하도록 나를 구출했 죠. 아, 그 저주받을 의사의 윤리! 저 형리들의 종족을 전부 죽여 버리고 싶어요. (다른 어조로) 아시겠어요, 아직 학교에 다닐 때 난 하인리히 폰 클라이스트*의 전기를 공부했어요. "에르 퓌르테 아인 레벤 폴 이르툼…"**

---

* Bernd Heinrich Wilhelm von Kleist (1777-1811). 독일의 극작가, 소설가.
** Er führte ein Leben voll Irrtum... '그는 실책의 삶을 살았다….' 독일어.

예전에는 그걸 이해할 수가 없었죠. 지금은 완벽하게 이해할 수 있어요….

안나 수녀. 어째서 마약으로 스스로를 중독시킨 거죠? 대답해 주세요. 난 그걸 이해할 수가 없어요. 그토록 훌륭한 예술가였는데.

발푸르그. 어째서? 정말 이해 못 하겠어요? "마인 쾨르퍼샬레 콘테 니히 마인 가이스테스글루트 아우샬텐."* 누가 그렇게 말했죠? 내 영혼의 불길이 내 세속의 껍데기를 태워 버렸어요. 이제는 알겠어요? 내 신경절은 나에게 글을 쓰도록 명령했던 그 저주받은 무언가를 버텨 낼 수가 없었어요. 난 중독되어야만 했어요. 힘을 모아야만 했어요. 나는 원하지 않았지만 그렇게 해야만 했어요. 하지만 일단 기계 전체가, 낡고 약한 기계가 이토록 미친 듯이 움직이기 시작하고 나니까, 이제는 더 창작을 하든 안 하든 계속 움직여야만 해요. 뇌는 바닥까지 닳아 버렸지만 기계는 계속 돌아가죠. 그 때문에 예술가들은 미친 짓을 해야만 하는 거예요. 더 이상 아무도 통제할 수 없이 공허하게 속력을 내는 엔진을 대체 어떻게 하면 좋겠어요? 커다란 공장 기계실에 기관사가 없는 모습을 상상해 보세요. 모든 계기판의 바늘이 이미 오래전에 빨간 화살표를 넘어섰는데, 모든 것이 마치 광란하듯이 계속 돌아가는 거예요.

* Meine Körperschale konnte nicht meine Geistesglut aushalten. '내 몸의 껍질은 내 영혼을 견뎌 내지 못했다.' 독일어.

21

안나 수녀. (손을 비틀며 귀를 기울인다.) 하지만 어째서 지금, 우리 시대에 모든 것이 바로 이런 식으로 끝나야 하죠? 예전에는 달랐잖아요.

발푸르그. 이전에는 '형태에 의한 탐욕'이 없었고, 예술의 곡해도 없었어요. 그리고 인생은 영혼 없는 자동기계들의 목적 없는 움직임이 아니었어요. 기계로서의 사회는 존재하지 않았어요. 고통받는 짐승들의 짓눌린 덩어리가 있었고, 그 위에 욕정과 힘과 창조성과 잔혹성의 화려한 꽃이 피었죠. 하지만 이런 대화에 너무 빠져들지 맙시다. 삶에 대해 — 우리 삶에 대해 이야기하죠. 당신이 나에 대해 가지는 동정심만큼 나도 당신을 동정해요.

안나 수녀. 하느님, 하느님, 하느님….

발푸르그. 그래, 됐어요. 딱 한 가지 확실한 건, 예술 안의 위대함이라는 것 한 가지만이 오늘날 왜곡되고 광기에 차 있다는 거예요 — 물론 지금 형태에 대해 말하는 거죠. 하지만 탐욕스러운 자들이 아니라 창조하는 자들에게 있어 그들의 형태는 그들의 삶과 연관되어 있어요. 이제 당신 자신에 대해 얘기해 주세요. 그는 누구였죠?

안나 수녀. (몸을 떤다. 기계적으로 말한다.) 그는 공학자였어요.

발푸르그. 하, 하, 하, 하! 그래, 또 뭐가 있죠?

안나 수녀. (기분이 상하여) 어째서 웃는 거죠?

발푸르그. 난 전혀 웃지 않아요. 그저 그가 부러울 뿐이죠. 그는 기계의 톱니바퀴 중 하나였고, 톱니 가득한 쇠바퀴들 사이에 낀 길 잃은 조약돌은 아니었어요. 계속해요!

22

안나 수녀. 그는 나만을 사랑했지만 어떤… 여성을 끊어 내지 못했어요. 그리고 궁극적으로 끝내야만 했죠. 스스로 관자놀이를 총으로 쐈어요. 그래서 난 수녀원으로 갔어요.

발푸르그. 행복한 남자로군! 그의 죽음을 안타까워하지 마세요. 그러니까 심지어 공학자들조차도 오늘날 그런 문제의식을 가질 수 있다는 거군요. 그리고 당신은 그 때문에…. 아, 이 얼마나 괴물 같은지. 어째서 내가 당신을 더 일찍 만나지 못했을까!

안나 수녀. 그래서 대체 어떻게 되었을 것 같은데요? 당신도 그 여자를 괴롭혔듯이 날 괴롭혔을 거예요….

발푸르그. 그걸 어떻게 알죠? 당장 말해, 어떻게 알지? 그건 아무도 몰라요. 누가 당신한테 그렇게 말했죠?

안나 수녀. 난 '당신'이 아니라 수녀예요.

발푸르그. (완전히 차갑게) 수녀님은 그걸 어떻게 알죠? 궁금하군요. 난 완전히 침착해요.

안나 수녀. (잔인하게) 난 어쨌든 당신과 이야기하고 있고, 당신의 시를 알아요. 지금 이 순간 당신이 누군지도 알고요.

발푸르그. 아, 그렇군요. 난 구속복을 입은 정신병 환자예요. 아주 간단하죠. 하지만 내가 그 여자를 괴롭히듯 누군가를 이토록 고통스럽게 한다는 건 단순하지 않아요. 누가 누구를 죽였는지 모르겠어요. 그 여자는 자신을 희생했어요. 궁극적으로 난 죄가 없어요. 그 여자는 뇌의 염증으로 죽었어요. 그리고 난 내가 그 여자를 죽였는지 아니면 그 여자가 지금도 — 매일매일, 체계적인 고문으로 날 죽이고 있는 건지 모르겠어요. 여자가 죽은 뒤에 그 일기를 읽었는데 그제야 내가 얼마나 무시무시하게, 지옥같이 그 여자를 괴롭혔는지 이해했어요. 하지만 여자 자신이 그걸 원했어요. 그런 식으로 그 여자는 자기 자신을 죽였고, 지금은 날 죽이고 있죠. 아!!!
(구속복 속에서 몸부림친다.)

안나 수녀. 당신은 어째서 여기에 오게 됐죠?

발푸르그. 몸의 체계가 약해서죠. 코카인. 머릿속의 시계. 누가 누구를 죽였느냐 하는 건 영원한 질문이에요. 100분의 1초 동안 난 하느님과 사탄처럼 서로 반대되는 두 가지 생각을 해요. 하지만 그 결과는 시를 좀 쓰는 거죠. 아마 벌써 출간됐을 거예요. 내 누이가 그걸로 돈을 벌죠. 난 누이가 하나 있지만 그 애를 증오해요. 약간의 광란. 그래서 여기에 오게 된 거죠. 하지만 어쨌든 여기서는 건강을 회복할 수 없어요. 당신도 직접 보셨으니 아시겠죠. 난 지금 완전히 제정신이지만, 그저 머릿속에 조그만 기계가 들어 있을 뿐이에요. 여기 일단 들어온 사람은 누구든 끝난 거예요. 왜냐하면 그들의 치료는 단지 광기를 북돋울 뿐이고, 그들을 속이려는 시도에는 매번 대가를 치러야만 해서, 그 뒤에는 뭔가 바보짓을 하게 되고 작지만 잘못된 한 걸음을 떼게 돼서, 계속 끝없이 여기 앉아 있게 되는 거죠.

안나 수녀. 내가 겪은 모든 일들이 지금은 너무나 하찮아 보이는군요. 난 위대함을, 나와 함께 있는 것들의 유일함을 믿었어요. 지금은 아무것도 없고, 남은 건 그저 무시무시하고 절망적인 공허뿐이에요. 그의 영혼은 나한테서 영원히 떠나 버렸어요.

발푸르그. (만족하여) 떠난 건 맞지만 부끄러웠기 때문이에요. 당신을 위해 어떤 원숭이를, 어떤 낡고 사악한 상자를, 어떤 비열한 짓거리를 벗어던질 수가 없었기 때문에!! 그렇죠? 내가 확실히 알아요. 거기엔 그 어떤 위대함도 없어요. 그의 죽음은 혐오스러운 허약함이었어요. 그리고 바로 당신을 위해서 그걸 할 수 없었다는 게!!! 하지만 나는? (안나 수녀 앞에 무릎을 꿇는다.) 내 머리를 만져 주세요. 이 시계가 단 한순간이라도 멈출지 몰라요. 난 지금도 시를 짓고 있어요. 하지만 지금은 더 나빠졌다고 생각해요. 난 글을 쓸 수 없어요. 연필로도 자살을 할 수 있어요. 수정을 할 수 없는데 여기엔 새로운 것들이 계속 들어와요. 내 머리를 양손으로 잡아 주세요. 아, 내 머리를 빼내서 옷장에 넣어 둘 수 있다면 조금이라도 쉴 수 있을 텐데. 그럼 나도 쉴 수 있을 거고요.

안나 수녀. 그럼 쉬세요. 조금이라도. 그래요. 그렇게 하세요. (그의 머리를 양손으로 감싸고 의자에 주저앉는다. 그는 수녀의 무릎에 머리를 눕힌다.)

발푸르그. 내 팔을 풀어 주세요. 어쨌든 난 완전히 제정신이라고요.

안나 수녀. 그건 못 해요. 그런 건 내게 부탁하지 마세요. 의사 선생님이 날….

(발푸르그 꿇어앉아 일어서지 않은 채 머리를 들어 수녀를 사납게 쳐다본다.)

발푸르그. 의사? 내가 광란의 발작을 하길 바라는 거요? 여긴 항상 이래요. 당신도 그들과 같이 음모를 꾸미는 거요. 광란을 일으키도록 몰아가고, 그런 뒤 구속복에 가둬 놓죠. 그렇게 끝없이 가는 거요. (마지막 말은 끔찍하게 절망적으로 내뱉는다.)

안나 수녀. (일어서며) 자, 자…. 나도 알아요…. 모든 것이 아무것도 아니에요. 당신을 위해서라면 뭐든 하겠어요.

(그를 일으켜 세워서 등을 돌리게 하고 구속복을 풀어 준다. 발푸르그 수녀를 향해 몸을 돌리고 팔을 뻗어 구속복 소매를 팔꿈치까지 풀어 버린다. 마치 시합을 준비하는 권투 선수같이 보인다.)

발푸르그. 자 — 이제 난 자유예요.

안나 수녀. (겁에 질려) 하지만 더 이상 아무 일도 없을 거라고 맹세하세요.

발푸르그. 아무 일도 없어요, 그저 우리가 단 한순간이라도 행복하고 싶을 뿐이죠. 당신은 세상에 단 하나뿐인 여성이에요. 내가 2년 만에 처음 보게 된 여성이 우연히 바로 당신이기 때문이 아니라, 정말로. 당신과 함께 있으면 나에겐 아무것도 존재하지 않아요. 내 과거 전부, 이 감옥, 고문 — 모든 것이 사라졌어요. 아직 뭔가 분명 더 써낼 것 같은 느낌이 들어요. 모든 일이 아직 내 앞에 놓여 있어요. (수녀에게 완전히 가까이 다가온다.)

안나 수녀. (제자리에서 움직이지 않으며) 난 겁이 나요. 이 모든 일이 너무나 무서워요. 가까이 다가오지 마세요.

발푸르그. 내가 당신한테 뭔가 나쁜 일을 할 거라고 생각해? 당신한테 강제로 입 맞출 정도로 내가 스스로 비열해질 거라고 생각해? 난 당신을 사랑해. 날 믿어도 돼. 난 완전히 제정신이야. (수녀의 손을 잡는다. 안나 수녀는 달아오른 쇠에라도 닿은 것처럼 몸을 떤다.) 당신은 유일해. 이 순간도 유일해. 모든 일이 그렇듯 다시는 돌아오지 않아. 단지 한 번만 존재하고, 이 땅에서 실행되어야 하는 모든 일이 실행되어야만 해. 그렇지 않으면 끝없는 후세를 자신의 독으로 중독시키는 범죄를 저지르는 거야. 입 맞춰 줘. 이름이 뭐지?

안나 수녀. (수동적으로) 알리나.

발푸르그. (수녀 얼굴에 얼굴을 들이대며) 알리나, 당신도 날 사랑해. 내가 언제나 이렇게 추하다고 생각하지 마. 예전엔 턱수염, 콧수염이 없었어. 하지만 한번은 내가 면도날을 삼키려 해서 여기 사람들이 날 면도해 주지 않게 됐어.

안나 수녀. 아 ─ 그런 식으로 말하지 마세요. 난 당신을 사랑해요. 온 세상 전체에 당신 말고 아무것도 없어요. 심지어 영원한 고통조차….

발푸르그. (손으로 수녀의 머리를 감싸 쥐고 눈을 들여다보며) 영원한 고통 따위는 없어, 단지 현세의 처벌과 보상이 있을 뿐이야. 입 맞춰 줘. 난 용기를 못 내겠어….

안나 수녀. (몸을 빼내며) 하지만 이건 안 돼, 이건 안 돼요! 난 겁이 나요….

발푸르그. (수녀의 두건을 벗겨 버리고 사납게 끌어안는다.)

해야 돼. 해야 돼. 이 순간은 유일해⋯.

(수녀를 뒤쪽으로 젖히며 입술에 입 맞춘다. 안나 수녀 수동적으로
몸을 맡긴다.)

제2막

똑같은 무대 장식. 다음 날 아침이 시작되고 있다. 점점 더 밝아지지만 날씨는 흐리다. 돌풍이 불어온다. 벼락과 천둥소리가 점점 강해진다.

안나 수녀. (수녀복의 두건을 쓰며) 이젠 다시 당신을 묶어야 해. 얼마나 끔찍한지! 하지만 이거 가져. 부적 삼아 당신한테 줄게. (사슬을 풀어 그에게 가슴에 걸고 있던 철제 십자가를 준다.) 이제 난 그걸 걸고 다닐 권리가 없어. 수녀원장님의 특별한 허락이 있어서 걸고 다녔던 거야. 그 십자가는 어머니한테서 받았어.

발푸르그. 고마워, 알리나. 전부 다 고마워. (십자가를 받아서 소파 바닥의 판자 틈새에 끼워 넣는다.) 저긴 연필과 종이가 있어야 할 자리지만 한 번도 그런 걸 얻은 적이 없어. (수녀에게 돌아서서 손에 입 맞춘다.) 있잖아, 난 이제야 내 불행이 얼마나 거대했는지 이해했어 ─ 지금, 당신이 날 사랑하니까. 어제는 당신의 머리카락에 입 맞추는 것이 비인간적인 행복이라고 생각했어. 오늘은, 당신이 내 것이니까, 모든 일이 아무것도 아니게 됐어. 난 여기서 나가서 글을 쓰고 일하고 턱수염과 콧수염을 면도하고 전처럼 옷을 잘 차려입고 싶어. 난 삶을, 완전히 평범한 삶을 원해. 난 여기서 반드시 나가야만 해. 두고 봐. 당신이 나한테 모든 것을 극복할 힘을 줬어. 우리 둘 다

29

여기서 나갈 거야.

안나 수녀. (그에게 입 맞추며) 나도 당신과 똑같은 느낌이야. 나
　　도 이젠 더 이상 수녀가 아냐. 나도 평범하고 조용한
　　삶을 원해. 벌써 너무 많은 고통을 겪었어.

발푸르그. (음울하게) 그래 — 당신은 확실히 나갈 거야. 당신
　　은 감옥에 있지 않으니까. (갑자기 불안해하며) 알리나, 날
　　배신하지 마. 저 부르디기엘 박사는 나의 가장 무서운
　　적이야. 그 그륀 박사가 훨씬 나아, 그 사람도 흉측한
　　짐승이긴 하지만. 배신 안 할 거지? 난 겁이 나. 내가
　　당신 안에 내 감각을 전부 풀어놔서, 당신이 날 며칠만
　　안 보면 누군가 다른 사람을 마음에 들어 할 것 같아.

안나 수녀. (그의 목에 팔을 감으며) 당신을 사랑해. 당신 하나만
　　을 평생. 당신이 여기서 나갈 수만 있다면 내가 여기
　　남아 있어도 좋아. 난 당신을 위해서 당신을 사랑해. 당
　　신은 운명을 완수해야 해.

발푸르그. (수녀에게 입 맞추며) 불쌍한 아가. 난 당신이 걱정돼
　　서 겁이 나. 내 안에 어떤 힘이 있어서, 내가 통제하질
　　못하겠어. 모든 일은 일어나야만 해 — 꼭 반드시 일어
　　나야만 해. 난 평범한 의미에서 자유가 없어. 내 위에
　　혹은 내 안에 어떤 더 높은 힘이 있어서 원하는 대로
　　날 조종하고 있어.

안나 수녀. 그게 창조성이야. 혹은 하느님일지도 모르지. 하
　　느님이 우리를 용서하실 거야. 그리고 우리 어머니도
　　날 용서하실 거야, 어머니는 성스러웠지만.

발푸르그. 잠깐, 난 당신에게 모든 걸 다 말하지 않았어. 난 그 여자를 잊은 것 같아. 하지만 당신은 몰라….

안나 수녀. (그에게서 몸을 빼내며) 말하지 마, 아무 말도 하지 마. 빨리 옷 입어. (그에게 구속복을 입힌다.) 조금 있으면 그 사람들이 여기로 올 거야. (그는 등을 돌려 수녀 앞에 서고 수녀가 구속복의 소매를 묶는다.)

발푸르그. 하지만 아무것도 바뀌지 않은 거지? 마치 갑자기 날 사랑하지 않게 된 것처럼 그렇게 이상하게 말하는군.

안나 수녀. (묶는 작업을 마치며) 절대로 아냐. 그저 겁이 날 뿐이지. 우리의 행복이 걱정돼서 겁이 나. (그를 돌려세워 자신을 보게 하고 재빨리 입 맞춘다.) 이젠 누워서 자는 척해. 빨리. (그를 소파 쪽으로 민다.)

발푸르그. (누우며) 기억해, 날 배신하지 마. 세상엔 옷을 잘 차려입은 사람들이 너무 많아 — 불한당도 그만큼 많지.

안나 수녀. 바보 같은 소리를 하네. 조용히 해! 사람들이 오는 것 같아.

(발푸르그 누워서 자는 척한다. 안나 수녀 의자에 앉아 기도한다. 잠시 정적. 문의 잠금장치가 풀리고 부르디기엘 박사 들어온다. 그 뒤로 바르바라 수녀와 그륀이 따라 들어온다.)

그륀. (문가에서 바깥에 있는 누군가에게) 거기 계시면 됩니다.

(부르디기엘 안나 수녀에게 다가와 조용히 말한다.)

부르디기엘. 자 그래서 어땠나요? 어떻게 됐죠?

(바르바라 수녀 안나 수녀의 이마에 입을 맞추고, 안나 수녀는 바르바라 수녀의 손에 입 맞춘다.)

안나 수녀. 별일 없었어요. 전부 잘됐어요.

부르디기엘. 계속 잠을 잤나요?

(그뢴 주의 깊게 엿듣고 있다.)

안나 수녀. 아뇨. 한 번 깼어요. 완전히 맑은 정신으로 이야기했어요. 자기 인생에 대해 말하더군요. 이 사람이 바로 그 유명한 발푸르그인지 몰랐어요. 그런 뒤에 조용히 잠들었어요. 두 번은 깨지 않더군요.

그뢴. 내가 말하지 않았습니까! 콤플렉스가 풀리기 시작한 겁니다. 혼자서 클로랄 없이 잠든 게 두 번째입니다. 이런 일이 생긴 적 있습니까, 부르디기엘 박사?

부르디기엘. 난 전혀 없어요. 클로랄을 한 번도 복용해 본 적 없으니까. 하지만 그 사실은 이상하군요 — 게다가 광란하던 시기에 그랬다니 더욱 이상해요. 들어 봐요, 그뢴. 난 아무런 편견도 갖고 있지 않아요. 만약에 계속해서 당신의 그 치료법을 시험해 보고 싶다면 모쪼록 그렇게 하시오. 나도 동의할 테니까. 심지어, 솔직히 말하자면 정신분석에 신뢰감을 갖기 시작했소. 이 환자를 당신에게 넘기겠소. 당신의 이론에는 성적인 경향이 좀 너무 많아요. 그게 단 한 가지 내키지 않는 부분이오.

그뢴. 하지만 박사, 성적인 부분이야말로 가장 중요합니다. 모든 콤플렉스가 그 부분에서 비롯되는 거요. 괜찮으시다면 환자를 깨우겠습니다.

부르디기엘. 마음대로 하시오. (안나 수녀에게 다가와 함께 오른쪽으로 옮겨 선다. 바르바라 수녀 깨우는 장면을 지켜본다.)

32

그륀. (발푸르그를 깨우며) 이봐요! 발푸르그! 여기 봐요, 나예
　　요 ── 그륀입니다.
　　(발푸르그 잠에서 깨는 척한다. 소파에서 몸을 일으켜 앉는다. 잠시
　　정적.)

발푸르그. 아, 박사님이군요. 오랜만입니다. 박사님과 얘기
　　하는 게 좋아요. 왜 찾아오지 않으셨죠? 분명히 부르디
　　기엘 박사가 금지했겠죠?

그륀. 무슨 말씀을. 당신을 완전히 나한테 맡겼습니다. 내
　　가 확실히 치료할 겁니다. 안나 수녀님과의 대화는 어
　　땠나요? 그건 내 생각이었어요.

발푸르그. 아주 좋았어요. 성스러운 사람입니다. 이렇게 기
　　분이 좋았던 적이 없어요. 심지어 가장 좋았던 시절에
　　도요. 글을 쓰고 싶어요.

그륀. 훌륭합니다. 오늘 연필과 종이를 넣어 주겠소. 책도.
　　어떤 걸 원하죠?

발푸르그. 타데우슈 미치인스키* 전집 전부와 후설의『논리
　　연구』2권**을 갖다주세요. 혹은 모레아스***도 좋죠.
　　그리고 내 작품집 3권도요. 전 지금 정말 좋아요. 저기
　　수녀복을 입은 높으신 여자분께 저를 소개해 주시죠.

---

* Tadeusz Miciński (1873–1918). 폴란드의 상징주의 시인이자 희곡작가. 폴란드
문학계에서 초현실주의와 표현주의의 선두 주자로 여겨진다.
**『논리연구(Logische Untersuchungen)』(1900–1)는 독일 철학자이자 현상학 창시자인
에드문트 후설(Edmund Husserl, 1859–1938)이 집필한 논문으로, 여기서 후설은 심리
행위의 본질적 구조를 탐구하며 심리학주의를 비판하였다.
*** Jean Moréas (1856–1910). 그리스 태생의 프랑스 시인, 예술 평론가.

제가 보기엔 자브라틴스카 공주님인 것 같은데요, 잘못 본 게 아니라면. (일어선다.)

바르바라 수녀. 발푸르그 씨, 전 바르바라 수녀입니다. 자발 적인 여성 순교자 교단의 수녀원장이죠. 이 점을 잊지 말아 주세요.

그륀. 이미 서로 아시니 소개할 필요가 없을 것 같군요….

발푸르그. 그륀 박사님, 혹시 이 구속복을 좀 벗겨 주실 수 있을까요? 전 이제 완전히 감각이 없어졌어요, 게다가 완벽하게 제정신이고요. 광란은 말할 필요도 없죠. 명 예를 걸고 맹세해요. 땅다람쥐 40마리가 동면하듯이 그렇게 푹 잤어요.

부르디기엘. (안나 수녀의 대화를 끊으며) 오, 무슨 말을, 그건 안 돼요! 광인의 명예가 무슨 소용입니까? 그런 건 아무도 몰라요. 게다가 억눌린 광기는 가끔 두 배의 힘으로 폭 발하기도 합니다. 난 동의 못 해요.

(발푸르그 증오의 발작을 참는다.)

발푸르그. 하지만 박사님, 그륀 박사님이 제 머릿속에 대해 책임지실 거예요. 그렇지 않습니까, 그륀 박사님?

그륀. 그래요. 잘 들으시오, 부르디기엘 박사, 이거나 저거 나 둘 중 하나예요. 이 사람이 내 환자거나 아니거나 둘 중 하납니다. 절반의 치료는 아무 결과도 낼 수 없어요.

부르디기엘. 그럼 좋소. 마음대로 하시오. 하지만 교수님이 뭐라고 하실지?

그륀. 이런 결과에 대해서라면 교수님도 내가 책임지죠. 발

34

푸르그, 구속복을 벗겨 주고 오늘부터 회복기 환자로 인정해 주겠소. 돌아서세요.

(발푸르그 돌아서서 그에게 등을 보인다. 그륀 소매를 풀어 준다.)

바르바라 수녀. 너무 이른 건 아닐까요, 그륀 박사님?

그륀. 바르바라 수녀님, 상관없는 일에 끼어들지 마세요. 내가 수녀님을 분석하게 된다면 수녀님은 즉시 수녀원을 나오실 겁니다. 수녀님은 남편에게 죄를 지어서 회개 콤플렉스를 갖고 있어요. 하지만 최고로 무서운 형리처럼 평생 남편을 고문했죠. 난 모든 걸 알고 있어요.

바르바라 수녀. 그륀 박사님, 체통을 지키세요. 마을의 하층 계급 사람들이 수군거리는 소문을 제 앞에서 되풀이하지 마세요.

그륀. 소문이 아닙니다. 내가 발견한 사실이죠. 당신은 자유예요, 발푸르그. 그리고 반년 뒤에 우리 모두 여길 나가서 도시로 갑시다. 다만 그렇게 저항하지만 말아요, 알겠소. 한 번만 날 좀 신뢰해 봐요.

발푸르그. (손을 내밀며) 감사합니다. (바르바라 수녀에게) 마침내 날 광인으로 인정하는 사람이 나타났군요. 시인으로서는 충분히 인정받았어요. (바르바라 수녀에게 손을 내민다. 수녀는 내키지 않는 듯 악수한다.) 그륀 박사님, 연필과 종이 한 장만 주세요. 시의 첫 줄을 써 놔야겠어요. 그 시를 머릿속에 담은 채로 잠에서 깼어요. 거기서부터 훌륭한 작품을 만들어 낼 거예요.

(그륀 그에게 공책과 연필을 준다. 발푸르그 선 채로 쓰기 시작한다.)

그륀. (바르바라 수녀에게) 보셨죠, 수녀님, 아픈 사람들은 이렇게 대해야 하는 겁니다. 우리 나라 병원들은 중세 감옥보다도 못해요. 오직 정신분석만이 인류를 괴물 같은 정신병원의 악몽에서 해방시킬 수 있어요. 내가 항상 말하지만 모든 사람이 아주 어렸을 때부터 의무적으로 콤플렉스 근절 치료를 받게 한다면 감옥은 전부 텅텅 빌 겁니다. 저 사람(발푸르그를 가리키며)은 아직 태아일 때부터 쌍둥이 누이에 대해 콤플렉스를 갖고 있었다고 장담합니다. 그 때문에 진심으로 사랑할 수 없는 겁니다. 정상적인 의식 상태에서는 누이에 대해 진실한 증오를 느끼는데도, 잠재적으로는 누이를 사랑하는 거예요. 발푸르그, '누이'라고 하면 맨 처음 떠오르는 게 뭐죠?

발푸르그. (오른쪽으로 천천히 옮겨 가며) 날카로운 — 동굴 — 무인도의 고아 두 명 — 드 비어 스택풀 소설 『블루 라군』.*

그륀. 아시겠죠, 수녀님? 동굴은 어머니의 자궁입니다. 무인도도 마찬가지예요. 콤플렉스를 해결했습니다. 그 소설 — 수녀님도 아십니까? — 은 제2의 층위인데, 이미 완성된 심리적 자궁에 들어온 겁니다. 발푸르그, 2주만 지나면 당신은 황소처럼 건강해질 거요.

발푸르그. (그륀에게 주의를 돌리지 않은 채 부르디기엘에게 말한다.) 박사님, 내가 보기에 수녀님하고 그렇게 오래 숙덕거리면 안 될 것 같습니다.

---

* 아일랜드 출신 작가 헨리 드 비어 스택풀(Henry de Vere Stacpoole, 1863-1951)의 『블루 라군(The Blue Lagoon)』(1908)은 여러 번 영화화될 만큼 유명하다.

안나 수녀. (서둘러) 우리는 당신에 대해서만 이야기했어요.

발푸르그. 내 고해는 오로지 당신만을 위한 겁니다, 안나 수
녀님.

그륀. (바르바라 수녀에게) 수녀님도 보고 계시죠, 그가 얼마나
맑은 정신으로 말하는지? 그의 내면에서 삶에 대한 건
강한 본능이 깨어난 겁니다. 질투하고 있어요 — 어쩌
면 사랑에 빠질지도 모르죠.

부르디기엘. 아냐 — 가끔 이런 정신분석학적 헛소리에는 전
부 웃어 줄 수밖에 없어. 하, 하, 하, 하!

(발푸르그 부르디기엘의 머리채를 움켜잡고 연필로 왼쪽 관자놀이를
무시무시하게 가격한다. 부르디기엘 신음조차 없이 땅에 쓰러진다.)

발푸르그. (평온하게) 종교에 귀의한 사람을 희롱하면 그렇게
되는 거야! (부르디기엘을 발로 찬다.) 형리야, 뒈져라! 그를
고문하지 못해 유감이군. 이게 바로 건강한 삶의 본능이
지. 그륀, 주머니칼 좀 주시오. 연필이 부러졌어. 이 천치
는 두개골이 단단했지만, 이젠 당신 경쟁자가 없어졌군.

안나 수녀. (공포에 질려 굳어진 채로 서 있다가) 무슨 짓을 한 거
죠? 이젠 전부 망했어요. (기절하여 땅에 쓰러진다.)

그륀. (달려오며) 발푸르그, 미쳤나? 난 심장이 약하다고. 오
하느님! 불쌍한 부르디기엘. (맥박을 찾으려 부르디기엘을 더
듬는다.) 시체야 — 관자놀이를 관통했어.

발푸르그. 이제 난 완전히 건강해. 그를 누이와 동일시해서
한 방에 둘을 다 죽였어. 누이도 같은 순간에 죽었을
거라고 난 확신해. 하, 하! 콤플렉스가 해결됐군. 정신

분석이 무슨 가치가 있든지 간에 난 곧 자유를 찾게 될 거야. 이제 난 완벽하게 안전해.

그륀. 이봐, 발푸르그, 가끔 날 비웃기도 하나?

발푸르그. 아니 — 진지하게 말하는데 난 건강해. 저 해골에 한 대 내려친 걸로 난 치유됐어. 그래서 난 이 살인에 대해 책임지지 않겠어, 하지만 그 뒤로 이어지는 모든 순간에 대해서는 책임지지. 수녀원장님, 그렇게 굳어 있지 말고 정신 차려요. 내가 의사 가운을 입은 흔한 바람둥이의 공격으로부터 종교에 귀의한 수녀의 명예를 지켜 냈습니다. 사실인가요 아닌가요? 이 심리학자가 여성 병동에서 수없이 로맨스를 뿌리고 다녔을 거라고 전 확신합니다.

바르바라 수녀. 관련 없는 농담이군요. 당신은 절망적인 정신병 환자예요. 그렇지 않다면 흔해 빠진 범죄자이고요.

(안나 수녀에게 가서 정신이 들게 한다.)

그륀. 이건 들어 본 적도 없어! 그러니까 정말로 몸 상태가 좋다고 느낀단 말이오?

발푸르그. (조급하게) 이미 말했잖소. 그리고 나한테 마치 정신병 환자하고 말하듯이 이야기하려는 사람은 누구나 내 개인적인 적이오. 아침 식사 부탁합니다 — 난 배가 고파요. 그리고 부탁인데 안나 수녀를 돌봐 주시오. 지금 상태가 안 좋은 거 안 보입니까? 공주님은 그 여자를 진정시킬 수 없어요.

그륀. 나조차 믿을 수가 없군. 구두끈 풀듯이 혼자서 자기

38

콤플렉스를 풀어 버렸어! 있을 수 없는 일이야!

(문 쪽으로 간다.)

안나 수녀. (정신을 차리며) 아! 이제 어떻게 되는 거죠?

바르바라 수녀. (분노에 차서) 이전과 똑같지. 무슨 일이 일어나
는지 하느님만이 아신다. 네 십자가는 어디 있어?

안나 수녀. (일어나며) 이 모든 일이 일어난 건 제가 오늘 방에
십자가를 두고 왔기 때문이에요. 어머니의 부적이 매사
에 저를 보호해 줬었는데.

그륀. (문가에서 부른다.) 알프레트! 파프누찌! 20호실에 아침
식사. (잡역부들 나타난다.)

바르바라 수녀. (안나 수녀에게) 그런 미신을 믿다니 부끄러운
줄 알아라. 당장 고해하러 가.

(잡역부들 들어와서 부르디기엘의 시체를 보고 굳어져 버린다.)

안나 수녀. 내일 갈게요. 이 모든 일을 겪었으니 전 자격이
없어요. 전 마음을 정리해야만 해요.

바르바라 수녀. (안나를 문 쪽으로 밀며) 당장 가! 알았어?

발푸르그. (안나 수녀에게) 수녀님은 가서 주무시고 오늘 저녁
에 오시죠. 이런 고해가 저한테 굉장히 좋은 영향을 끼
치는군요. 그륀 같은 바보하고는 저 자신에 대한 얘기
를 할 수가 없으니까요.

바르바라 수녀. (몸을 돌리며) 안 돼 — 이 일은 끝났어. 난 살인
자를 위해서 내 휘하의 수녀들을 희생시킬 수 없어.

발푸르그. 그륀, 주머니칼.

그륀. (기계적으로 건네며) 하지만 바르바라 수녀님, 그는 구속

39

복을 입고 있을 거란 말입니다. 철저히 안전을 기하기 위해서죠, 두 번째 범죄는 맹세코 다시 없을 테니까요. (잡역부들에게) 뭘 그렇게 눈을 휘둥그렇게 뜨고 멍하니 서 있어? 빨리 아침 식사 내와. (잡역부들 나간다.) 그는 아마 거의 완전히 건강해졌을 거예요. 융*이 이와 비슷한 사건을 묘사했죠. 그의 환자가 면회 온 숙모를 살해한 뒤로 모범적인 남편에 훌륭한 건축가가 되었어요. 그런데 그를 거기까지 이끈 건 오로지 정신분석이었습니다.

안나 수녀. (부자연스럽게) 목숨마저 희생해야 한다면 전 준비가 되어 있어요. 바르바라 수녀님, 제발 부탁이니 저의 커다란 죄를 회개하는 것조차 거부하지 말아 주세요.

바르바라 수녀. 좋아, 허락하지. 어쩌면 하느님께서 그렇게 원하실지도 모르겠다. 어쩌면 이 모든 일에 우리들 불쌍한 영혼들이 이해할 수 없는 뭔가 더 높은 뜻이 있을지도 모르지. 가서 자라, 안나, 그리고 오늘은 고해하러 가지 마라. 그리고 저녁에는 열 시에 당직 서러 나와.

(두 수녀들 아침 식사를 날라 오는 잡역부들 곁을 지나서 나간다. 발푸르그 연필을 깎아서 글을 쓴다.)

그륀. 드시오, 발푸르그. 이 모든 일을 겪었으니 제대로 된 식사가 필요해. 정신분석학자로서 난 모든 일을 이해하고 용서합니다. 콤플렉스가 없는 범죄는 없고, 콤플렉스는 질병이니까요.

---

* Carl Gustav Jung (1875-1961). 스위스의 정신과 의사, 심리학자.

발푸르그. 잠깐 — 방해하지 마시오. 마지막 한 줄…. 두 번째 단수 품사가 여기에 꼭 있어야 해…. (글을 쓴다.)

그뢴. (잡역부들에게) 뭘 그러고 서 있어, 멍청이들아? 박사님 시체를 7호 별실에 내다 놔. (잡역부들 부르디기엘의 시체를 들고 나간다.)

발푸르그. 다 썼어요. 이제 광기의 마지막 흔적을 뇌에서 지워 버렸어요. 시계가 돌아가는 걸 멈췄어요. 난 전혀 양심의 가책이 없어요. (아침을 먹기 시작한다. 돌풍이 점점 강하게 본다. 돌풍의 여파로 어둠이 상당히 짙어지고 녹색 번갯불이 가끔 어둠을 찢는다. 빗줄기가 창문을 때린다.)

그뢴. 구식 정신의학 학파를 위해서는 훌륭한 학술 자료군. 당신에 대해 연구서를 쓰겠소. 난 온 세상에 유명해질 거야.

발푸르그. (앉아서 맛있게 먹으며) 정신의학에서 최고의 학술 자료는 부르디기엘 박사라는 사람이었어요. 난 한 번도 그 바보나 여성을 대하는 그의 태도를 좋아해 본 적이 없소. 이미 오래전부터 그를 알고 있었지. 벌써 5년쯤 전에 그는 나한테서 희생자의 냄새를 맡았어요. 하지만 누이하고 그를 연결 짓고 나서는 도저히 참을 수가 없게 됐지. 하, 하, 하!

그뢴. (달려들어 그를 껴안는다.) 발푸르그! 당신은 세상에서 가장 천재적인 사내야! 당신을 사랑해. 우리 함께 뭔가 훌륭한 걸 창조해 보자고!

발푸르그. (갑자기 일어나서 그뢴을 밀어낸다. 그뢴 비틀거린다.) 이런 친한 척은 이제 됐어! 내 머릿속을 가지고 놀지 마! 바보야! 정신 치료에서 아무 환자한테나 하듯이 나하고 친한 척을 하려고 했지. 거리를 유지해! 알겠어?!

그륀. (뛰어서 물러나며) 주머니칼 돌려줘! 주머니칼 돌려줘!

발푸르그. (주머니칼을 땅에 던진다. 그륀 집어 든다.) 여기 있다, 겁쟁이야! 하루에 살인 한 번이면 난 완전히 충분해. 난 바퀴벌레를 짓밟는 습관은 없어. 나가!

그륀. (문 쪽으로 물러나며, 주머니칼을 펴고) 파프누찌! 알프레트!!!
(잡역부들 뛰어든다.) 20호 환자 구속복! 빨리!!
(잡역부들 미친 듯이 빠른 속도로 발푸르그에게 덤벼들어 구속복을 입히고 소매를 묶는다. 발푸르그 전혀 저항하지 않는다.)

발푸르그. 하, 하, 하, 하, 하!! 흉내 내기도 재미있군. 광인들은 가장 영리한 사람들이야. 심지어 가장 날카로운 본능을 가진 짐승들도 광인들보다는 멍청해.

그륀. (주머니칼을 접으며) 마음대로 웃으시오, 발푸르그. 실컷 웃으라고. 아무래도 상관없어. 건강을 회복하시오. 난 당신도 당신의 멍청한 시도 상관없어. 중요한 건 단 한 가지, 소위 "조현병"이 콤플렉스를 해결함으로써 치료될 수 있다는 거야. 여기서 나가자.
(그륀 문 쪽으로 간다. 잡역부들 뒤따른다.)

제3막

같은 무대 장식. 밤. 천장에 등불이 밝혀져 있다. 안나 수녀 발푸르그의 구속복을 풀어 준다.

안나 수녀. 내 불쌍하고 소중한 사람, 많이 지쳤어?

발푸르그. 괜찮아, 괜찮아. 하루 종일 죽은 듯이 잤어. 15년
간의 불면증을 다 메울 정도로 잤어. 기분이 아주 좋아.
(안나 수녀 그의 구속복을 벗겨 준다. 그는 안나를 향해 돌아선다.)
게다가 있잖아, 이 모든 일을 겪고 나니 이 병실은 나
한테 걸맞은 유일한 거처인 것 같아. 심지어 여기서 나
가고 싶지도 않아. 시 좀 읽어 봐. 난 떨려서 못 읽겠어.

안나 수녀. (읽는다.) 아 — 정말 멋져.

    "나는 나무 아래서 성경을 읽는다. 그리고 시간이
      지난다.
    마약은 해와 이슬과 덤불에 덮인 꽃 사이에,
    불어오는 아침의 산들바람 속에 잠복한다.
    나에게 우유를 — 소에게서 갓 짜낸 우유를 다오
    그리고 달걀을 — 닭이 갓 낳은 달걀을.
    전염병에 걸린 농부인 나는 건강하고 싶다,
    고개를 똑바로 들고 싶다.
    그때 작은 의문이 — '어째서? 그럴 가치가 있나?'

그리고 주둥이를 벌리고
나는 모든 독을 한꺼번에 빨아들였고
손수건처럼, 종이처럼, 이불잇처럼 창백한 채
나는 알 수 없는 적에 맞서 알 수 없는 전투의 소
　용돌이에 몸을 던졌다.
내 적은 사탄일 수도 있고, 어쩌면 신일 수도 있다.
이건 전혀 전투가 아니다.
이건 그저 —'고삐를 감아쥐어! 공격 준비! 전진!'
이건 그저 남의 해골에 채워진 나의 뇌 덩어리."
훌륭해! 하지만 나와 함께라면 모든 일이 달라질 거야.
그렇지? 독 같은 건 없어. 내가 당신한테 모든 걸 대신
해 줄게.

발푸르그. 어쩌면 그럴지도 모르지. 그래도 다른 무엇보다
먼저, 이 모든 것에도 불구하고, 여기서 가능한 한 빨리
나가야만 해. 그리고 내 작품에 너무 지나치게 흥분하
지 말아 줘. 이건 완전히 새로운 작품들의 시작이지만,
그 자체로는 아무것도 아냐.

안나 수녀. (그의 곁에 앉으며) 있잖아, 난 너무 행복해서 양심의
가책을 느껴. 아 — 아주 조금만이라도 고통받을 수 있
다면. 나도 이 병실 바깥의 삶은 전혀 관심 없어. 우리
둘을 여기 함께 영원토록 가두어 둔다면 난 더 이상 아
무것도 원하지 않을 거야. 당신이랑 있으니까 난 정말
좋아. 모든 것에 의미가 생겼어. 생각해 봐, 내가 얼마
나 오랫동안 완전한 무의미 속에서 살아왔는지. 당신이

부르디기엘을 죽였을 때 난 미칠 정도로 감각에 자극을 받았다는 걸 인정해야겠어. 난 그 정도로 당신이 무시무시하게 마음에 들어! 이건 정말 괴물 같아.

발푸르그. (갑자기 열정적으로 수녀를 껴안으며) 나의 변태 아가씨! (다른 어조로) 내가 혼자 있을 때에도 글을 쓸 수만 있다면! 그 돌대가리가 나한테 구속복을 입히라고 명령하지 않게 하려면 난 완전히 침착해야만 해. 어제는 나 자신을 억누를 수가 없었어. 그 짐승을 죽여야만 했어.

안나 수녀. 그 얘긴 이제 하지 마, 미에치오.* 좀 쉬어. 나한테 기대서 모든 일을 다 잊어버려. 난 지난 2년간의 고통만큼 당신한테 보상해 주고 싶어. 앞으로 어떤 일이 우리를 기다릴지 이런 식으로는 아무것도 알 수가 없어.

발푸르그. 모든 일이 다 잘될 거야. 우리 둘이 어딘가 멀리, 열대 지역으로 가 버리자. 그 여자와 그곳에 갔었어. 실론** 섬에. 하지만 이제는 여자의 그림자가 우리를 방해하지 않을 거야. 그때 일은 그저 광기였을 뿐이야, 당신이 그 바보를 사랑했던 것과 마찬가지야. 우리는 서로를 위해서 약속된 사람들이야. 우리는 이 우주에서 반드시 만나도록 정해져 있는 그 이상적인 한 쌍이라고. 아 — 어째서 더 일찍 만나지 못한 걸까!

안나 수녀. 어쩌면 이게 더 나은지도 몰라. 그렇지 않았다면 이토록 서로를 소중히 여기지 못했을 테니까.

---

* Miecio. 발푸르그의 이름 미에치스와프(Mieczysław)의 애칭.

** Ceylon. 스리랑카의 옛 이름.

발푸르그. 입 맞추게 해 줘. 사랑해. 오로지 당신만이 내 안에서 앞으로 써야 할 모든 작품과 나 자신을 연결시켜 주고 있어. 당신을 위해서라면 난 뭐든 창조할 수 있어. 당신의 사랑이 없었다면 영원히 이야기되지 않았을 작품들 말이야.

안나 수녀. 내 유일한 사람….

수녀와 길게 입 맞춘다. 키스는 차츰 더 열정적으로 변한다. 갑자기 자물쇠가 풀린 문이 열리는 소리가 나며 그륀, 잡역부 두 명과 바르바라 수녀가 들어온다. 발푸르그와 안나 깜짝 놀라 떨어진다.

발푸르그. 너무 늦었어! (양팔을 가슴에 십자로 대고 선다. 안나 수녀 겁에 질리고 수치스러워 굳어진 채로 앉아 있다.)

그륀. 하, 하! 사실 좀 이르군. 이렇게 된 거군요, 수녀님! 내 환자의 건강에 이로운 효과라는 게 이런 것이었군. (모두 서 있다. 그륀이 발푸르그와 안나에게 가장 가깝고, 그 옆 오른쪽에 바르바라 수녀, 그보다 좀 더 멀리 잡역부들. 무대 가장자리의 바닥 조명까지 같은 간격을 두고 한 줄로 서 있다.) 그러니까 어쨌든 고인이 된 부르디기엘이 옳았던 거야. (안나 수녀 그에게 덤벼들려 하지만 기절해서 바닥에 쓰러진다.) 하지만 정신분석은 이런 것도 해결할 수 있지.

바르바라 수녀. 이건 무서운 일이에요! 범죄자와 수녀복을 입은 음탕한 여자라니! 이런 건 견딜 수 없어! (양손으로 눈을 가린다.)

46

그린. (잡역부들에게) 저 환자에게 구속복을 입혀! 내가 정신 차리게 해 주지! 그는 미지의 콤플렉스를 내게 숨겼어. 그리고 누이에 대해 콤플렉스가 있는 척 가장했지. 하지만 거짓 속에도 숨겨진 진실이 있는 법이야. 그게 프로이트의 원칙적인 확정이지. (잡역부들 발푸르그에게 덤벼든다.)

발푸르그. (무시무시한 목소리로) 모두 제자리에 서!! 한 걸음도 움직이지 마!! (이 고함에 놀라 모두 특정 자세로 멈추어 서서 그대로 '계속된다'. 발푸르그 놀랄 만큼 빠른 속도로 소파 틈새에서 십자가를 꺼내 고함친다.) 이제 내가 당신들에게 뭔가 보여 주지, 심리학적 살인자들!! (잡역부들 마치 최면에 걸린 듯 덤비려던 자세 그대로 얼어붙어 있다.) 쓰레기들!!! (탁자 위로 뛰어올라 십자가로 창문의 유리 두 장을 깨뜨리고 유리 사이의 창살에 구속복 소매 한쪽을 묶는다. 다른 쪽 소매를 자기 목에 묶은 뒤 탁자에 관객을 향한 채로 양팔을 가슴에 십자로 얹고 몸을 앞으로 숙여서 마치 아래로 뛰어내릴 듯한 자세를 하고 선다.) 이제 앞으로 어떻게 되는지 다들 보시오, 그리고 이 범죄가 당신들에게 그대로 돌아가길! (탁자에서 뛰어내리는 몸짓을 한다.)

제2장 (막간 없이)

막이 내려진 동안 (가능한 한 짧은 시간이어야 한다.) 배우는 묶은 것을 풀고 재빨리 분장실로 나가고, 무대 담당 직원들은 구속복 소매에 발푸르그와 완전히 닮은 마네킹을 묶어 놓는다(실력 있는 조각가가 마스크를 제작해야만 한다). 목을 맨 상태로 묶어 놓고 직원들은 뒤이어 빨리 물러난다. 막이 걷히면 무대 위의 사람들은 모두 1장과 똑같은 자세로 서 있어야 한다. 이 상태로 잠시 (1–2초) 그대로 있다.

그륀. (발푸르그의 시신에 덤벼들어) 묶은 걸 끊어!

(잡역부들 달려들어 발푸르그의 시신을 구속복 소매에서 풀어 내린다. 그륀 시신을 조사한다. 안나 수녀 정신을 차린다.)

안나 수녀. 무슨 일이 벌어진 거죠!

바르바라 수녀. 네 애인이 목을 맸다, 이 후안무치한 것아! 그런 일이 벌어졌어! 하느님이 널 버리시길…. 난 못 하겠어. 널 일평생 가둬 두겠다. 넌 지하 감옥에서 죽게 될 거야…. 너…. (분노와 흥분으로 숨이 막힌다.)

안나 수녀. (시신을 쳐다본다.) 아! 아! 아!! (갑자기 광분하며) 당신들이 그를 죽인 거예요 — 범죄자들!!! (시신에 몸을 던진다.)

그륀. (일어서며) 시체야. 척추가 부러졌군. 중쇠뼈가 연수 속으로 파고들었어.* 표본이 사망했군. 이제 의문점은 이거야. 그는 환자로서 죽은 걸까, 아니면 바로 이것 또한 이러한 행동을 통해서 치유될 수 있었던 환자의 마지

* 중쇠뼈는 두 번째 목뼈. 연수는 뇌와 척추를 이어 주는 부분.

48

막 행위였던 걸까? 어쩌면 이미 건강한 상태로 목을 매달았던 걸까? 그랬다면 끔찍한 일이야!

안나 수녀. (시신 곁에서) 바보 같은 소리 하지 말고 이 사람을 구해 줘요! 아직도 따뜻하다고요.

그륀. 죽었다고 내가 말하지 않았소. 수녀님은 인체 구조를 전혀 모르는군요. 호흡중추가 망가졌어요. 여기서는 정신분석조차 아무런 도움이 안 돼. 그런데 손에 뭘 쥐고 있는 거지? 뭘로 유리를 깬 거야? 이 문제에 대해서는 완전히 잊고 있었군. (시신에 다가간다.)

안나 수녀. (시신의 꽉 쥔 손에서 십자가를 잡아 뺀다.) 이건 내 거야! 안 쥐요! 그저 부적 삼아 그에게 준 거예요!

그륀. 수녀님 그거 당장 내놓으시오. (수녀의 손에서 십자가를 뺏는다.) 십자가. 수녀님이 항상 가슴에 걸고 있던 것이로군. (바르바라 수녀를 돌아본다.)

바르바라 수녀. 또다시 신성모독을 저질렀군. 켈크 쇼즈 데노르므!* 그건 그 애 어머니의 십자가예요. 수녀가 되어 은혜의 길을 걷기 시작했을 때 티 없는 행실을 유지하라는 뜻에서 내가 걸고 다니도록 허락해 주었죠.

(안나 수녀 일어나서 마치 술 취한 사람처럼 비틀거리며 바르바라 수녀에게 다가간다.)

안나 수녀. 은혜! 용서! 난 절망해서 죽을 거예요 이제 나한텐 아무것도 없어요. 심지어 참회의 가능성조차도.

---

* Quelque chose d'énorme! '얼마나 큰일인지!' 프랑스어.

(바르바라 수녀 앞에 무릎을 꿇는다.)

바르바라 수녀. 저 바깥의 거리가 네 자리다! 걸레야! 오, 켈르 살로프!* 나한테서 떨어져!

(안나 수녀 무릎 꿇은 채 땅을 향해 고개를 숙이고 그 자세로 얼어붙는다. 손은 경련하듯 구겨진 두건을 부여잡고 있다. 바르바라 수녀 무릎을 꿇고 기도한다.)

그륀. 자 — 알프레트! 파프누찌! 20번 환자 시신을 해부실로 가져가. 그 바보 교수 발도르프가 분명히 해부학적 변화를 찾겠다고 뇌를 갈라 보려 할 테니까. 하, 하! 실컷 찾아보라지! (잡역부들 즉시 발푸르그의 시신을 들고 문 쪽으로 가져가기 시작한다. 그륀 안나 수녀에게) 자 — 안나 수녀님, 일단 제정신을 차리시고, 우리 드디어 여기서 나갑시다.

(그 순간 문이 열리고 발푸르그가 걸어 들어온다. 콧수염 등은 완전히 면도했다. 머리도 다듬었다. 디자인도 치수도 완벽하게 잘 맞는 연미복 상의를 입었다. 단춧구멍에는 노란 꽃을 꽂았다. 그 뒤로 부르디기엘이 검은 외투를 입고 들어온다. 손에는 검은색, 푸른색, 보라색 색조의 드레스와 여성용 모자를 들고 있다. 그 뒤로 발도로프 교수가 나타난다.)

발푸르그. 알리나! 일어나! 나야, 미에치오.

(모두 놀라서 굳어진다. 바르바라 수녀 무릎 꿇은 자세에서 튀듯이 일어선다. 그륀 입을 벌리고 발푸르그를 들여다보며 숨을 고르지 못한다. 잡역부들 손에서 발푸르그의 시신을 떨어뜨리고, 시신은 정적

* Quelle salope! '얼마나 방탕한 여자인가!' 프랑스어.

속에서 커다란 쿵 소리를 내며 땅에 떨어진다. 안나 수녀 뛰어 일어
나서 말을 잇지 못하는 채 발푸르그를 쳐다본다.)

안나 수녀. (발푸르그에게 몸을 던지며) 미에치오! 정말 당신이야?
　　그럼 저건? (시신을 가리킨다.) 아 — 아무래도 좋아, 난 너
　　무 행복해서 미쳐 버릴 것 같아! 당신 정말 멋져 보여!
　　내 사랑! (그의 품에 파묻힌다. 둘이 키스한다.)

부르디기엘. 도시로 갑시다. 오 — 여기 드레스 가져왔어요,
　　알리나 아가씨, 그리고 모자도. 미에치스와프와 함께 우
　　리 둘이 서둘러 고른 겁니다. 눈에 번쩍 띄더라고요. 아
　　가씨는 옷을 갈아입어야 해요. 지금 하는 게 좋겠군요.

발푸르그. 가자. 이제 난 정말로 완전히 건강해 — 건강하고
　　행복해. 굉장한 작품을 쓸 거야. (알리나를 데리고 나간다. 그
　　뒤로 부르디기엘 따라 나간다.)

부르디기엘. 건강하게 잘 지내시오, 그륀. 이 모든 일이 지나
　　가고 난 뒤에 자기 자신을 꼼꼼하게 분석해 보시오. (나
　　간다. 문틈으로 발도프르 교수가 고개를 들이민다.)

발도르프. 그래 어떻습니까, 친애하는 여러분? 히, 히, 히!!

그륀. (입술이 하얗게 질린 채) 교-수-님…. 난…. 난 모르겠
　　어…. (갑자기 무시무시하게 소리친다.) 난 모르겠어, 이게 뭐
　　냐고, 젠장!!! (양손으로 머리를 움켜쥔 채 천천히 문에 다가선다.
　　바르바라 수녀 광기에 차서 위협적으로 바라본다. 잡역부들 시신을
　　보기도 하고 발도르프를 쳐다보기도 한다.)

발도르프. 별거 아니오. 난 정신의학하고는 작별이야. 외과
　　로 돌아가야지. 한때 난 뇌 수술로 명성을 얻었으니까.

부르디기엘을 조수로 데려가고….

그륀. (그에게 덤벼들며) 아아아아아!!! 이건 협박이야!!!

발도르프. 그럴 리가! (그를 밀어낸다.) 협! 찻!

(문을 닫고 밖에서 자물쇠를 잠근다. 그륀 무기력하게 서서 남은 사
람들을 사납게 쳐다본다.)

그륀. 지금 — 아 — 이 순간 — 나한테 새로운 콤플렉스가
생겼소. 하지만 어떻게? (소리친다.) 나도 모르겠어, 이 모
든 일이 다 뭐냐 말이야!

(잡역부들 갑자기 발푸르그의 시신에서 펄쩍 뛰어 물러나 야만적인 공
포의 비명과 함께 문을 향해 몸을 던져 미친 듯이 문을 열려 애쓴다.)

바르바라 수녀. (야만적으로 절망에 차서) 이게 당신들이 말하는
정신의학의 전부야! (울먹이며) 난 이 나이 먹고서 이제
누가 정신병 환자인지 모르겠어요 — 나인지 선생인지,
아니면 저들인지. 오, 하느님, 하느님! 우리를 불쌍히
여기소서. 난 이미 돌아 버린 것 같아요. (그륀에게 팔을 뻗
으며 무릎을 꿇는다.)

알프레트. 이젠 우리가 정신병 환자야. 우릴 영원히 가둬 버
린 거야. 그런데 이 사람은 다시 누워 있고, 저쪽에서는
턱수염이 없는 똑같은 20번 환자가 걸어 나갔어.

파프누찌. (그륀을 가리키며) 이놈이야 — 이놈이 최악의 정신병
환자야. 때려 주자! 알프레트! 그뿐이야! 힘이 닿는 한!

그륀. 멈춰! 내가 설명해 주지. 어쩌면 그러면서 나 자신에
게도 해명이 될지 몰라.

파프누찌. 그렇게 똑똑하면 스스로 설명해 봐. 받아라!

(그륀에게 한 대 먹인다. 이어서 알프레트가 덤벼들어 둘이 함께 그
륀을 때린다. 바르바라 수녀 그륀을 구하려 달려들어서 두드려 패는
사람들 사이에 끼어든다. 소위 말하는 "린치"를 연상시키는, 소위 말
하는 "러시아식의 전반적인 격투"가 벌어진다. 네 명 모두 땅에 뒹
굴며 서로 손에 닿는 대로 마구 움켜잡는다. 그 굴러다니는 사람들
의 덩어리에 발푸르그의 시신이 무기력하게 끌려들어 섞여 든다. 스
포트라이트가 위쪽에서 눈이 멀 듯한 하늘색 조명을 쏘아 이 장면을
비춘다. 천장의 등불이 꺼지고 날카로운 타원형 조명 안에 광란하며
굴러다니는 몸의 덩어리만 보일 뿐이다. 그러면서 막이 천천히 내려
온다.)

1923년 1월 7일*

* 이 연극에 대해 악마적이라고밖에 할 수 없는 무대 장식 아이디어를 화가이며 예술가인
이보 갈(Iwo Gall)이 내놓았다. 언젠가 무대에서 공연하게 되면 무대 장식과 관련해
그에게 연락할 것. 원저자의 공식적인 조건임. 그렇게 하지 않으면 아무것도 안 됨.
— 원주

쇠물닭

3막으로 된 구체(球體)의 비극

등장인물

아버지 보이체흐 바우포르. 나이 든 전직 상선 선장. 키가 작고 어깨가 넓으나 뚱뚱하지는 않다. 선원 복장. 연푸른색 술이 달린 베레모. 뾰족한 회색 턱수염. 회색 콧수염.

그 에드가 바우포르. 선장 아들. 30세 정도. 깨끗이 면도했다. 잘생겼다.

어린 아들 타지오. 조그만 소년으로 10세 정도. 옅은 금발의 긴 머리.

레이디 네버모어의 알리치아 공주. 키 큰 금발 여성. 상당히 기품 있고 매우 아름답다. 25세 정도.

쇠물닭 엘쥬베타 플레이크프라바츠카. 출신 불명의 인물, 26세 정도. 아주 가늘고 연한 금발 머리. 옅은 푸른색 눈. 키는 중간 정도. 아주 예쁘지만 성적인 매력은 절대로 전혀 없다. 코가 약간, 아주 살짝 주먹코다. 매우 넓고 통통하고 간(肝)처럼 매우 새빨간 입술.

불량배 리샤르트 데 코르보바코르보프스키. 본명 마체이 빅토시. 잘생긴 갈색 머리 남자. 매우 불량하다. 20세 정도. 깨끗이 면도했고 약간 에드가 바우포르와 닮았다.

장로 세 명

a. 에페메르 티포비치: 비즈니스맨. 깨끗이 면도했다. 짧은 회색 머리. 기운이 넘쳐 몸이 뻣뻣하다.

b. 이자크 비드모베르: 길고 마르고 찌르레기를 닮은 유대인. 검은 콧수염에 뾰족한 검은 턱수염을 길렀다. 몸짓이 우아하며 아시리아인 타입.

c. 알프레트 에바데르: 불안한 성격의 붉은 머리 유대인. 금테 외알 안경을 썼으며 마르고 키가 크다. 콧수염은 있지만 턱수염은 흔적도 없다. 전형적인 히타이트인.

하인 얀 파르블리헨코. 전형적인 아첨꾼. 붉은 머리에 주근깨가 있다. 완전히 면도했다.

다른 하인들 네 명 둘은 흑인이고 둘은 알비노이며 머리카락이 길다. 하인들 모두 (얀 포함) 프릴 달린 하늘색 연미복 상의에 하얀 스타킹을 신었다. 연미복 상의에는 군대 휘장이 아주 많이 달려 있다. 모두 중년. 다른 하인과 달리 얀은 어깨에 빨간 장식 술을 달고 있다.

밀정 세 명 주도적인 밀정 아돌프 스모르곤, 금발, 커다란 콧수염. 남은 두 명 중 하나는 콧수염을 기르고 안경을 쓴 신사. 다른 하나는 길고 검은 턱수염을 길렀다. 밀정들은 작위적이고 진부해 보인다.

유모 아프로시아 오푸피에이키나. 정직한 아주머니. 뚱뚱한 금발 여성. 40세.

등불 아래에서 온 사람 턱수염을 기르고 노동자의 푸른 상의를 입은 인물.

중앙 권력부의 추가적인 요구:

감정도 내장 기관도 전혀 없는 듯 말할 것, 심지어 최악의 순간에도.

제1막

매끈한 벌판, 드문드문 향나무 덤불이 웃자라 있다. 향나무 중 몇 그루는 사이프러스와 비슷한 형태를 띠고 있다(왼쪽 두 그루, 오른쪽 세 그루). 여기저기 노란 꽃들이 덩어리져 있다(일종의 스텝 초원처럼). 지평선 바로 위에 해안선이 보인다. 무대 가운데 흙무더기가 있다(1미터 높이). 흙무더기에 보르도 포도주색 기둥이 박혀 있다(1.5미터 높이). 기둥에 등불이 달려 있는데 매우 크고 팔각형이며 녹색 유리로 되어 있다(은으로 만들어져 장식되어 있어도 된다). 기둥 아래 쇠물닭이 여성용 와이셔츠를 입고 서 있다. 양팔이 드러나 있다. 머리카락은 꽤 짧은 편이며 푸른 리본으로 묶어 머리 주위에 흩어져서 꼭대기가 커다랗게 불룩 솟아 있다. 거의 크리놀린*처럼 부풀었지만 길이가 짧은 검은 치마, 맨다리. 왼쪽에 그가 서 있는데, 『로빈슨 표류기』의 삽화 첨부된 판본에 나오는 꽁꽁 묶인 세 사람 같은 차림이다. 삼각 모자,** 윗부분을 아주 넓게 접은 (18세기식) 장화, 손에는 가장 형편없는 성능의 엽총을 들고 있다. 마침 장전하는 중이라 총열 오른쪽 뒷부분이 관객을 향해 있다. 빨간색 지는 태양이 왼편에 있다. 하늘은 환상적인 구름으로 덮여 있다.

쇠물닭. (가볍게 비난하는 투로) 그거, 좀 빨리 할 수도 있을 텐데.
에드가. (장전을 끝내며) 알았어, 금방 끝나, 금방. (장전을 마치고

* 고래 뼈를 안에 넣어 부풀린 옛 서양식 치마.
** 옛날 서양 해적들이 주로 쓰던, 챙 양옆이 말려 올라간 모자.

쇠물닭에게 총을 겨눈다 — 잠시 정적.) 못 하겠어. 젠장! (총구를 내린다.)

쇠물닭. (아까처럼) 나와 당신 자신을 쓸데없이 괴롭히네. 모든 일은 이미 결정됐어. 난 오랫동안 시달린 끝에 드디어 서로 이해했다고 생각했는데. 그런데 이제 와서 또 저렇게 망설이다니. 남자답게 해. 자, 빨리 겨눠!

에드가. (총을 들며) 한 가지를 미처 생각하지 못했어 — 뭐, 그렇지만 아무래도 상관없겠지. (총을 들어 겨눈다. 잠시 정적) 못 하겠어 — 그래, 방아쇠를 당길 수가 없어. (총구를 내린다.) 중요한 건 내가 이야기할 사람이 없게 된다는 거야. 당신이 없으면 난 누구랑 이야기한단 말이야, 엘쥐베타?

쇠물닭. (한숨을 쉰다.) 아! 그러면 당신은 자기 자신과 더 많은 시간을 보내게 될 거야. 그러면 당신에게는 결과가 아주 완벽할걸. 자, 용기를 내! 잠깐만 쉬어. 이 모든 일에 대해서 나중에 생각해.

에드가. (책상다리를 하고 땅에 앉아 총신을 무릎에 올려놓는다.) 내가 혼자 있고 싶지 않을 때도 말이지.

쇠물닭. (체념하며 흙무더기에 주저앉는다.) 예전에는 혼자 있는 걸 그렇게 좋아했잖아. 나한테서 도망치던 거 기억나? 그런데 지금은 뭐지?

에드가. (화를 내며) 익숙해졌어. 이건 끔찍해. 난 우리 사이에 뭔가 굉장히 신축성 좋은 고무줄이 있는 것 같아. 2년 전부터 진짜로 혼자 있었던 적이 없었어. 당신이 멀리 떠나 있을 때에도 고무줄은 계속 늘어났지만 절대로 끊어지지는 않았어.

쇠물닭. 뭐, 그럼 실험을 한번 해 봐. 나한테서 새로운 건 더 이상 아무것도 찾아내지 못할 거야. 하지만 그래도 어쨌든 어떤 가능성이라는 건 있단 말이지. 여자 얘기를 하는 게 아니라 그냥 전반적으로.

에드가. 당신은 나라는 인간의 가장 저속한 부분을 자극하려고 하고 있어. 아주 완전히 여자다운 방식으로. (벌떡 일어난다.) 당신은 아마 그저 자살 충동에 시달리고 있을 뿐이야. 자기 자신이 겁나서 날 마치 무슨 기계처럼 이용하고 있어. 내가 뭔가 이 총의 연장선인 것처럼. 이건 모욕적이야.

쇠물닭. 참 우스운 의심을 하고 있네! 죽음은 나한테 아무것도 아니야. 그게 사실이지만, 난 전혀 죽고 싶지 않아. 그러나 산다는 것도 나한테는 죽음과 마찬가지로 아무것도 아니야. 나한테 가장 괴로운 건 바로 이 기둥 아래 서 있는 거야.

(해가 진다. 주위가 회색이 되고 점차 어두워진다.)

에드가. (양손으로 총을 주무르며) 아, 이건 참을 수가 없어! 저기, 이런 건 그만하고 여기서 떠나자. 저주받을 장소야. 여기선 아무 일도 일어날 수가 없어.

쇠물닭. (부드럽게) 아냐, 에드가, 당신은 결정을 해야 돼. 이건 오늘 꼭 해결해야 돼. 우리 둘이 생각했으니까 그걸로 끝이야. 난 이 삶을 더 이상 버텨 나갈 수 없어. 내 안에서 뭔가 멈춰 버렸고 그건 절대로 다시 되돌릴 수 없을 거야.

에드가. (결정을 내리지 못하고 신음한다.) 흠. 오늘 밤에 나한테 무슨 일이 생길지 생각하면 몸이 안 좋아져. 뭔가 구역질 나고 고통스러워, 둥글고 제한되지 않고, 그렇지만 완결되어 내 안에 영원히 갇혀 버린 고통이야. 그리고 난 이런 얘기를 할 사람이 없게 될 거라고. 바로 거기에 인생의 매력이 있잖아!

쇠물닭. (비난하며) 당신은 바로 이 순간에조차 좀스럽네. 하지만 그래도 당신은 나한테 내가 생각했던 것보다 훨씬 더 많은 의미가 있었어. 당신은 내 아이였고 내 아버지였어 ― 뭔가 중성적인 종류의, 형태도 윤곽도 없고, 뭔가 그 불분명한 특성으로 내 세계를 채워 준 그런 것이었어. (어조를 바꾼다.) 하지만 그래도 당신은 그렇게 좀스러워 ― 어린아이 같은 게 아니라 완전히, 절대적으로….

에드가. (분개하며) 그래, 알아. 난 장관도 아니고 공장 사장도 아니고 사회 선동가나 장군도 아냐. 난 직업도 미래도 없는 사람이야. 난 심지어 예술가도 아냐. 예술의 도움을 받으면 최소한 흥미로운 방식으로 죽을 수나 있지.

쇠물닭. 혼자 자기 안에 갇힌 삶이라니! 당신 친구 네버모어 경의 이론 기억나? 소위 삶의 창조성이라는 거. 하, 하!

에드가. 그 개념의 좀스러움이 내 모든 불행의 원천이야. 10년간 아무 결실 없이 나 자신과 싸우고 있다니. 그런 뒤에는 심지어 이렇게 조그만 일, 자살 따위 일조차 결정할 수가 없어서 스스로 놀라는 거지. 하, 하! (총구로 땅을 딱딱 친다.)

쇠물닭. 바로 그러니까 당신이 드디어 뭔가 위대한 일을 해내기를 원하는 거야. 날 죽인다는 건 절대로 작은 일이 아냐. 나중에 확실히 알게 될 거야.

에드가. (반어적으로) 나중에, 나중에. 하지만 내가 지금 확신하는 건 지금 이것도 또 하나의 실수일 뿐이고, 지금 최선의 합의를 해서 당신과 함께 집에 가서 저녁을 먹는 것이야말로 위대한 일이라는 건데? 아, 이 모든 일의 연관성이란!

쇠물닭. 이 남자는 어쩜 이렇게 멍청하지. 뭔가 돌이킬 수 없다는 게 바로 위대한 것인데….

에드가. 부탁인데 너무 멋대로 행동하진 말아 줘. 욕도 하지 말고. 그건 심지어 부조리극에서도 금지돼 있으니까.

쇠물닭. 좋아, 하지만 당신 자신도 이건 악순환이라는 걸 인정해야 할 거야. 돌이킬 수 없는 일은 모두 위대해. 죽음과 첫사랑과 동정의 상실과 기타 등등 그런 종류의 일들이 위대한 이유는 오로지 그 때문이야. 몇 번씩 되풀이할 수 있는 일은 모두 그로 인해서 좀스러워지는 거야. (구름 사이로 약한 달빛의 반짝임이 눈에 띄기 시작한다.) 당신은 돌이킬 수 없는 일은 아무것도 하지 않으려고 하면서 위대함을 원하잖아.

에드가. (반어적으로) 용기와 희생과 타인을 위해 고통을 당하

63

는 것과 원하는 걸 참고 자제하는 것도 위대한 일이야. 하지만 이 모든 일에 위대함이 없는 건 뭔가 참고 자제하는 사람들이 모두 자신의 위대함에 만족을 느끼고 바로 그로 인해서 좀스러워지기 때문이야. 예술 작품이 모두 위대한 이유는 그 하나하나가 유일무이하기 때문이지. 우리도 서로를 위해 희생하거나 아니면 같이 서커스에나 들어가 버리자고.

쇠물닭. (반어적으로) 존재하는 모든 피조물도 마찬가지로 유일무이하고 그러므로 위대해. 당신도 위대해, 에드가, 그리고 나도 그렇고. 지금 당장 날 쏘지 않으면 당신을 최악의 약골로 여기고 경멸할 거야.

에드가. 에, 난 이 모든 게 지겨워. 당신을 개처럼 쏴 죽이겠어. 당신을 증오해. 당신은 내 모든 양심의 가책을 온몸으로 상징하고 있어. 나야말로 당신을 경멸할 수 있다고.

쇠물닭. 말다툼은 그만두자. 무대 한가운데에서 당신과 헤어지기는 싫어. 이리 와서 마지막으로 내 이마에 입 맞추고 그런 뒤에 끝장내 버려. 우린 벌써 모든 일을 심사숙고했잖아. 자, 이리 와. (에드가는 총을 내린 채 망설이는 발걸음으로 다가가 이마에 입 맞춘다.) 그럼 이제 자리 잡고 서 봐, 내 사랑. 또 처음부터 망설이기 시작하면 안 돼.

에드가. (왼쪽으로 가서 이전에 있던 자리에 선다. 총을 들며) 그래, 좋아. 다 끝났어. 원하는 대로 돼 버리라지. (총을 치켜든다.)

쇠물닭. (손뼉을 치며) 아, 얼마나 좋은지!

에드가. 조용히 서 있어!

(쇠물닭 조용히 서 있다. 에드가 자세를 잡고 서서 오랫동안 겨냥하다가 양쪽 총구에서 짧은 간격을 두고 연달아 발사한다. 잠시 정적.)

쇠물닭. (그대로 서서 전혀 변화 없는 목소리로) 한 발 빗나갔군. 두 번째는 심장에 맞았어.

에드가. (말없이 총에서 탄피를 버리고 그런 뒤에 천천히 총을 땅에 내려 놓고 담배를 피워 문다.) 한 가지를 잊어버렸네. 아버지한테 뭐라고 말하지? 아마….

(그가 말하는 동안 타지오가 둥근 레이스 목깃이 달린 남색 잠옷을 입고 흙무더기 뒤에서 기어 나와 쇠물닭의 크리놀린 치마 안에 숨는다.)

쇠물닭. (선 채로) 아빠한테 가라, 타지오.

에드가. (몸을 돌려 타지오를 보고 내키지 않는 듯 말한다.) 아, 또 뭔가 뜻밖의 일이군.

타지오. 아빠! 아빠! 나쁜 짓 하지 말아요!

에드가. 난 나쁜 게 아냐, 아가야, 그저 이 모든 일이 끝난 뒤에 좀 쉬고 싶었던 것뿐이야. 그런데 넌 어떻게 여기 까지 왔니?

타지오. 몰라요. 총소리를 듣고 깼어요. 그리고 아빠는 우리 아빠잖아요.

에드가. 내가 아빠가 될 수도 있겠지. 알겠니, 꼬마야, 나한 텐 아무래도 상관없단다. 심지어 난 너의 아빠가 될 수 도 있어, 사실 애들은 참아 줄 수가 없지만.

타지오. 하지만 날 때리진 않을 거죠, 아빠?

에드가. (약간 정신이 나간 채) 모르겠다, 모르겠어. (정신을 차리고) 알겠니, 여기서 일어난 일은 뭔가…. 지금은 너한테 얘기해 줄 수가 없구나. 저 아줌마는 (쇠물닭을 가리키며) 어느 정도…. 그런데 내가 뭣 하러 이걸 말하는 거지….

타지오. 그래도 말해 줘요, 왜 총을 쏜 거예요?

에드가. (위협적으로) 당장 그거 내려놔! (타지오 총을 내려놓는다. 에드가 조금 부드럽게) 총을 쏜 이유는, 너한테 이걸 어떻게 말하면 좋을까 ─ 그러니까, 그저….

쇠물닭. (약한 목소리로) 아무 말도 하지 마… 이제 조금만 있으면….

에드가. 그래, 꼬마야. 이건 눈에 보이는 것처럼 간단한 일이 아니란다. 나를 아버지로 생각해도 좋아. 하지만 이건 알아 둬라. 누가 네 아버지가 될 건지, 어떤 사람인지, 그건 아직도 의문이다.

타지오. 그래도 아빠 나이 든 아저씨잖아요. 아빠 뭐든지 다 알 거 아네요.

에드가. 네가 생각하는 것처럼 많이 아는 건 아냐. (쇠물닭에게) 끔찍한 일이 벌어졌어. 당신한테 할 말이 너무 많아서 일생을 다해도 충분하지 않을 정도인데 여기서 갑자기 저 꽥꽥이가 나타나서 마지막 순간들을 절망적으로 망쳐 놓았어.

쇠물닭. (꺼져 가는 목소리로) 난 이제 죽나 봐. 전부 다 기억해 줘. 어떤 일이 됐든 당신은 꼭 위대해져야 해.

에드가. (쇠물닭에게 한두 걸음 다가간다.) 위대해진다, 위대해진다. 하지만 어떤 분야에서? 물고기 잡는 일이나 비눗방울 부는 일?

쇠물닭. (약하게) 가까이 오지 마. 이제 끝이야. (쇠물닭 흙무더기 위쪽으로 물러선다. 빠르게 흘러가는 구름 속에서 달이 순간순간 무대를 밝힌다. 지금은 사물이 확실히 보일 정도로 충분히 밝다.)

타지오. (총을 들어 올리며) 아빠, 저 아줌마는 왜 저래요?

에드가. (타지오에게 조용히 하라고 신호한다. 쇠물닭에게서 시선을 돌리지 않고) 조용히, 좀 기다려. (에드가 침묵하며 쇠물닭을 바라본다. 쇠물닭 흙무더기에 반쯤 누워 양손을 가슴께에 꼭 움켜쥐고 죽어 간다. 힘겹게 가래 끓는 소리를 내며 숨을 쉰다. 구름이 달을 완전히 가린다. 어둡다.)

타지오. 아빠, 나 겁나요. 여긴 무서워요!

쇠물닭. (간신히 말한다.) 아이한테 가…. 싫어…. (죽는다. 그사이에 무대 장식이 바뀌어 빌란이 병영의 마당이 된다. 뒤쪽에 노란 3층집 벽이 솟아오른다. 양옆으로 두 개의 벽이 막힌다. 가운데 창문들과 아래쪽의 대문에 약하게 빛이 비치기 시작한다. 그사이에 에드가는 타지오에게 다가가 말없이 타지오를 껴안는다.)

에드가. 자, 이제 난 혼자다. 이젠 널 돌봐 줄 수 있어.

타지오. 난 겁이 나요. 저 아줌마한테 무슨 일이 일어난 거예요?

에드가. (타지오를 놓아준다.) 사실대로 말해 주마. 죽었어.

타지오. 죽었다니 — 난 그게 뭔지 전혀 모르겠어요.

에드가. (놀라며) 모른다고? (약간 조바심을 내며) 잠자는 것과 비슷하지만 절대 다시 깨어나지 않는 거야.

타지오. 절대로? (어조를 바꾸어) 절대로. 난 앞으로 절대로 사과를 훔치지 않겠다고 말한 적이 있지만 그때는 달랐어요. 절대로 — 그게 끝없는 것과 똑같다는 건 알아요. 끝없이….

에드가. (조바심을 내며) 맞아, 그래 — 그건 끝이 없는 거야, 영원한 거야.

타지오. 나도 알아요, 하느님은 끝이 없죠. 절대로 그걸 이해할 수가 없었어요. 아빠, 난 이제 이렇게 많이 알게 됐어요. 난 전부 이해할 수 있어요. 하지만 저 아줌마가 불쌍해요. 저 아줌마한테도 이야기해 주고 싶은데.

에드가. (반쯤은 혼잣말로, 음울하게) 나도 그 여자에게 많은 이야기를 해 주고 싶었지. 너보다 훨씬 더 많이.

타지오. 아빠, 사실대로 말해 주세요. 나한테 뭔가 아주 중요한 일을 말 안 해 주잖아요.

에드가. (깊은 생각에서 깨어나며) 네가 옳다. 너한테 말해 줘야지. 어쨌든 달리 말할 사람도 없으니까. (힘주어) 내가 그 여자를 죽였어.

타지오. 죽여요? 아빠가 저 아줌마를 쐈어요? 이거 참 우습네요. 하, 하…. 마치 사냥할 때 같아요.

에드가. 타지오, 타지오, 그렇게 웃지 마, 무섭다.

타지오. (정색한다.) 아빠가 말한 그대로 일어난 일이라면 전혀 무서울 거 없어요. 나도 쐈어요, 플로베르트*로 까마귀한테 쐈지만. 아빠는 나한테 아주 커 보여요. 하지만 이 모든 일은 마치 벌레들이 서로 잡아먹은 것과 똑

* 소형 총기의 일종.

같은 일이에요. 사람들은 벌레와 같아요. 그리고 영원
함이 주위를 둘러싸고 비밀의 목소리로 사람들을 부르
고 있는 거죠.

에드가. 그런 걸 어떻게 알지? 어디서 읽었어?

타지오. 아마 꿈을 꿨을 수도 있죠. 난 이상한 꿈을 꾸니까
요. 계속 얘기해 줘요, 아빠. 내가 아빠한테 전부 다 해
석해 줄게요.

에드가. (땅에 앉으며) 알겠니, 이렇게 된 거다. 난 뭔가가 되
어야만 했지만, 뭐가 되어야 하는지, 그러니까 어떤 사
람이 되어야 하는지 절대로 알 수가 없었어. 난 심지어
내가 존재하는지도 확실하게 알 수가 없다. 하지만 내
가 끔찍하게 고통받고 있다는 것 하나만은 확실하게
현실이겠지. 저 아줌마는 (왼손 엄지손가락으로 뒤를 가리킨
다.) 날 끝까지 도와주려고 했고 스스로 나한테 죽여 달
라고 부탁했어. 결국은 모든 사람들이 그렇게 죽을 테
니까. 사람들은 불행한 상황에서 이렇게 스스로 위로한
단다. (오른쪽에서 등불 아래의 사람이 나타나 등불을 켠다. 강한 녹
색 불빛이 여덟 개 장방형 모양으로 중심에서 비추어 나온다. 타지오
는 에드가 가까이에 앉는다. 두 사람은 등불 아래의 사람이 듣는 것
에 상관하지 않고 이야기한다.) 어째서? 어째서냐고? 잘 들어
라 타지오, 아무리 다른 사람들처럼 살아가도, 어떤 목
적을 향해서 아무리 일을 해도 마치 눈가리개를 한 말
이 짚 써는 기계 주위를 빙빙 도는 것처럼 실제로는 아
무것도 알 수가 없는 거다. 목적은 자기 자신 안에 있

는 거지, 내 친구인 네버모어의 대공 에드가의 말에 따르면 그래. 하지만 난 한 번도 그 가장 깊은 진실을 완전히 이해한 적이 없어.

타지오. (진지하게 고개를 끄덕이며) 아, 난 이해가 가요. 나도 뭔지 알 수 없는 것을 원할 때가 있지만, 바로 동시에 아무것도 원하지 않아요, 하지만 그건 정말로 아무것도 아니에요. 알겠어요?

에드가. (타지오를 껴안으며) 오 그래, 이해한다. 넌 너무 일찍 시작했구나, 꼬마야. 내 나이쯤 되면 넌 뭐가 돼 있을까?

(등불 아래 사람은 잠시 그들의 대화를 듣다 말없이 오른쪽으로 퇴장)

타지오. 난 강도가 될 거예요.

에드가. (혐오스러워하며 타지오에게서 물러난다.) 안 돼, 그런 말은 하지 마. 나도 가끔은 끔찍한 일을 저지르고 싶을 때가 있어.

타지오. 하, 하, 아빠는 참 웃겨요. 정말로 끔찍한 일은 존재하지 않아요. 가끔 겁을 내는 것만 좋지 않을 뿐이죠. 그리고 끔찍한 일들은요, 그렇게 정말로 끔찍한 일들은, 내가 수채화 물감으로 색칠하는 것들뿐이에요, 알겠어요? 그런 파스틸컬러가* 있어요. 그리고 난 아주 겁을 내지만, 꿈속에서 그래요.

에드가. (벌떡 일어나며) 아무 일도 일어나지 않아, 아무것도. 뭔가 벌어질 거라고 생각했지만 여기엔 아무것도 없어,

---

* '파스텔컬러'를 잘못 말한 것.

그저 평온할 뿐이고 땅은 지축을 중심으로 조용히 돌아가고 있지. 세상은 의미 없는 황무지야. (주위를 둘러보고 병영이 있는 것을 본다.) 봐라, 타지오, 마치 우리가 감옥에 갇힌 것 같은 느낌이 드는구나. 벽이 노란색이야.

(병영 가운데의 창문들에서 빛이 번쩍인다. 타지오 일어나서 주위를 둘러본다.)

타지오. 나 이 집 알아요. 여기 군대가 머무르고 있어요. 해안으로 나가는 출구는 저쪽이에요. (병영의 철문을 가리킨다.)

에드가. (실망하여) 아, 그래! 난 이게 감옥인 줄 알았지. 쇠사슬에 묶여 있던 개가 된 기분이야, 풀려났는데도 이젠 더 이상 달려갈 줄 모르게 돼 버렸어. 일평생 개집 주변을 돌아다니며 도망갈 용기를 내지 못할 거야, 도망칠 수도 있지만, 또 어쩌면 그건 거짓말이고 난 여전히 묶여 있다는 걸 느끼지 않기 위해서. (타지오에게) 하지만 제대로 말해 봐라, 정확히 어떻게 여기까지 온 거냐?

타지오. (잠시 기억을 더듬은 뒤) 알지도 못하고 사실 기억하고 싶지도 않아요. 난 아주 많이 아팠어요, 남자아이들만 있는 어떤 집에서 살았고요. 엄마는 없었어요. 그 뒤에 아빠가 총 쏘는 소리를 듣고 깼어요. 그리고 저 집은 어쩌면 꿈에서 봐서 아는 건지도 몰라요….

에드가. (경멸적으로 팔을 휘두르며) 그런 얘긴 됐어. 내일은 네 교육을 시작해야겠다.

(그 순간 오른쪽에서 아버지 등장. 선원 복장으로 서서 눈에 띄지 않은 채 듣고 있다.)

타지오. 날 절대로 교육시키지 못할 거예요, 아빠. 그건 불
　가능해요.

에드가. 그건 왜?

타지오. 왜냐하면 아빠 자신도 교육을 받지 못했으니까요.
　난 그 점을 알고 있어요.

아버지. (그들에게 다가오며) 그 말 한번 잘했다, 꼬마야. (에드가
　에게) 저 조숙한 꼬맹이는 어디서 주워 왔냐?

에드가. (일어서며) 내가 아니에요. 저 애가 스스로 저 흙무더
　기 뒤에서 기어 나왔어요.

　(아버지 주위를 둘러보다 살해당한 쇠물닭을 발견한다.)

아버지. 이건 뭐냐? (손을 휘젓는다.) 하지만 어쨌든 아무래도
　상관없지. 네 개인적인 일에는 끼어들지 않겠다. 쇠물
　닭은 죽었어. 너도 알겠지만 그러니까 이 상황과 관련
　해 집에는 저녁 식사가 없을 거고 우리는 여기 바깥에
　서 뭔가 먹어야겠구나. 시체는 밖으로 옮기라고 하고.
　주검이 쓸데없는 곳에 굴러다니는 건 참을 수가 없어.

　(호루라기를 분다. 호루라기에는 노란 줄이 달려 있다. 에드가와 타
　지오 말없이 서 있다.)

타지오. 이건 재미있네. 마치 내가 언젠가 파스틸컬러로 그
　렸던 것 같아, 아니면 심지어….

　(왼쪽에서 하인 넷이 달려 들어와 한 줄로 선다.)

아버지. (쇠물닭의 시신을 가리키며) 저 아가씨를 가지고 나가. 여
　기 병영에 뭔가 냉동고 같은 게 있을 거다. (손가락으로 하
　인들 중 한 명을 가리킨다.) 당직한테 가서 내일 시체를 가지

러 사람을 보내겠다고 말해. 아무것도 묻지 말고 아무것도 지껄이지 마라. 그리고 그 뒤에는 여기로 식탁을 가져와서 저녁을 차려라.

하인들. 예, 알겠습니다. 그렇게 하겠습니다. (하인들 재빨리 쇠물닭의 시신에 달려들어 무대 왼편으로 내간다.)

아버지. (타지오에게) 그래 네 생각은 어떠냐, 꼬마야? 마음에 들어? 어때?

타지오. 이건 정말 굉장해요. 하지만 여긴 아직 뭔가 모자라요. 나도 그게 뭔지는 모르겠어요.

에드가. 아버지는 이 애한테 신경 쓰지 않으셔도 돼요. 내가 이 애를 입양했으니까. 내일 수속을 밟을 거예요. 우린 다른 인생을 시작할 거라고요. 새로운 건 아니고 그저 다른 인생을요, 아시겠어요 아버지?

아버지. 그럼 끝에서부터 시작해 보지 그러냐. 넌 빠져나가지 못할걸. 고갱은 스물일곱 살에 그림을 그리기 시작했고 버나드 쇼는 서른이 넘어서 글을 쓰기 시작했지. 하지만 그런 예가 무슨 소용이겠어. 다시 말하지만 넌 예술가가 될 거야. 그건 내가 보이체흐 바우포르, 무게가 1만 톤이나 되던 상선 '오론테사'의 전직 선장이라는 것만큼 확실해. 오늘 일어난 일들은 그저 시작에 불과하지만, 그래도 좋은 시작이지. 인정해라 에드가, 네가 스스로 너의 그 쇠물닭을 죽여 버렸다는 걸 말이다.

에드가. 바로 그래요. 바로 그 여자 자신이 그걸 원하기는 했지만요.

아버지. 그래, 물론이지. 너랑 살기보다는 죽는 쪽을 택한 거야. 그렇지만 너 없이는 살 수 없었던 거지. 가엾고 멍청한 쇠물닭. 난 그 여자가 불쌍하다. 그런데 넌 이제 뭘 할 거냐? 누구 앞에서 길고 지혜로운 논쟁을 벌이며 네 타락을 정당화할 거냐? 응? 저 어린 입양아 앞에서? 그래?

타지오. 선장님은 참 현명해요. 아빠는 이미 나하고 모든 것에 대해서 다 이야기했어요.

(하인들 왼쪽에서 식탁을 들고 와서 흙무더기 앞에 재빨리 다섯 명이 식사할 자리를 차린다. 식탁은 단순하고 의자도 단순하며 등나무로 되어 있다.)

아버지. 그래, 내가 말하지 않았냐? 위대한 운명이 너와 마주친 거다, 입양아 꼬마야. 미래의 위대한 예술가 에드가 바우포르가 너에게 마음을 털어놓고 이야기한 거야. 그걸 기억해라.

에드가. 아버지가 농담을 그만하시면 좋겠네요. 지금은 전혀 그럴 때가 아닙니다. (식탁을 쳐다본다.) 그런데 뭣 하러 저렇게 많이 차리는 거죠?

아버지. 내가 손님을 기다리거든. 네 앞에 친구의 가면을 쓴 적과 그 반대로 최악의 적인 듯 보이지만 호의를 가지고 있는 사람들을 데려오고 싶었다. 넌 있는 그대로 사는 법을 모르니까, 삶을 거꾸로 살아가면서 곁길을 뒤로 걸어 다니게 될 거다. 참는 것도 이젠 끝이야. 그만됐어.

에드가. 그럼 아버지…?

(타지오 엽총을 가지고 논다.)

아버지. 그래, 그래. 난 뭐가 번쩍거리는지 알고 있었다. 난
많은 일을 예견했지. 물론 전부 다는 아니고. 네가 그
여자를 쏘게 될 거라는 건 몰랐지. 공연히 칭찬해서 네
인성을 망칠 생각은 없다만 그게 약간 인상적이었다는
건 인정해야겠다. 다시 말하지만 약간이다. 그 일의 너
무 많은 부분이 그저 흔해 빠진 저열함일 뿐이었지만
말이다.

에드가. 사람이 아니라 사탄이군. 그럼 아버지는 알고 계셨
어요?

아버지. 그게 뭐가 이상하냐. 우리가 스톡피시 비치 만에
있는 집 2층에서 셋이 살았을 때 기억하니? 바로 그 여
자가 내 오렌지색 고양이한테 레몬을 먹여야 한다는
이상한 집착증을 가지고 있던 거 기억나? 그때 난 너희
둘을 잘 관찰해 두었다. 너희들은 그저 내가 보물을 찾
고 있다고 생각했고. 그 여자가 그때 너에게 그 보라색
꽃을 주고서 이렇게 말했던 것 기억나니? "위대한 사람
은 어떤 분야에서 위대해져야 하는지 묻지 않아요, 그
는 위대하니까요." 난 심지어 그걸 써 뒀다.

에드가. 더 이상 말하지 마세요, 아버지. 가엾은 엘쥬베타,
가엾은 쇠물닭. (양손으로 얼굴을 가린다.)

타지오. (손에 총을 들고 에드가에게 다가온다.) 아빠, 울지 말아요.
이건 그저 하느님이 마법의 파스틸컬러로 그리는 그림

들일 뿐이에요.

에드가. (눈을 뜨고 총을 본다.) 그거 치워! 그 물건은 쳐다볼 수
가 없다. (타지오에게서 총을 빼앗아 오른쪽으로 던진다. 하인들은
내내 식탁만 차리면서 전혀 주의를 돌리지 않는다.)

아버지. 진정해. 진정해라. 어릿광대 — 감상꾼 — 제 감정에
겨운 놈. (에드가는 움직이지 않고 땅을 내려다보며 서 있다.) 다
른 삶에 대해 기억해라. 다르다 — 그래, 말 잘했구나.
여기서 버틸 수 없을 것 같으면 화성이나 안타레스 행
성으로 가서 살아. 손님들이 온단 말이다, 알겠어? 감히
너의 그 말라뒈진 표정으로 내 체면을 구기지 말란 말
이다! 기억해라! (오른쪽에서 무의미하게 아코디언을 연주하는
소리가 들려온다.) 오, 벌써 오는군. (에드가에게) 고개 똑바로
들어. 눈물 한 방울도 흘려선 안 돼!

타지오. 선장님은 정말 참 멋져요. 마치 사악한 흑마술사 같
아요.

아버지. (감동하여) 날 할아버지라고 불러라. 마침내 내 방식
을 이해하는 사람이 나타났구나. (타지오의 머리를 쓰다듬는
다. 아코디언 연주 소리가 점점 가까워진다.)

에드가. (스스로 해명하며) 저도 이해해요. 저는 그저 아버지가
과장하는 게….

아버지. 말이 장애물을 치우듯이 내가 널 치워 버리지 않게
말이지. 입 다물어. 손님들 온다.

(오른쪽에서 알리치아 공주 등장한다. 바다 색깔의 무도회 드레스를
입고 모자 없이 스카프를 쓰고 있다. 그 뒤로 마체이 빅토시[가명 코

르보바코르보프스키 리샤르트]는 연미복을 입고 모자는 쓰지 않았으
며 아코디언을 연주하며 들어온다. 그 뒤로 장로 세 명 따라서 등장.)

레이디. 인사드립니다, 선장님.

(아버지가 마치 젊은 사람처럼 행동하며 여자의 손에 입 맞춘다. 빅
토시 연주를 멈추고 상황을 관찰한다.)

아버지. 공주님 — 한없이 기쁘군요. 상황이 약간 복잡하지
만, 우리가 풀면 되겠죠. 공주님은 좀 쓸모없이 저 신사
분들을 모시고 왔군요. (장로들을 가리키며) 사실 힘들지만,
그래도 어떻게든 해결할 수 있겠죠.

레이디. 아주 친절한 신사분들이세요. 곧 선장님께 소개해
드리죠.

아버지. 오, 우린 서로 압니다. (형식적으로 장로들과 인사한다.) 그
러면 공주님께 제 아들놈을 소개해 드리지요, 고인이
되신 공주님 부군의 절친한 친구이기도 했습니다. 가지
오,* 공주님과 인사해라. 제 아들입니다. 이쪽은 네버모
어의 알리치아 공주님이시다.

에드가. 무슨 말이죠, 그럼 에드가는 죽었나요?

아버지. 그 얘긴 나중에 하자. 예의를 지켜야지.

에드가. (공주의 손에 입 맞춘다.) 에드가에게 무슨 일이 생겼는
지 말씀해 주세요.

레이디. 만자프라 정글**에서 호랑이가 잡아먹었어요. 남편
은 언제나 자신의 용기를 시험했는데, 그러다가 결국

---

* Gazio. 에드가(Edgar)의 애칭.
** 인도 남부에 있는 정글 이름.

저 높으신 하느님도 참을성에 한계를 느끼신 거죠. 사
고가 나고 이틀 뒤에 죽었는데, 그가 아름답게 죽었다
는 건 확실하게 말할 수 있어요. 배가 다 찢겨서 무시
무시하게 고통받았어요. 그런데도 마지막 순간까지 러
셀과 화이트헤드의 저작을 읽었죠.『수학 원리』*를요.
아시죠, 그 조그만 수학기호들.

에드가. 예, 압니다. 기운도 좋군! 불쌍한 에드가. (아버지에게)
어째서 아버지는 저에게 아무 말도 안 하신 거죠? 너무
많은 충격이 한꺼번에 저를 덮치는군요. 맙소사, 혹시
엘쥬베타도 이걸 알고 있었나요?

레이디. 또 무슨 일이 있었나요? 얘기해 주세요. 에드가한테
서 당신에 대해 아주 많이 들었어요. 남편은 당신이야
말로 이 조그만 지구 상에서 가장 흥미로운 유형이라
고 여겼죠.

에드가. 예, 뭔가 이상한 일이 일어났어요. 저는 또 다른 삶
의 문턱에 서 있습니다. 마치 무덤 너머처럼….

아버지. 그만해요. 이 애는 오늘 총을 그냥 집어 들고 쇠물
닭을 개처럼 쏘아 죽였어요. 쇠물닭 자신이 원했다고
해서. 공주님 보기에 이거야말로 비열한 짓 아닙니까?

레이디. 아, 그 엘쥬베타 프라바츠카. 에드가한테서 당신들
에 대한 얘기도 아주 많이 들었어요! 내 불쌍한 남편은

---

* *Principia Mathematica*. 수학자 버트런드 러셀(Bertrand Russell, 1872-1970)과
앨프리드 화이트헤드(Alfred North Whitehead, 1861-1947)가 1910년부터 1913년까지
전 3권으로 출간한 연구서. 현대 수학의 금자탑으로 알려져 있다.

자주 그 여자에게서 편지를 받았죠. 그 여자는 참 이상한 애기들을 썼어요. 남편은 그런 편지를 받은 뒤에는 항상 어쩐지 불편해했죠.

아버지. 공주님께 묻고 싶은데, 공주님이 보기에 이건 비열한 짓입니까, 아닙니까?

레이디. 하지만 보이체흐 선장님…. 여자들은 자신을 희생하는 걸 참 좋아해요. 누군가를 위해 목숨을 바치는 건 행복이죠. 그렇죠, 에드가… 씨. 그 이름을 말하는 게 참 이상하군요….

에드가. 예…. 그게 옳죠…. 모르겠어요. 한 30분 전에 그 여자를 죽였어요.

레이디. 유감이네요. 꼭 만나 보고 싶었는데.

에드가. 에드가는 멀리서 그 여자와 사랑에 빠졌었어요. 나한테 편지를 써서 그 여자만이 유일하게 그가 진실로….

레이디. (불쾌해하며 그의 말을 막는다.) 에드가는 나만 사랑했어요, 친애하는 에드가 씨. 내 말을 믿으세요. 남편은 그 여자 사진을 한 장도 갖고 있지 않았으니까요.

(타지오 왼쪽에 서서 환희에 차서 모든 사람을 쳐다본다.)

에드가. 그렇지만 공주님, 제가 에드가의 편지를 보여 드리지요.

레이디. 그건 아무 의미도 없어요, 그는 거짓말을 했어요. 저와 함께 잠깐 가시죠, 제가 전부 설명해 드릴게요. (하인들 계속 흙무더기와 식탁 사이에 차려 자세로 서 있다. 레이디와

79

에드가 왼쪽으로 간다. 아버지는 선 채로 장로들과 빅토시를 쳐다보기도 하고 레이디와 에드가를 쳐다보기도 한다. 레이디, 에드가와 함께 왼쪽으로 가며) 그런데 저 귀여운 꼬마는 대체 누구죠?

에드가. 제 양아들입니다. 바로 20분 전에 입양했죠.

레이디. (미소 지으며) 30분 전에는 여자를 살해하셨죠. 20분이 지나지 않아서 누군지 모를 소년을 입양하셨고요. 하루 사이에 정말로 너무 많은 일을 겪으셨네요. 남편에게서 에드가 씨가 정말로 거물이라는 얘기를 들었어요. 꼬마야, 넌 이름이 뭐니?

타지오. 제 이름은 타데우슈 플레이크프라바츠키입니다. (공주에게) 공주님은 정말 아름다운 여자분이시군요. 제 그림 속의 요정 같아요.

에드가. 이건 뭐야? 게다가 이것까지? 난 아마 오늘 광란할 것 같아!

아버지. (웃음을 터뜨리며) 하, 하, 하! 이거 좋구나. (양쪽 무릎을 탁탁 친다.)

에드가. 아버지도 이걸 알고 계셨어요? 엘쥬베타에게 아들이 있는 걸 아버지도 알면서 저한테 아무 말도 안 하신 거예요?

아버지. (소리 내어 웃으며) 몰랐다, 난 '오론테사' 호의 선장이니까. 이건 깜짝 놀랄 일이군. 이리 와라, 타지오, 너 좀 안아 보자. (타지오 다가간다.)

에드가. 그래서 공주님은 저한테 하시려던 말씀이 뭐죠?

레이디. 이 모든 일이 실수라는 걸 증명하고 싶어요.

(두 사람 왼쪽으로 옮겨 가서 속삭이며 이야기한다. 빅토시 조바심을 참지 못해 아코디언을 연주해 댄다.)

에바데르. 비드모베르 선생, 이건 엄청난 이야기요. 내 생각엔 우리 모두 저녁 먹으러 아스토리아*로 가는 게 좋겠어요. 안 그러면 이 일에서 벗어날 수가 없을 거요.

비드모베르. 에바데르 선생, 나만 믿어요. 나쁜 일은 절대로 일어나지 않을 거요.

아버지. (타지오를 놓아주며) 아니, 신사 여러분, 저녁 식사 드시고 가십시오, 곧 식탁을 차릴 겁니다. (하인들에게) 움직여! 세 명분 더 차리고 포도주도 더 가져와. (하인들 왼쪽으로 달려간다.) 우리 오늘 흠뻑 마실 겁니다. 그렇죠, 코르보프스키 씨? 당신은 선원이었잖소.

코르보프스키. (아코디언으로 사납게 으르렁거리는 소리를 내며) 좋소, 바우포르 선장. 단지 난 이게 마음에 안 들어요. (왼쪽을 가리키며) 알리치아가 선장님 외동아들하고 희롱하는 것 말이오. 저런 퇴폐적인 인간들이 넘볼 상대가 아니란 말이오, 내 알리치아는. 알리치아는 내 거야. (아코디언을 내던지고, 아코디언은 으르렁대는 것 같은 소리를 낸다. 알리치아와 에드가 돌아본다.)

에바데르. 비드모베르 선생, 갑시다.

비드모베르. 나도 똑같은 생각입니다. 여기선 다툼이 일어날 것 같아요.

---

* Astoria. 고급 호텔 체인 이름.

81

티포비치. 기다려요! 우리는 저녁 식사에 초대받았어요. 상
　　황이 재미있군.

에드가. (레이디에게) 저 불량배는 누구죠? 미안합니다. 당신과
　　함께 여기로 왔지만, 궁극적으로는….

레이디. (오른쪽으로 옮겨 가며) 이 사람은 제 삶의 유일한 낙이
　　에요. 코르보프스키 씨, 에드가 바우포르 씨입니다. (신사
　　들 서로 인사한다. 하인들 식탁에 세 명분 식기를 더 차린다.) 그는
　　완전히 원시적인 사람이에요. 그가 아니었다면 난 에드
　　가의 죽음을 견뎌 내지 못했을 거예요. 우리는 인도에
　　서 만났어요. 지금은 우리 둘이 세상에서 가장 나쁜 것
　　들을 전부 찾아다니고 있어요. 이 사람이 상황을 조종
　　하는 능력이 얼마나 좋은지 상상도 못 하실 거예요.

코르보프스키. 알리치아, 부탁인데 농담하지 마. 죄다 거꾸로
　　뒤집어 놓고 있잖아. 사람들 앞에 있을 때도 보는 사람
　　이 없을 때와 마찬가지로 날 평범하게 대해 줘. 알겠어?

에드가. 어째서 저 사람은 공주님에게 반말하는 거죠? 이게
　　뭡니까?

코르보프스키. 난 이 사람 애인이오. 알겠소? 난 당신 아버지
　　에게 초대받아 여기 왔으니 내가 무슨 응석받이 외둥
　　이인 것처럼 취급하는 건 참을 수가….

　　(공주가 오페라용 쌍안경을 통해 두 사람을 쳐다본다.)

에드가. 이보시오, 부탁입니다… 이래서는 서로 믿을 수가
　　없어요. 난 오늘 하루 동안 충분히 시달렸어요. 제발 부
　　탁입니다.

(하인들 식탁을 다 차리고 식탁 뒤로 가서 한 줄로 선다.)

코르보프스키. 알리치아가 눈에 띄는 대로 아무 등신이나 데리고 한옆으로 가서 속닥거리는 건 내버려 둘 수 없어. 난 그 여자 애인이고 고인이 된 에드가 대공의 동의를 얻어서 1년에 4만 프랑의 연금도 받고 있단 말이야.

에드가. 그러니까 당신은 그저 흔한 기둥서방이었군….

코르보프스키. (차갑게, 힘주어) 난 기둥서방이 아니라 리샤르트이고, 게다가 전혀 흔하지 않은 리샤르트요.* 냄새나 맡아 보시지! (에드가의 코밑으로 주먹을 들이민다.)

에드가. 뭐야? 너 지금 그 냄새나는 앞발을 나한테 들이밀었겠다? (코르보프스키의 미간을 주먹으로 때려 쓰러뜨린다. 잠시 몸싸움.)

코르보프스키. 이 응석받이 어리광쟁이가….

에드가. 자! 받아라! 내가 한 방 먹여 주지! (빅토시를 오른쪽으로 내던지고 자신도 달려가 그를 덮친다.)

레이디. (아버지에게) 선장님 아드님은 운동선수이신가 봐요! 코르보프스키를 때려눕히다니! 게다가 얼마나 잘생겼는지 몰라요. 사진으로만 봤을 때는 전혀 몰랐네요. 표정이 참. 게다가 얼마나 지성적인지! 에드가에게 보낸 그의 편지를 잘 알아요.

아버지. (고개 숙여 절하며) 신경질적인 기운일 뿐이에요. 이제껏 아들놈한테 체조 한번 시켜 볼 수가 없었어요. 신경

---

* '여자에게 빌붙어 사는 남자(기둥서방)'라는 뜻의 폴란드어 '알폰스(alfons)'가 남자 이름이기도 한 것에 대하여 반박하는 말.

이 참. 신경질적인 기운이. 미친 사람들이 날뛰면서 병원에서 창살을 뜯어내는 것과 같죠. 신경질이에요, 예. 우리 집안은 오래된 귀족 가문이라오.

레이디. 하지만 저런 신경질이라면 운동선수 근육 못지않네요! 아드님은 참 굉장한 사람이에요.

아버지. 그러게 공주님이 만족할 거라고 내가 말했지요.

레이디. 절 며느리로 불러 주세요, 바우포르 씨. 전부 해결됐네요.

(아버지 고개를 숙여 화답한다. 에드가 돌아온다.)

에드가. (옷의 주름 장식이 전부 찢어졌다. 모자가 없어졌다.) 그가 도망가면서 뭐라고 소리쳤는지 들으셨어요? 이분이 (공주를 가리키며) 자기의 나쁜 행동, 그의 표현을 그대로 쓰자면 돼지 짓거리 없이는 살 수 없을 거라고 했어요. 공주님은 완전히 타락한 여자라고 장담하던데요. 에드가도 편지에서 저한테 그렇게 썼죠.

레이디. (애교를 부리며) 직접 확인해 보세요. 내일부터 나는 당신의 아내니까요. 아버님의 허락을 받았어요.

에드가. 하지만 그렇게 갑자기…. 난 오늘 정말로 내가 누군지 모르겠군. 며칠 뒤라면 어떨까요.

아버지. 줄 때 받아라, 바보야, 아무것도 묻지 말고. 일류 아내를 얻게 됐는데 저 녀석은 망설이다니.

레이디. (아버지에게) 쑥스러워서 그러는 거예요. (에드가에게) 나와 함께 살면 당신에게도 좋으리라는 걸 내가 알아요. 우리는 편지와 에드가의 이야기를 통해서 서로 알고 있으니까요. 그는 이미 오래전에 우리 둘을 연결해 준 거예요, 물론 나만을 사랑했지만요. 내 말을 믿으세요.

에드가. 물론 믿지요, 난 믿어야만 해요. (공주의 손을 잡는다.) 그럼 정말인가요? 난 지금과 다른 삶을 시작할 수 있는 겁니까?

레이디. 나와 함께라면요. 나와 함께라면 뭐든지 가능해요.

에드가. 하지만 저 코르보프스키. 혹시 그가 싫어하면… 난 겁이 나요.

레이디. 겁내지 말아요. 난 자기랑 함께라면 아무것도 겁나지 않아요. (양손으로 그의 머리를 잡고 입 맞춘다.)

타지오. 할아버지, 나한테 정말로 저렇게 아름다운 엄마가 생긴 거예요?

아버지. 그래, 아가야. 넌 굉장한 행운을 얻은 거다. 저 사람은 진짜 영국 공주님이란다. (모두에게) 자 이제, 신사 여러분, 자리에 앉아 저녁을 드십시다. 자, 어서요. (식탁을 가리킨다. 타지오 레이디에게 다가간다. 레이디 타지오를 껴안는다.)

레이디. 아가야, 오늘부터 날 엄마라고 불러도 돼. (타지오를 식탁으로 데려간다. 오른쪽에서 장로 세 명이 식탁으로 다가선다.)

에드가. (생각에 잠겨, 무대 앞쪽으로 나와서 반쯤 혼잣말로) 친구의 아내 — 애인의 아들. 드디어 나도 가족을 이루었어. 하지만 내가 과연 이 모든 걸 지탱할 수 있을까? (아버지에게) 제 말 좀 들어 보세요, 아버지. 제가 이 모든 걸 허용해도 되나요? 어떤 식으로든 참회를 먼저 해야 하는 거 아닌가요?

아버지. 자리에 앉아, 고개 돌리지 말고.

에드가. (모두에게, 마치 자기 자신에 대해 해명하듯이) 언제나 상황과 사람들이 나를 위해 모든 일을 해 줍니다. 난 마네킹이고 꼭두각시일 뿐이에요. 내가 뭔가 만들기 전에 내가 하려던 바로 그것이 나를 통하지 않고 벌써 혼자 움직여요. 이건 뭔가 저주 아닙니까?

레이디. 나중에 나한테 그 모든 일에 대해서 얘기해 줘요. 지금은 가서 먹어요. 나 미치게 배고파요.

(둘 다 앉는다.)

제2막

네버모어 궁전의 응접실. 왼쪽 벽 근처에 둥근 탁자. 안락의자 여러 개. 창문은 없다. 오른쪽과 왼쪽에 문. 벽에는 그림이 몇 점 걸려 있다. 모든 것이 밝거나 어두운 산딸기색을 띠고 있으며 그 들쭉날쭉함을 따뜻한 푸른 색깔이 해소해 준다. 가운데 넓게 움푹 들어간 부분이 있고 계단이 세 단 있으며 그 끝에 분홍색과 주황색을 띤 대리석으로 만들어진 가느다란 기둥이 네 개 있다. 기둥 뒤에 어두운 버찌색 막이 있다. 왼쪽 안락의자에 4분의 3 정도 관객석을 향해 몸을 돌린 채 레이디가 앉아서 뜨개질을 하고 있다. 아들은 양탄자에서 뭔가 상당히 커다란 기계장치를 가지고 놀고 있다. 아들은 머리카락을 짧게 잘랐고 짙은 진홍색 공단 옷을 입고 있다. 레이디는 차가워 보이는 옅은 회색 드레스를 입었다. 천천히 어둠이 깔린다. 잠시 정적.

타지오. (기계를 쉼 없이 만지작거리며) 엄마, 나 그 사람이 왜 우리 아빠인지 잊어버렸어요.

레이디. 이유를 잊어버렸어도 아무 상관 없단다. 모든 것에 대해서 왜 저렇지 않고 이런지 전부 다 알 수는 없는 법이야. 계속해서 끝없이 물어보더라도 절대 대답을 얻지 못할 수도 있어.

타지오. 나 그거 알아요, 영원이라는 거죠. 그건 이해했으니까 앞으로 절대로 잊지 않을 거예요. 그때부터 모든 일이 다 좋아졌어요. 모든 것이 영원하고 모든 일이 되어야 할 대로 되었다고 생각해요. 다만 그 한 가지를 모르겠어요. 어째서 그 사람은 다른 누군가가 아니라 아빠인 건지.

레이디. 그럼 코르보프스키 씨가 너의 아빠였으면 좋겠니, 우리 철학자 꼬마야?

타지오. 나한테 그렇게 말하지 말아요, 엄마. 내가 더 얘기해 줄게요. 난 엄마가 나타난 그 순간부터 무슨 일이 일어났는지 다 잊어버렸어요. 마치 떠올릴 수 없는 꿈처럼 그렇게 모든 일을 기억해요. 그냥 내 이름이 뭔지 그것만 기억이 나요. 더 이상은 아무것도 모르겠어요.

레이디. 그것만 해도 아주 많이 기억하는 거란다. 분명히 네가 모든 것을 다 잊어버려야만 했던 거야.

타지오. 난 내 인생의 시작을 알고 싶어요. 내가 어디서 왔고 모든 것이 어디로 가는지. 저절로 흘러가는데도 마치 뭔가를 향해서 가는 것처럼 보이거든요. 모든 일들이 그렇게 서둘러서 향해 가는 그 목적지는 뭐죠?

레이디. (약간 당황하여) 아버지한테 물어봐. 난 그게 뭔지도 모르겠다.

타지오. 엄마, 엄마는 나한테 뭔가 숨기고 있어요. 난 말하는 것보다 더 많은 걸 알고 있고요. 엄마 눈은 이중적이에요, 아래쪽에 숨겨진 서랍이 달린 상자처럼요.

레이디. 그럼 이제 내가 너한테 말해 주마. 나한테 그런 식으로 말하지 마라. 난 널 몹시 사랑하고 너한테 해를 끼치고 싶지 않단다.

타지오. 내가 예의 바르지 않은가요? 하지만 이 모든 일은 어딘가 어긋났어요. 마치 꿈속에서처럼 모든 일이 일어나요. (갑자기 활기를 띠며) 있잖아요, 난 절대로 아무것도 겁내 본 적이 없어요, 오로지 꿈속에서만 겁을 냈어요. 그런데 지금은 모든 일이 나한테 마치 꿈인 것 같으니까, 이제는 겁이 나요, 조금 뒤에 뭔가 무서운 일이 일어나서 이제까지 꿈에서조차 그렇게 겁내 본 적이 없을 정도로 겁이 날 것 같아요. 가끔 난 그렇게 무서워요. 그렇게 무서운 게 겁이 나요.

(얀 파르블리헨코 등장해서 위쪽의 전기 샹들리에를 켠다.)

레이디. 얀, 각하는 안 돌아오셨나?

얀. 아직 안 오셨습니다, 유어 그레이스.*

레이디. 그 조그만 술병들 잊지 말아 줘. 신사분들이 점심 식사 하러 오실 거야.

얀. 알겠습니다, 유어 그레이스.

타지오. (일어선다.) 그러니까 아빠를 괴롭히는 그 못생긴 진상들이 또 온단 말이죠.

(얀 왼쪽으로 나간다.)

레이디. (약간 독살스럽게) 코르보프스키 씨도 올 거야.

타지오. 그 사람은 나쁜 꿈에서 나온 아저씨죠. 하지만 난 그 아저씨 좋아요. 그 아저씨 처다보는 게 좋아요. 그 아저씨는 마치 작은 새를 잡아먹는 뱀 같아요.

* Your Grace. 귀족에게 쓰는 경칭. 영어.

레이디. (비꼬며) 그럼 너는 작은 새겠네? 그렇지?

타지오. 엄마, 어째서 나한테 다 큰 어른이랑 얘기하듯이 말하는 거예요? 그렇게 말하지 말아 달라고 부탁했잖아요.

레이디. 난 아이를 가져 본 적이 없어서 아이들하고 얘기하는 법을 몰라. 마음이 내키면 아프로시아한테 가려무나.

타지오. 그 아줌마는 눈이 이중적이지 않아요. 그리고 그 아줌마랑 있으면 지루해요. 난 착한 사람들을 좋아하지 않지만, 나쁜 사람들은 날 괴롭혀요.

레이디. (미소 띠며) 그럼 내가 나쁘단 말이니?

타지오. 몰라요. 하지만 엄마는 날 괴롭히고, 난 엄마가 날 괴롭히기 때문에 엄마랑 있는 게 좋아요.

레이디. (소리 내어 웃으며) 참 변태 같구나!

타지오. 그건 다 큰 어른한테 하는 말이에요. 나도 알아요. 난 왜 깨어날 수 없을까? 모든 일이 다 어긋났어.

    (얀 오른쪽에서 등장)

얀. 코르보프스키 씨께서 오셨습니다, 유어 그레이스.

레이디. 들어오시라고 해.

    (얀 퇴장. 타지오 오른쪽 문을 바라보며 침묵한다. 코르보프스키가
    연미복을 입고 등장.)

코르보프스키. 안녕하십니까. 내가 늦었나요?

레이디. 아뇨, 점심 식사가 늦었죠. 에드가 아직 안 돌아왔어요.

코르보프스키. (레이디의 손에 입 맞추고 그 옆, 벽 반대편 자리에 앉는

다.) 너까지 그 기분 나쁜 놈을 돌아가신 대공과 똑같은 이름으로 부르다니. 난 그다지 예민한 사람이 아니지만 그걸 생각하면 뭔가 심리적인 고통이 느껴져.

(타지오가 코르보프스키에게 덤벼들려는 것 같이 몸짓하다 멈춘다.)

레이디. (소리 내어 웃으며) 그래 — 물리적인 고통이 아니라면 좀 더 버텨 낼 수도 있겠지.

코르보프스키. 웃지 마. 난 마치 팔을 다쳤을 때처럼 내 상처 입은 영혼을 삼각건에 매달아서 다니고 있어. 내 적이 차지해서 세를 주는 내 밭에서 훔쳐 온 열매처럼. 난 너에 대해서 마치 미국의 토네이도처럼 강력한 귀천상혼(貴賤相婚)의 이끌림을 느껴. 난 귀천상혼의 욕망으로 가득해, 약삭빠른 저자가 내 욕망을 자기 자신을 조롱하고 비판하는 글로 고쳐 써서 그것으로 자기 자신의 무력한 운명을 채찍질하는 것 같아.

레이디. 지금 네가 하는 말은 전부 다 전혀 말이 안 되잖아.

코르보프스키. 나도 아니까 말하는 거야. 낮이나 밤이나 책을 읽으니까 머리가 도는 것 같아. (머리를 안락의자에 기대며 다리를 뻗는다.)

레이디. 똑바로 앉아.

코르보프스키. 기운이 없어. 마치 빨래 짜는 기계에 걸린 셔츠 같아. 시간이 가는 게 무서워. 시간은 빠르게 달리는 영양들 옆을 지나치는 아르헨티나 대초원의 바람처럼 내 곁을 지나 사라져 가고 있어. 괴로워.

타지오. (진지하게) 아저씨 말씀 참 멋있게 하셨네요. 잠에서

91

깨면 내가 그걸 그림으로 그릴게요.

코르보프스키. 이봐, 어린 미학자야, 넌 가서 자는 게 좋지
    않겠니? 진짜로 잘 시간이 된 거 아니냐, 응?

타지오. (레이디의 안락의자에 기대어) 안 가요. 아저씨는 잘생긴
    부랑자이지만 난 여기가 우리 집이니까요.

코르보프스키. 너도 나하고 똑같은 부랑자야. 충고하겠는데
    가서 자라.

레이디. 코르보프스키 씨 말이 맞다. 두 사람 다 완전히 똑
    같은 자격으로 내 집에 있어도 돼.

타지오. 틀렸어요. 그 사람이 왜 우리 아빠인지 내가 알았
    더라면 아저씨한테 다르게 대답했을 거예요. 그건 비밀
    이니까.

코르보프스키. 그건 전혀 비밀이 아니야. 너의 그 간신히 아
    빠라는 사람은 평범한 살인자야. 언제라도 목 매달릴
    수 있다고. 공주님의 자비로 쇠사슬에 묶인 개처럼 살
    아가는 거다. 알겠니?

타지오. 틀려요. 아빠는 자기가 원했더라면 위대한 사람이
    될 수도 있었겠지만 단지 그걸 원하지 않았을 뿐이에
    요. 그런 얘길 어디선가 들었어요.

코르보프스키. (일어나서 타지오를 잔인하게 밀친다.) 이 천치야, 내가
    너한테 위대함이 뭔지 보여 주마! 썩 꺼져! (타지오는 카펫
    에서 몸을 굴려 기계 쪽으로 기어가서 아까처럼 만지작거리기 시작하
    며, 몸을 숙이고 아무 말도 하지 않는다. 코르보프스키는 레이디 쪽으
    로 몸을 숙인 채 일어선다.) 알리치아! 난 더 이상 여기 못 있

겠어. 여긴 네가 있을 자리가 아냐. 그 비실비실한 바우포르 자식은 걷어차 버려. 난 이렇게는 못 살겠어. 내 안에 뭔가 새로운 괴물 같은 돼지 짓거리가 점점 커져서 날 도발하는 놈들은 안 좋은 결말을 맞이하게 될 거라는 느낌이 들어. 알겠어? 내가 읽는 건 (난 다른 일은 전혀 안 해.) 내 안에서 마치 열에 들뜬 것처럼 끔찍하고 털투성이에 잔혹하고 달아오른 악으로 변해 버려. 내가 제정신을 잃을 때까지 몰아붙이지 말아 줘. 이 모든 걸 다 버려. 오늘 그렇게 할 거라고 말해. 오늘 할 거라고 말하라고. 난 더 이상은 너 없이 지내는 이 모습으로 있고 싶지 않아. 난 내가 아무것도 아니란 걸 알아. 왜 나한테 돈을 주는 거지? 난 왜 사는 거야? (머리를 움켜쥔다.)

타지오. (몸을 돌려 환희에 차서 코르보프스키를 바라본다.) 폭발하세요, 코르보프스키 아저씨, 폭발하라구요!

(레이디 웃음을 터뜨린다.)

코르보프스키. (주먹을 들어 타지오를 위협한다.) 입 다물어! (레이디에게) 알리치아, 난 아무것도 아니지만, 바로 그게 이유야. 난 예전에 가장 행복한 사람이었어. 그런데 지금은 내가 꿈꾸었던 건 다 가지고 있지만 너 없이는 그건 아무것도 아니야, 대가리에 총알 한 방 박을 가치밖에 없다고. 난 미칠 것 같아!

레이디. (차갑게) 날 배신한 적 있어?

코르보프스키. 아냐, 아냐, 아냐! 그렇게 무관심하게 묻지 마. 난 견딜 수가 없어.

93

레이디. 그도 괴로워하고 있어.

코르보프스키. 그게 나랑 무슨 상관이야. 혼자 알아서 계속 괴로워하라고 해. 넌 이 집을 뭔가 괴물 같은 고통의 집으로 만들어 버렸어. 난 싫어.

레이디. (미소 띠며) 그럼 가!

코르보프스키. (여자를 향해 몸을 숙이며) 못 하겠어. 오늘, 오늘이라고 말해 줘.

(얀 등장)

얀. 비드모베르, 에바데르와 티포비치 선생님들이십니다, 유어 그레이스.

레이디. 들어오시라고 해.

(얀 퇴장. 연미복을 입은 장로 세 명이 들어온다.)

코르보프스키. (손뜨개 위로 몸을 숙이고, 큰 소리로) 훌륭한 솜씨군, 푸른색과 노란색의 조화라니. (잇새로 조용히) 오늘이라고 말해….

레이디. (일어나서 그의 곁을 지나 장로들을 맞이하러 간다.) 여러분 죄송합니다, 에드가는 늦는군요.

(장로들 레이디의 손에 입 맞춘다.)

티포비치. 그건 별일 아닙니다. 그래 우리 일은 어떻게 됐습니까, 신지학 잼 회사는요?

레이디. 우리가 가진 모든 자본을 끌어모으고 있어요. 나머지 금액은 부동산으로 보증합니다. 회사 이름 자체도 정말 멋져요. 에드가는 유니언 은행에 갔어요. 이제 금방 돌아올 거예요.

코르보프스키. 알리치아!

레이디. (돌아서며 차갑게 말한다.) 코르보프스키 씨, 저희 집에
　　서 나가 달라고 부탁드려야만 하나요?

　　(코르보프스키 몸을 둥글게 말고 손으로 얼굴을 가린 채 안락의자에
　　쓰러진다.)

티포비치. 공주님, 오늘은 우리 회사에 위대한 날입니다.

에바데르. 공주님이야말로 귀족 중에서 유일하게….

비드모베르. (에바데르의 말을 중간에 끊으며) 예, 공주님 혼자만
　　용기를 내셨어요. 그 선례가 반드시….

레이디. 점심 식사 전에 이 모든 일에 대해 다 이야기할 수
　　는 없어요. 여러분 모두 앉으시죠. (왼쪽으로 간다. 장로들
　　따라간다. 모두 코르보프스키에게 인사하지 않고 자리에 앉는다.)
　　전 아리아인과 유대인의 결합에 완전히 찬성이에요. 유
　　대인은 미래의 인종입니다.

에바데르. 그렇죠, 공주님. 유대인들의 부흥은 세상의 행복
　　을 위한 조건입니다.

비드모베르. 우리 인종 전체의 능력을 보여 줄 겁니다. 이제
　　까지는 그저 천재적인 개인들이 있었을 뿐이죠.
　　(안쪽에서 장막이 젖혀지고 길고 검은 외투를 입은 에드가가 재빨리
　　계단을 달려 내려온다. 타지오 그에게 달려간다.)

타지오. 아빠, 난 못 하겠어요! 난 엄마가 언제 사실을 말하
　　는지 알 수가 없어요. (레이디를 가리킨다.)

에드가. (타지오를 밀어내며) 저리 가. (모두에게) 점심 식사 준비
　　됐습니다.

타지오. 아빠, 난 정말 완전히 혼자예요.

　　(에드가 타지오에게 전혀 주의를 기울이지 않고 장로들과 이야기한다.
　　코르보프스키 마치 미라처럼 앉아 있다.

　　레이디 종을 울린다. 왼쪽에서 위아래 전체 초록색 옷을 입은 아프
　　로시아가 달려온다. 머리에 녹색 스카프를 썼다.)

레이디. 아프로시아 이바노브나, 어린애를 데려가요. 약초
　　물을 마시게 해서 재워요!

　　(아프로시아 타지오의 손을 잡고 왼쪽으로 간다. 오른쪽에서 쇠물닭
　　이 1장과 똑같은 옷을 입고 등장. 다만 실크 스타킹과 에나멜 하이힐
　　을 신고 망토를 둘렀다.)

레이디. 저건 누구죠?

에드가. (몸을 돌리며) 그 여자다! 살아 있었어?

쇠물닭. 그건 당신에겐 전혀 아무 상관도 없어야만 해.

타지오. (왼쪽 문 앞에서 멈추어 선다. 외친다.) 엄마!! (쇠물닭에게 달
　　려간다.)

에드가. (쇠물닭에게) 저 애가 당신 아들이야? 전부 거짓말이
　　었군.

쇠물닭. (놀라며) 한 번도 거짓말한 적 없어. 이 꼬마는 전혀
　　몰라. (달라붙는 타지오를 밀어낸다.)

타지오. 엄마! 나 못 알아보겠어요?

쇠물닭. 진정해, 아가야. 난 한 번도 네 엄마였던 적이 없어.

타지오. 그럼 나한텐 이제 아무도 없군요! (운다.) 그리고 깨
　　어날 수도 없어.

에드가. 아프로시아 이바노브나, 당장 타지오를 데리고 나가

요, 곧바로 재우도록 해요.

(아프로시아 타지오를 왼쪽으로 데리고 간다. 타지오 걸어가면서 정신없이 흐느껴 운다.)

레이디. (에드가를 건드리며) 당장 말해요, 저 여자는 누구예요?

에드가. 저 사람은 쇠물닭, 엘쥬베타 프라바츠카예요.

레이디. 하지만 당신이 그 여자를 죽였잖아요? 이게 무슨 뜻이죠?

에드가. 여자가 여기 찾아와 서 있는 걸 보니 내가 죽이지 않은 모양이군요. 이거야말로 결정적인 증거 같은데요.

코르보프스키. (일어서며) 그러니까 그 여자가 정말로 살아 있었군! 난 끝났어. 저 독사를 없애 버리려던 마지막 방법이 실패하다니! (에드가에게) 진정해도 좋소, 바우포르 씨, 협박은 성공하지 못했으니까.

에드가. 당신의 협박 따위 내겐 아무 상관도 없소. 당신이 이 집에 있다는 그 사실 때문에 나 스스로 고통받는 거요. 현재 내 인생의 요점은 참회요. (쇠물닭에게) 내가 완수할 능력이 없었던 일에 대한 참회야. 능력이 없어서 못 했으니 나는 그 대가로 고통받으며 참회해야 해. 당신은 기뻐해야겠군 — 이건 당신 잘못이니까. 이보다 더 비참한 일을 생각해 낼 수 있어?

쇠물닭. 당신의 고통은 아직 한참 모자라. 모자란다고. 그래서 당신한테 이 일이 그렇게 비참해 보이는 거야.

(오른쪽에서 아버지 등장, 연미복을 입고 턱수염은 면도했다.)

에드가. 아! 아버지도 이리 오셔서 손님들을 좀 접대해 주

97

세요. 저는 이 여자분과 몇 마디 할 얘기가 있습니다. 쇠물닭은 살아 있어요. 전혀 놀라지 않으시는 걸 보니 아버지는 이 모든 일을 정확히 알고 계셨던 것 같군요.

아버지. (즐겁게) 그래, 물론이지.

에드가. 괴물.

아버지. 돌아가신 너의 어머니가 널 망쳐 놨어. 난 그걸 고쳐서 너를 내 방식대로 키워야 한다. 자 그럼 이제 여러분 응접실로 오시죠. (레이디에게) 알리치아, 데 코르보 바코르보프스키 씨도 초대를 받으신 거냐?

레이디. 당연하죠. (쇠물닭에게) 제 남편과 이야기 마치면 식탁으로 가시죠. 그리고 식사 끝내시고 나면 저하고도 잠시 얘기해요.

쇠물닭. 그런데 대체 누구신지 여쭤봐도 될까요?

레이디. 저는 에드가 바우포르의 아내이고 에드가 네버모어의 과부입니다. 제 첫 남편은 아마도 당신 한 사람만을 사랑했던 것 같군요, 그것도 2천 킬로미터의 거리를 두고 말이죠. 하, 하! (손님들에게) 자, 이리 오세요.

(코르보프스키 레이디에게 손을 내민다. 레이디는 코르보프스키를 밀어내고 티포비치에게 손을 내민다. 모두 계단으로 간다. 안이 장막을 젖힌다. 그의 뒤로 장로 두 명이 가고, 그 뒤로 아버지, 그리고 마지막으로 완전히 절망에 빠진 코르보프스키가 터덜터덜 따라간다. 그러는 동안 내내 에드가와 쇠물닭은 움직이지 않고 서로 쳐다보며 서 있다. 모두 다 장막 뒤로 사라지고 장막이 닫힌다.)

쇠물닭. 그 여자를 사랑해?

에드가. 내 앞에서 그 단어는 꺼내지도 말아 줘. 그 소리조
차도 증오스러워.

쇠물닭. 마지막으로 질문에 답해 줘.

에드가. 아냐, 아냐, 그건 뭔가 다른 거야. 난 완전히 꼭두각
시일 뿐이고 모든 일이 내 힘이 미치지 않는 곳에서 일
어나고 있어. 그리고 나 자신은 마치 화면에서 움직이
는 중국의 그림자극처럼 보일 뿐이야. 움직임을 관찰할
수 있을 뿐이지만 그걸 내가 통제하지는 못해.

쇠물닭. 그러니까 내 죽음의 결과 아무 일도 일어나지 않았
단 말이지?

에드가. 그 결과 내가 이전보다 천배나 더 괴로워하게 됐
지. 난 다른 삶을 시작했어 — 새로운 삶이 아니고. 새
로운 건 옛날에 포기했지. 다른 삶이야. 거기서 그 안에
있는 걸 가지고 새로운 뼈대를 만드는 거야. 정확히 말
하자면 나 대신 아버지와 그 여자가 만들어 주고 있지.

쇠물닭. 그러면 궁극의 공허는? 난 감정을 말하는 거야.

에드가. 계속 이어져.

쇠물닭. 아버지는 당신한테서 뭘 원하는 거지? 항상 똑같은
건가?

에드가. 그래, 내가 확실히 예술가가 될 거라고 말씀하시지.

쇠물닭. 하지만 당신은 재능이 없잖아. 그 어떤 일에도.

에드가. 바로 그거야. 재능이 없고 앞으로도 없을 거야. 내가
금발로 변하지 않을 거라는 사실과 똑같은 거지. 검은
머리카락은 탈색이라도 할 수 있지만, 검은 성격이라면?

쇠물닭. 내가 이런 거 묻는다고 해서 화내지 말아 줘. 위대
함의 문제는 어떻게 됐어?

에드가. 위대함? 거대함 말이겠지? 당신한테 말했잖아. 난
알 수 없는 힘의 손아귀에 잡혀 있는 어릿광대일 뿐이
야. 난 꼭두각시처럼 위대하다고. 하, 하!

쇠물닭. 웃지 마. 그럼 현실의 삶은?

에드가. 아내의 재산을 관리하고, 그 전부를 신지학 잼 회
사에 집어넣고 있어. 저기 신사들 세 분이 운영하지. 나
는 그저 마네킹일 뿐이야. (잠시 침묵)

쇠물닭. 당신한테 이런 말 한다고 화내지 마. 당신의 고통
은 아직도 모자라.

에드가. 당신이 감히 나한테 그런 말을! 내 인생 전체가 얼
마나 끔찍한지 이해 못 한단 말이야?

쇠물닭. 이해해, 하지만 이 모든 게 아무것도 아냐. 당신한
테서 뭔가 얻을 수 있는 방법은 고문뿐이야. 내가 확실
히 알지.

에드가. 그럼 아직도 모자란다는 건 뭐야? 내 아내는 저 코
르보프스키를 곁에 붙잡아 두고 있어. 난 그를 증오해.
끔찍한 벌레처럼 혐오하고 경멸하는데도 그가 계속 주
위에 있는 걸 참아야만 해. 이제는 새 회사에서 자리를
맡을 거라고 해. 그가 아내의 애인인지 아닌지 그건 모
르겠어. 물어보지도 않았고 그건 해결하고 싶지도 않
아. 이것 하나만으로도 당신한텐 충분하지 않다는 거
야? 매일 저녁마다 가장 끔찍한 포악함의 극치야.

쇠물닭. 하지만 그 여자를 사랑하지 않잖아.

에드가. 당신은 여자야, 이 어린 아가씨야. 당신은 절대로
그걸 이해 못 해. 당신들 여자들한테는 한 가지밖에 없
지. 사랑하거나 사랑하지 않거나, 사랑하지 않거나 사
랑하거나. 그 문제의 해결을 넘어서서 훨씬 더 복잡하
게 얽힌 이 고통을 여자들은 절대로 이해 못 해.

쇠물닭. 계속해. 또 당신을 뭔가 괴롭히는 게 있어?

에드가. 내가 현실의 삶을 얼마나 증오하는지 당신도 알잖
아. 아침부터 이해득실을 궁리해야 해. 은행과 증권거
래소에서 미팅을 하고 제조업체와 협약을 하고 정산을
하고. 오늘부터 정말로 시작이야. 난 비즈니스맨이 된
거야. 고통의 극치야.

쇠물닭. 그건 전부 작은 일들이잖아. 그런데 타지오는 어떻
게 된 거야?

에드가. 당신이 죽기 전에 남긴 선물이지….

쇠물닭. 맹세하겠는데 전에 저 아이를 한 번도 본 적 없어.

에드가. 사실은 당신 말에 어긋나는 걸. 하지만 그 이야기
를 비비 꼬고 싶진 않아. 게다가 사실이라는 것도 내겐
아무 상관 없어. 그러니까 당신은 저 아이의 엄마가 아
니라는 거지?

쇠물닭. 내가 엄마가 될 수 없다는 건 당신도 알잖아!

에드가. 기적이라는 것도 일어나는 법이니까. 내가 공연히
당신을 죽이려고 애썼던 그곳에 거대한 병영이 서 있
는 거 알아? 하지만 그건 별로 중요하지 않지.

101

쇠물닭. 당신과 아이의 관계는 어떤지 말해 줘.

에드가. 타지오하고 나? 난 그 아이한테 미친 듯이 애착을 쏟아붓지만, 앞으로 그 애가 불한당이 될 거라고 느껴. 너무나 무서운 불량배라서 코르보프스키도 그 앞에서는 순한 양처럼 보일 거야. 그리고 내가 그 애한테 느끼는 미친 듯한 애착의 뒤에는 견딜 수 없는 신체적인 혐오감이 깔려 있어. 그 애는 날 전혀 사랑하지 않고 나한테서 아버지의 모습을 찾고 싶어 하지도 않아. 그 애는 코르보프스키를 동경해. 그러니까 그의 예술적 이상을 동경하지. 나한테 가장 고통스러운 부분은 설명했어. 이걸로 충분할 것 같군.

쇠물닭. 그건 아무것도 아냐.

얀. (장막 뒤를 가리키며) 레이디께서 여러분을 식사에 초대하십니다.

에드가. 잠깐만. (얀 사라진다.) 아무것도 아니라고? 그럼 대체 뭘 더 원하는데?

쇠물닭. 나도 몰라…. 어쩌면 감옥이나, 혹은 신체적인 고통이 당신을 치유해 줄지 모르지. 마음을 돌리는 경우도 실제로 있었으니까….

에드가. 마음을 어디로 돌린다는 거야? 신지학으로?

쇠물닭. 아니. 삶의 긍정적인 가치에 대한 믿음이지.

에드가. 잠깐! 물리적 고통. 그건 새로운 발상인데! (탁자로 달려가서 종을 울린다. 쇠물닭 호기심에 차서 그를 관찰한다. 왼쪽에서 하인 네 명이 달려 들어온다.) 제군들, 잘 들어라. 지금 당장

102

공주님의 박물관으로 가서 스페인 고문 도구를 여기로 가져와 알지, 그 노란색과 녹색 줄무늬 있는 거. 빨리.

(하인들 재빨리 왼쪽으로 나간다. 에드가 초조하게 왔다 갔다 한다. 쇠물닭 왼쪽으로 가서 안락의자에 앉아 눈길로 그를 뒤쫓는다.)

에드가. 그래, 이제 내가 당신한테 보여 주겠어….

쇠물닭. 다만 스스로 자기 자신에게 거짓말만 하지 마.

에드가. 조용히 해. 이제 난 나 자신의 주인이야. 내가 뭘 하는지 알고 있고, 다른 누구의 도움도 없이 내가 직접 할 거야. (바닥에 발을 구른다.) 조용히 해! 내가 말하잖아…. (하인들 2.5미터 길이의 상자를 들고 들어온다. 상자의 벽은 대각선으로 엮은 녹색과 노란색의 판자로 만들어져 속이 들여다보인다. 상자의 네 모서리에는 안에 ㄴ자형 손잡이가 들어 있는 노란 고리가 달려서 일종의 의자같이 보인다. ㄴ자 손잡이들에는 굵은 줄이 달려 있다. 상자는 오래된 것처럼 보인다.) 가운데에 세워! (하인들 상자를 세워 두고 모서리마다 한 명씩 차려 자세로 선다.) 그럼 이제 잘 들어. 이 기계로 나를 고문하는 거다. 내가 아무리 고함을 지르고 자비를 빌어도, 더 이상 고함칠 수 없게 될 때까지 날 잡아 늘이는 거야. 알겠나? 내 손하고 발을 묶고 손잡이를 돌려.

하인들. 예, 알겠습니다, 그렇게 하겠습니다.

에드가. 그럼 빨리 해! (외투를 벗어서 땅에 던진다. 그 안에 푸르스름한 셔츠를 입고 있다. 에드가 재빨리 상자에 기어 들어가서 의자 형태에 누워 머리를 왼쪽으로 향한다.) 빨리!

(하인들 눈이 어지러울 정도로 빠르게 줄을 묶고 손잡이를 돌리기

시작한다. 처음에는 빠르게, 그 뒤에는 천천히 힘겹게 돌린다. 에드가가 주기적으로 끔찍하게 신음하기 시작한다. 쇠물닭 안락의자에 앉아 정신이 나간 것처럼 웃어 댄다. 신음 소리가 멈출 때마다 에드가는 여자의 웃음소리를 확실하게 들을 수 있다.)

에드가. 멈춰 — 아아아! 못 버티겠어! 아아아! 아아아! 자비를! 그만해! 아아아! (마지막 '아아아'는 끔찍하게 첫소리로 변하다가 갑자기 끊어진다. 장막이 살짝 젖혀지고 훔쳐보는 레이디의 모습이 보인다. 그 뒤로 남자들이 옹기종기 모여 있다. 하인들 멈추고 상자를 들여다본다. 손잡이는 놓지 않고 이전 위치에 잡고 있다.)

쇠물닭. 뭘 구경하고 있어? 계속 돌려.

(식당에 있던 사람들은 레이디를 선두로 하여 천천히 응접실로 내려온다. 그 뒤로 얀이 내려온다. 쇠물닭 웃음을 멈추고 조용히 앉아 정신이 나간 듯 앞을 쳐다보고 있다.)

하인 1. 언제 기절했지.

하인 2. 이미 충분히 당한 거야, 불쌍하게도.

아버지. (상자로 달려가 안을 들여다본다.) 미친 거야 뭐야? (하인들에게) 당장 그를 꺼내. (하인들 눈이 어지러울 정도로 빠르게 에드가를 풀어 완전히 늘어져 버린 그를 꺼낸다.) 소파에 눕혀. (쇠물닭에게) 엘쥬베타, 이 흉악한 상황은 네가 만들어 낸 거냐? (그 순간 왼쪽에서 타지오가 셔츠와 타이츠 차림으로 비명을 지르며 뛰어 들어온다. 그 뒤에 아프로시아 따라온다. 레이디 약간 오른쪽에 선두 자리를 지키고 서 있다. 하인들 오른쪽에 있는 빨간색 간이침대에 에드가를 눕히고 차려 자세로 오른쪽에 선다. 얀이 그들에게 다가간다. 속삭인다.)

타지오. 아빠, 아빠! 앞으로 절대로 더 이상 비명 지르지 말
아요. (무대 안쪽 방향으로 간이침대 옆에 무릎 꿇고 앉는다. 에드가
눈을 뜨고 얼굴이 밝아진다.) 아빠, 사랑해요, 난 잠이 깨 버
렸어요. (에드가 타지오의 머리를 쓰다듬는다.) 아빠, 저 사람이
아빠를 괴롭히는 거죠, 내 엄마가 되고 싶지 않은 저
모르는 아줌마가. 난 저 아줌마가 여기 있는 게 싫어요.
다른 데로 데려가요. (에드가의 가슴에 얼굴을 묻는다. 에드가가
타지오를 껴안는다.)

코르보프스키. (사방을 둘러싼 침묵 속에 목청 높여 말한다.) 이건 4차
원의 무익한 형이상학적 고문 기구다.

아버지. 제발 조용히 하시오. (하인들에게) 저 빌어먹을 상자
를 내가라. 빨리. (하인들 상자에 달려들어 왼쪽으로 내간다. 아
프로시아 말없이 왼쪽에 서 있다. 검은 외투는 2막이 끝날 때까지 무
대 가운데 땅에 떨어져 있다.)

쇠물닭. (일어나서 격정적인 목소리로 레이디에게 말한다.) 당신은 에
드가 네버모어가 당신을 사랑했다고 생각하나요? 그는
나만을 사랑했어요. 여기 그가 나한테 보낸 편지들이
있어요. 모든 걸 알게 될 거예요. 이 편지들을 언제나
가지고 다녔지만 지금 이미 나한테는 필요하지 않아요.
(레이디의 발아래 편지 묶음을 던진다. 묶음이 풀어지면서 편지 알맹
이가 흩어진다. 코르보프스키 냉큼 편지를 주워 모은다.)

레이디. 난 모든 일을 알고 있고 이미 내 사랑하는 남편에
게 당신 이론의 불합리성을 증명했어요. 당신은 어머
니의 형상을 한 유령이었고, 어떤 남자들은 그런 형상

105

을 가까이 두는 걸 좋아하죠. 그런 실험은 멀리 거리를 두고 있을 때 가장 성공적이에요. 하지만 에드가는 오로지 나만 사랑했어요. 코르보프스키가 거기에 대해 좀 알고 있죠.

쇠물닭. 코르보프스키 씨가 여러 가지를 아주 많이 알고 있을지 몰라도, 저와 에드가 대공을 이어 주는 종류의 감정에 대한 문제라면 능력을 발휘할 수 없을 텐데요.

레이디. 당신은 유령이에요. 상상의 가치일 뿐이죠. 난 당신을 전혀 질투하지 않아요. 당신들의 영적인 4차원으로의 이동보다 난 현실이 더 좋아요. 에드가는 당신에게 무의미한 편지를 보냈는데 당신은 진지하게 받아들였다고 나한테 말했어요. 이 모든 일은 참 우습고 하찮군요.

쇠물닭. 거짓말이에요.

코르보프스키. 대공은 돌아가시기 직전에 말했소. 이미 죽어 가면서 그 수학기호 가득한 두꺼운 책을 읽고 있을 때였지.

레이디. 그래요, 호랑이에게 내장을 물어뜯기고도 러셀과 화이트헤드가 쓴 『수학 원리』를 읽었죠. 정말 영웅이었어요. 의식이 완전히 분명했고, 형이상학적인 희롱을 하며 당신을 가지고 놀았다고 말했어요. 그걸 정신병 환자들의 형이상학적인 희롱이라고 이름 붙였죠. 하지만 그 자신은 광인이 아니었어요.

쇠물닭. (갑자기 웃음을 터뜨린다.) 하, 하, 하! 바로 내가 그를 가지고 놀았어요. 난 전부 거짓말했어요. 난 전혀 존재하지 않아요. 난 단지 거짓말 속에서 살아 있을 뿐이에요. 거짓말 자체보다 더 높은 게 대체 뭐가 있겠어요? 그 편지들을 읽어 보세요. 그 사람은 날 믿었지만 한순간 무시무시한 의심에 빠져 자기 자신이 거짓말을 한 거라고 스스로 설득하려 했던 거예요. 바로 그게 그의 인생 드라마였죠. 그래서 그토록 용감했던 거예요. 그를 만나고 싶지 않았던 건 내 쪽이에요.

레이디. 그래요, 그가 실망할 수도 있었을 테니까요. 그는 심지어 당신의 사진 한 장 갖고 있지 않았어요, 왜냐하면 당신은 뭔가 신화적인 것이 되고 싶었으니까요. 그래서 당신은 자기 자신에서 절대로 벗어나지 못할 거예요. 그건 잘 알려진 일이죠.

(쇠물닭 뭔가 말하려 한다.)

타지오. (에드가의 품에서 뛰어나와) 저 아줌마를 쫓아내요. 난 저 아줌마가 여기 있는 게 싫어요! 거짓말을 한다고요!

(발을 구른다.)

에드가. (약한 목소리로) 타지오, 그러면 못 써.

레이디. 얀, 당장 저 숙녀분을 모시고 나가.

(얀은 이제까지 에드가의 머리맡에 차려 자세로 서 있다가 쇠물닭 쪽으로 움직인다.)

아버지. 내가 직접 저 숙녀분을 모시고 나가지. 엘쥬베타, 손을 이리 줘. 넌 네 나름의 방식으로 위대하구나. (손을 잡고 문 쪽으로 간다. 타지오 에드가의 발치에 앉는다.)

에드가. (누운 채로) 그러니까 아버지도 나한테 적대적인 건가?

아버지. (문 앞에서 돌아서며) 너한테 적대적인 게 아니라 너와 함께 삶에 대해 적대적인 거다. 네가 마침내 예술가가 되기를 기다리고 있다.

에드가. (계속 누운 채) 알리치아, 저 사람과 나 자신에게서 날 구해 줘. (코르보프스키가 망설이며 손에 편지 뭉치를 든 채 서 있는 것을 눈치챘다.) 저 불한당을 쫓아내! 당장 꺼지라고 해!

코르보프스키. (고분고분 고개를 숙인다. 레이디에게) 편지는?

레이디. 원한다면 가져가도 좋아요, 코르보프스키 씨. 그 서신들을 전부 읽으면 당신의 심리는 더더욱 복잡해지겠지. 가세요. (오른쪽 문을 가리킨다. 아프로시아 왼쪽의 안락의 자에 앉는다. 코르보프스키 망설인다.) 얀!

(얀이 가볍게 코르보프스키를 문 쪽으로 민다. 코르보프스키 거의 저항하지 않는다.)

얀. 자, 마체이, 변덕 부리지 말고. (둘 다 오른쪽으로 나간다.)

티포비치. (옆 주머니에서 뭔가 서류를 꺼내 에드가에게 다가간다.) 바우포르 씨, 부인의 재산 관리자로서 서명을 해 주시지요. 신지학 잼 회사 규정의 최종본이 완성되었습니다.

(만년필을 건네준다. 에드가 누운 채로 서명한다.)

에드가. 그럼 이제, 신사 여러분, 죄송하지만 더 이상은 안 되겠습니다. (세 장로들 고개 숙여 인사하고 알리치아의 손에 입 맞춘 뒤 퇴장한다.) 알리치아, 제발 부탁인데 새로운 인생을 시작합시다.

레이디. (미소 띠며) 다른 삶은 이미 아니고 그저 새로운 삶인가요?

에드가. 그건 불가능했어…. (마치 여태까지 타지오가 있는 것을 몰랐다는 듯 소년의 존재를 눈치챈다.) 타지오, 당장 가서 자라!

타지오. (일어나며) 그럼 이제 내 말을 믿는 거예요? 난 아빠를 믿어요, 나의 유일한 사랑하는 아빠니까. 난 그 아줌마가 내 엄마가 되고 싶지 않다고 했을 때 잠에서 깼어요. 난 착해지고 싶어요.

레이디. 나도 착해지고 싶어요.

에드가. (알리치아의 말에는 주의를 기울이지 않고 타지오에게) 네 마음 밑바닥에 악이 자리 잡고 있는데 착해지길 원한들 무엇이 널 도와줄 수 있겠니. 그리고 어쨌든 나는 오늘 내가 그 범위를 벗어났다는 걸 인정해야겠다. 윤리는 한 가지 종류의 개인이 수없이 많이 있기 때문에 생긴 결과일 뿐이야. 무인도에 있는 사람은 그 개념을 모를 거다. 타지오, 가서 자라.

타지오. 하지만 내 말을 믿을 건가요, 아빠? 엄마 얘기를 하는 게 아니에요, 엄마, 엄마의 눈은 이중적이니까요. 이젠 아빠가 왜 우리 아빠인지 알겠어요.

에드가. 네가 착해지길 원하는 것과 똑같이 나도 널 믿고 싶단다. (타지오의 이마에 입 맞춘다. 타지오 레이디에게 인사하지 않고 고개를 숙인 채 천천히 걸어서 왼쪽으로 간다. 아프로시아 일어나서 그의 뒤를 따라간다.)

레이디. (간이침대 위 에드가 옆에 앉으며) 정말로 무인도에 있는 것 같은 기분이 들어요?

에드가. 날 구해 줘요, 알리치아. 내 인생에서 거물은 이미

충분히 만났어요. 난 참회의 유혹에 빠졌어요. 아버지
는 그 여자, 엘쥬베타와 함께 나한테 맞서고 있어요. 둘
이 함께 날 유혹한다고요. (열기를 띠며 말한다.) 아직 또 한
가지 유혹이 날 기다리고 있어요. 아버지가 나한테 불
어넣은 거죠 — 예술가가 되는 것의 유혹. 난 남은 힘을
다해 저항하고 있어요, 난 재능이 없어요, 난 나 자신의
완전한 무(無) 안에서 위대하다고요. 오늘 삶은 모든 의
미를 잃었어요.

레이디. 그 여자가 거짓말을 하면서 떠나갔기 때문인가요?

에드가. (더욱더 열기를 띠며) 아니, 아니에요. 그 고문…. 난 원
하지 않아요. 당신한테 그 말은 하지 않겠어요. 예술로
부터 날 지켜 줘요, 난 예술을 증오하고 두려워해요. 삶
은 의미를 잃었고 그 유혹이 점점 커지고 있어요. 당신
이 날 지켜 주지 않으면 난 저항할 수 없어요. 알리치
아, 난 당신한테 감히 부탁할 수 없어요, 아까 그 고문
을 당한 뒤로 온몸의 뼈가 다 아파요. 나한테 진실로
입 맞춰 줘요 — 처음으로.

레이디. (에드가를 향해 몸을 숙이며) 오늘 당신을 정말로 사랑하
게 된 것 같아요. (에드가의 입에 키스한다. 긴 입맞춤.)

에드가. (알리치아를 밀어내며) 하지만 그래도 이 모든 일은 하
찮고, 하찮고, 하찮아….

레이디. (일어나서 몸을 편다.) 위대함은 거짓말 속에만 있을 뿐
이에요.

에드가. (약간 몸을 일으키며) 아, 그러니까 당신도 나한테 적대

적인 건가요? 무서운 삶이 우리를 기다리는군.

레이디. (천천히, 명확하게) 난 당신을 떠나지 않아요. 당신도,
　타지오도.

에드가. 우리는 마치 죄수들처럼 계속 기어가겠군, 죽을 때
　까지.

제3막

2막과 같은 방. 저녁. 샹들리에가 켜져 있다. 10년이 흘렀다. 오른쪽에 가구 세트가 있다. 뭔가 녹색 물건으로 덮인 간이 의자는 왼쪽. 오른쪽으로 문 근처에 카드 테이블이 설치되어 있다. 타지오는 20세 청년으로 왼쪽 안락의자에 앉아 생각에 잠겨 있다. 회색 선원 복장. 갑자기 오른발로 초조한 듯 바닥을 차기 시작한다.

타지오. 이 끔찍한 악몽이 대체 언제쯤 끝나는 걸까! 마치 무기징역을 사는 것 같아. 아버지는 대체 나한테 뭘 요구하는 건지 모르겠지만 자기 자신도 실패한 인간이야. 좋은 예지. (일어선다.) 당분간은 말을 들어야지. 하지만 이 모든 일이 일단 터지면 난 그 누구도 부럽지 않은 처지가 될 거야. 코르보프스키 — 참 굉장한 사람이었지. 그가 내 아버지가 아니었다는 건 정말 유감이야! (왔다 갔다 한다.) 여자들의 존재에 대해서는 완전히 잊어버리게 되는군! 수학이야, 수학뿐이지. 지옥 같은 일이야.
(오른쪽에서 문 두드리는 소리. 얀 등장.)

얀. 실례합니다, 10년 전에 이곳에 왔던 그 숙녀분께서 잠시 이야기하자고 청하십니다.

타지오. 뭐? (기억해 낸다.) 아! 들어오시라고 해요. 빨리. 내가 그때는 참 보기 흉하게 굴었지.
(문 쪽으로 간다. 쇠물닭 들어온다. 2막과 같은 옷차림이지만 검은

113

망토에 검은 모자를 썼다. 모자는 나폴레옹식의 '전투모'와 비슷하다. 오렌지색 스웨터를 입었다. 전혀 나이 들지 않았다. 게다가 대단히 유혹적이다. 눈이 상당히 흐려지고 입술은 더 붉어졌다. 얼굴 전체가 육감적으로 빛나는데, 1막과 2막에서는 전혀 흔적조차 없었던 일이다. 머리카락은 짧게 잘라 둥글게 말았다.)

쇠물닭. 당신이 타데우슈 바우포르인가요?

타데우슈. (당황하여) 예, 그렇습니다. 옛날에는 당신과 같은 성(姓)을 썼죠.

쇠물닭. 나도 알아요. 그저 우연이죠. 그 때문에 사람들은 내가 당신의 어머니일 거라고 생각했죠. 당신 자신조차 갑자기 내가 어머니가 되어 주길 원했고, 내가 거절하자 나를 원망했죠. 하, 하! 얼마나 재미있는 가십거리인지! 그렇지 않은가요?

(얀 미소 띠며 들어온다.)

타데우슈. (더욱더 당황하여) 그때 전 어렸어요. 어쨌든 저기, 앉으시죠. (쇠물닭 아까 타데우슈가 앉아 있던 왼쪽 안락의자에 앉는다. 타데우슈 여자 근처에, 관객석을 향해 왼쪽 옆얼굴을 보이고 앉는다.) 그런데 당신은 더 젊어진 것 같군요, 옛날에 만났을 때를 제가 얼마나 확실하게 기억하는지 모르겠지만….

쇠물닭. (몹시 당황하여) 네…. 인도식 요가에다가 미국식 마사지를 받은 덕이죠. 참 재미있네요, 하, 하!

(당황했다는 사실을 웃음으로 얼버무리려 한다. '배가 터지게', 입을 크게 벌리고 웃는다. 타데우슈 음을하게 당황해 있다. 쇠물닭이 그에게 더할 수 없이 선정적인 인상을 주었음이 눈에 보인다.)

114

타데우슈. (음울하게) 정확히 어째서 웃으시는 겁니까?

쇠물닭. (진정하며) 정확히 말하자면 참 쓸데없이 웃었네요. 요즘은 또 무슨 일을 하시나요? (마지막 말에 비꼬는 듯 강세를 준다.)

타데우슈. (음울하게) 저요? 아무것도 안 합니다. 공부를 하죠. 수학을요. 수학에는 전혀 재능이 없지만 억지로 공부하면서 괴로워하고 있습니다.

쇠물닭. 그건 가족 내력이에요. 당신의 할아버지는 당신 아버지를 어떻게 해서든 예술가로 만들려고 했죠. 하지만 내가 알기로는 전혀 성공하지 못했어요.

타데우슈. 지금까지는 성공 못 했죠. 거기에 대해서는 지금까지도 쭉 오해가 계속되고 있긴 하지만요. (본래 주제로 돌아오며) 아시는지 모르겠지만 제가 지금부터 하는 말은 좀 우습게 들릴 수도 있습니다. 저는 너무 바빠서 가끔은 여성의 존재에 대해 잊어버립니다. 어제는 수업 들으러 가는 길에 예쁜 옷을 입은 어떤 여자분을 보았는데, 맹세하건대 한순간 저게 대체 무슨 생물인지 알 수 없었습니다. 그런 뒤에야 여자가 존재한다는 사실을 깨닫고 미친 듯이 만족했죠. (말을 끊고 당황해한다. 쇠물닭 표정이 어두워진다.) 제가 바보 같은 말을 했군요. 이런 게 좀 유치해 보일 수도 있겠죠, 하지만….

(쇠물닭 모자를 벗어 탁자에 둔다. 망토를 안락의자 팔걸이에 던져 놓는다. 얼굴이 빛난다.)

쇠물닭. 그래서, 그 뒤는요?

115

타데우슈. 아무것도 없었어요. 당신이 아까 가족 내력이라
    고 했죠. 하지만 제가 아버지에게 입양되었다는 건 당
    신도 알고 계시겠죠?

쇠물닭. (당황하며) 네, 알죠.

타데우슈. 하지만 그가 제 아버지라고 가장 먼저 말한 사람
    은 당신이라고, 가끔은 맹세라도 할 수 있을 것 같아요.
    한 가지 확실한 건 그때 내가 굉장히 아팠다는 거죠.
    (쇠물닭 갑자기 타데우슈에게 조금 다가가서 갑작스럽게 뻔뻔한 태
    도로 묻는다.)

쇠물닭. 내가 마음에 드나요?

    (타데우슈 아주 잠깐, 일반적으로 말하는 "번개에 맞은 것 같은" 상태
    가 된다. 갑자기 몸의 긴장을 풀고 늘어지며 갈라진 목소리로 말한다.)

타데우슈. 당신이 굉장히 마음에 듭니다. 당신을 사랑해요.
    (쇠물닭에게 덤벼든다. 쇠물닭 소리 내어 웃으며 그를 밀어낸다.)

쇠물닭. 단번에 "사랑"한다고요? 그럼 길에서 본 그 아가씨
    는요? 그 여자분을 보고서야 세상에 여자가 존재한다
    는 사실을 깨달았잖아요.

타데우슈. 그건 아무것도 아니에요. 당신 하나만을 사랑해
    요. 입 맞추게 해 주세요…. (거칠게 쇠물닭에게 입 맞춘다. 쇠
    물닭 허용한다.)

쇠물닭. (밀어내며) 그만해요…. 누가 와요.

타데우슈. (제정신을 잃고) 당신도 날 사랑한다고 말해 주세요.
    난 처음으로 당신에게 키스했어요. 이건 무서운 일이에
    요. 사랑한다고 말해 줘요.

116

쇠물닭. (갑작스럽게 그에게 입 맞춘다.) 사랑해 ─ 순진한 아가야.
  넌 이제 나의….

  (아버지와 에드가 등장. 어리둥절하여 문가에 서 있다. 타데우슈 펄
  쩍 뛰어 쇠물닭에게서 물러난다. 아버지는 수염을 완전히 밀어 버렸
  지만 훨씬 더 나이가 들었다. 에드가는 상당히 나이가 들어 50대 이
  상 되어 보인다. 둘 다 타데우슈와 똑같은 옷차림.)

아버지. 이건 새로운 상황인데! (쇠물닭을 바라본다. 에드가 팽팽하
  게 굳어져 문가에 서 있다. 타데우슈 당황해 왼쪽에 서 있다.) 잘 있
  었니, 엘쥬베타. (쇠물닭 일어선다.) 참 오랜만이구나! 그런
  데 이렇게 예뻐지고 이렇게 매력적으로 변하다니. (타데우
  슈에게) 그리고 너, 이 늑대야, 벌써 연애를 거는구나. 응?

타데우슈. 전 이분을 사랑하고 반드시 결혼해야겠어요. 난
  또다시 꿈에서 깼어요. 아버지와 할아버지 두 분이 나
  한테서 원했던 게 뭔지 이제는 전부 알겠어요. 그런 건
  아무래도 상관없어요. 난 그런 사람이 되지 않을 거예
  요. 그 새로운 체계들은 전부 나하고는 맞지 않아요.

쇠물닭. (타데우슈의 손을 잡으며) 이 남자는 내 거예요. 이 애는
  당신들 사이에서 질식하고 있어요. 이 애는 아름다워요.
  그의 영혼이 아름다워요. 나를 통해서 위대해질 거예요.

에드가. (다가오며, 화가 나서) 단번에 영혼도 아름답고 위대함
  도 찾아냈군, 당신 마음에 들었으니까. 그 애를 알지도
  못하잖아. 그리고 위대해진다는 건 나를 위대하게 만들
  려던 것과 똑같이 할 수도 있어. 이 모든 일은 하찮아,
  흉측할 정도로 하찮다고.

아버지. 그 위대함 때문에 다들 미쳤구나. 내가 젊었을 때는 적어도 위대한 예술가가 될 수는 있었다. 그런데 이제는 그것조차 실패하는구나….

쇠물닭. (아버지에게 주의를 돌리지 않고) 당신들은 그의 삶을 비틀어 놓으려 하고 있어요, 내가 당신의 인생을 비틀어 놓은 것처럼. (뭔가 저열한 방식으로 자신과 에드가를 가리킨다.)

아버지. 넌 내 고양이의 삶도 비틀어 놓았지, 레몬 따위를 먹였으니. 하지만 고양이는 죽었고 여기서는 살아남든지 아니면 그냥 얼굴에 총알 한 방이 더 나아.

에드가. 바로 그겁니다. 난 타데우슈에게 그 어떤 자살 실험도, 인위적인 범죄도 겪게 하지 않을 거예요. 그 애는 학자가 될 거예요. 그거야말로 세상에서 유일하게 개들에게나, 혹은 그보다 더 못한 어떤 다른 생물들한테나 줘 버리지 않은 분야라고요.

타데우슈. 난 그 어떤 학자 따위도 되고 싶지 않아요. 난 엘쥬베타 씨를 사랑해요.

에드가. 그리고 그걸로 충분하다고 생각하는 거냐? 넌 여자가 아냐, 그것만으로 인생이 충족되는 게 아니라고. 이 애 좀 봐, 새로운 전문 분야를 찾아냈어 — 사랑을 한다는! 삼류 돈 후안이야, 그냥 단순한 호색한이라고!

쇠물닭. 그는 자신이 누구인지에 대해 진실한 통찰력을 가지고 있어요. 당신들은 어떻게든 모든 것을 비틀어 놓는군요. 범죄자를 그냥 범죄자로 내버려 두지 못하고 그보다 더 못한, 거짓말에 속아 버린 사람으로 만들어

118

요. 아버님, 아버님이야말로 그 인생 계획으로 모든 사람을 감염시키고 있어요.

에드가. 대체 언제부터 그렇게 거짓말을 알아보지 못하게 된 거야? 옛날부터 그랬던 거야, 아니면 이건 지금 이 상황을 위해 특별히 찾아낸 거짓말이야?

쇠물닭. 말에도, 일부러 생각해 낸 행동이나 직업에도 진실은 없어. 진실은 실제로 일어나고 있는 일 속에 있어.

에드가. 다들 보라고, 이 무슨 인생의 다다이즘이야. 그럼 둘이 원숭이라도 돼서 나무 위에서 살아가는 게 어때! 하지만 그 전에 내가 당신한테 한 가지 기억나게 해 주지! (아버지에게) 아버지가 이 사람들하고 잠깐만 말상대 좀 해 주세요. 금방 돌아올게요. (거의 뛰듯이 왼쪽으로 나간다.)

아버지. 그래서 젊은 한 쌍은 이 일에 대해 도대체 어떻게들 생각하시나?

타데우슈. 아무것도 생각 안 해요. 내가 이분하고 결혼하도록 아버지가 허락하거나, 아니면 내가 집을 나가겠어요. 그게 끝이에요.

아버지. 아무것도 할 말이 없군. 이 일이 어떻게 될지 옆에서 지켜봐야겠어.

(왼쪽에서 레이디 등장. 목깃에 레이스가 달린 연하늘색 목욕 가운 차림이다. 훌륭하게 외모를 유지하고 있으나 약간 화장을 했다.)

레이디. 아, 당신이군요. 무슨 일이죠? 내 첫 남편에 대해서 또 무슨 새로운 대발견을 했나요?

쇠물닭. 이미 그 문제에는 더 이상 신경 안 써요. 난 과거를

119

완전히 말살했어요.

레이디. (다가오며 독살스럽게 말한다.) 하지만 거기에 당신 자신도 포함되는지 모르겠군요. 굉장히 아름다우시네요. 뭔가 일이 벌어졌다는 걸 난 금방 알아챘어요. 에드가가 정신 나간 듯이 뛰어 들어와서 갑자기 18세기부터 전해 오는 복장으로 갈아입고 있으니까요. 보아하니 그는 당신과 함께 과거를 희롱하고 싶은 거겠죠.

쇠물닭. 그는 성공하지 못할 거예요. 난 타데우슈를 사랑해요. 그는 나와 결혼할 거예요.

레이디. 그렇게 빨리? (타데우슈에게) 타지오, 정말이니?

타데우슈. (확고하게) 네. 난 마침내 꿈에서 깨어나 당신들의 거짓말을 전부 깨달았어요. 인위적인 사람들, 인위적인 범죄, 인위적인 유혹, 인위적인 모든 것을 만들어 내고 있다는 걸요. 이젠 됐어요.

레이디. 저 애는 항상 무슨 꿈에서 깨어나서 모든 일을 깨닫기 시작하죠. 모든 걸 깨달은 게 벌써 몇 번째니? 이 모든 일이 벌써 몇 번째니?

타데우슈. 깨달은 건 두 번이에요. 하지만 모든 일은 아직 끝나지 않았으니 모든 일이 몇 번이나 되풀이됐는지 말하는 건 아무 의미도 없어요. 내가 세 번째로 깨달으면 그거야말로 끝이 될 것 같아요.

(쇠물닭 말없이 그의 어깨를 감싸 안는다.)

레이디. 꼬마가 참으로 현명해졌군. 조심해라, 잘못된 순간을 골라서 그 세 번째 깨달음에 대해 말하지 않게 말이다.

조심해! (손가락을 치켜들며 그를 위협한다. 오른쪽에서 얀 등장.)

얀. 마체이 빅토시입니다, 유어 그레이스.

레이디. 무슨 빅토시?

얀. 데 코르보바코르보프스키의 가명입니다, 유어 그레이스.

레이디. (놀라며) 실제로 그런 이름이라는 걸 몰랐네. 빅토시
   씨를 이리 들어오시라고 해. (얀 퇴장)

아버지. 새로운 변수로군. 그는 아마 모든 일을 알았을 거
   야. 난 더 이상 삶에 신경 쓰지 않겠어.

   (코르보프스키 등장. 낡고 해진 운동복을 입고 있다. 운동모를 쓰고
   손에 굵은 지팡이를 들었다. 얼굴은 풍파에 시달리고 나이를 먹었으
   나 아름답다. 이전보다 귀족적인 모습이다.)

레이디. 코르보프스키 씨, 본명 빅토시, 앉아서 앞으로 일어
   날 일들의 말 없는 목격자가 되어 주세요.

   (코르보프스키 고개 숙여 인사하고 오른쪽 안락의자에 앉는다. 그 순
   간 에드가 뛰어 들어온다. 1막과 같은 복장을 하고 모자를 썼다.)

쇠물닭. 이건 무슨 가면극이지? 어릿광대. 분위기를 만들기
   위해서 옛날 옷으로 갈아입었군. 멕시코의 장군님이나
   율리우스 카이사르로 변장하지 않아 유감이야!

타데우슈. 아빠, 이건 정말 너무 지나쳤어요, 매우 심각한
   상황을 코미디로 만들고 있잖아요.

에드가. 조용히 해. 네가 저 사람과 결혼하는 걸 금지한다.

코르보프스키. (일어선다.) 바우포르 씨, 잠깐 기다리시죠. 여기
   찾아와서 미안합니다. 공주님 허락을 받았습니다. 아직
   도 공주님을 사랑합니다. 난 벌써 5년 동안 당신들 삶을

121

관찰하고 있어요. 5년 동안 아르헨티나에 있었습니다.

에드가. 그게 나랑 무슨 상관이지? 빨리 용건이나 말하시오.

코르보프스키. 오늘이 결단의 날이라는 걸 알았습니다, 저 마녀가 여기 나타났으니까요. (쇠물닭을 가리킨다.) 난 경찰에 쫓기고 있지만, 오래전의 목격자로서 당신들을 돕기 위해 위험을 무릅쓰고 들어왔어요. 그리고 어쨌든 혁명이 일어났으니 난 거기에 휩쓸려 흘러 나갈 생각입니다. 만약 오늘 결정적인 전환이 일어난다면 난 아무것도 겁내지 않을 겁니다.

에드가. (조급하게 듣고 있다가) 됐어, 당신 하던 말은 나중에 끝내시오. 타지오, 넌 오늘 네 인생의 분기점에 섰다. 저 여자 곁에 남고 싶다면 넌 망한 거다.

타데우슈. 그건 아버지 자신이 그 여자에게 마음이 있기 때문이죠. 옷을 갈아입은 게 그 증거예요. 모든 일을 과장하시는군요.

에드가. 타지오, 마지막으로 말한다. 난 널 사랑하지만, 내 참을성에도….

타데우슈. (사납게, 그의 말을 막으며) 아버지는 늙은 어릿광대예요. 게다가 애초에 내 아버지도 아니죠. 내가 꿈이 아니라 현실에서 말하고 있다는 걸 잊지 말아 주세요.

에드가. (돌처럼 굳어졌다가 부르짖는다.) 이런 짐승 같은 놈이!

타데우슈. 그래요, 난 짐승이에요….

에드가. 조용히 해! 조용히 해! (덤벼들어 타지오를 쇠물닭에게서 갈라놓는다.) 넌 그 여자와 결혼하지 못해. 내가 그렇게

122

내버려 두지 않을 거다.

타지오. 만약 그렇다면 전 그 여자와 함께 당장 집을 떠날 거고 앞으로 다시는 절 볼 수 없을 거예요. 아시겠어요? 더 이상 아무 말도 하지 마세요.

코르보프스키. (에드가에게) 바우포르 씨, 정신 차리세요. 우선 저 원숭이 여자를 죽여야 해요. (레이디에게 비밀스럽게) 내 속임수를 알겠어, 알리치아? (에드가에게) 바우포르 씨, 그러지 않으면 우린 빠져나갈 수 없을 거예요.

에드가. 그래, 당신이 옳아요, 코르보프스키 씨. 당신이 와 줘서 다행이요. 고마워요. (소리친다.) 얀! 얀! (얀은 오른쪽, 문가에 서 있다.) 내 사냥총 갖다줘, 양쪽 총구에 장전해서! (얀 사라진다.)

쇠물닭. 이 코미디는 이제 지겨워. 타데우슈, 우리 같이 집을 나가요. 난 조그만 거짓말들을 참아 줄 수가 없어.

에드가. 이건 절대로 거짓말이 아냐, 농담이 아니라고.

(등불 아래에서 온 사람 등장)

등불 아래의 사람. 등불이 켜졌습니다.

에드가. 무슨 등불? 당신은 누구요?

(버찌색 장막이 걷히고 기둥 사이로 1막에서의 풍경, 기둥과 불 켜진 등이 보인다. 흙무더기는 계단에 가려 보이지 않는다.)

등불 아래의 사람. 모르는 척하시는군요! 하늘에서 떨어졌어요! 저쪽을 보세요! (장막 너머 풍광을 가리킨다. 모두 다 그쪽을 쳐다본다.)

에드가. 아, 저거! 잊어버렸어요. 감사합니다, 이제 가도 돼요.

123

(등불 아래의 사람에게 사례금을 조금 쥐여 준다. 등불 아래의 사람
뭔가 알아들을 수 없는 말을 중얼거리며 나간다. 문가에서 총을 들고
들어오는 얀과 마주친다.)

얀. 준비됐습니다.

(모두들 몸을 돌린다. 에드가 총을 잡는다.)

쇠물닭. (타데우슈에게) 갈 거예요 안 갈 거예요?

타데우슈. (마치 잠에서 깬 것처럼 몸을 떨고 넋이 나간 듯) 가요.

에드가. 한 걸음도 떼지 마! (쇠물닭에게) 저기에 서! (계단을 가
리킨다.)

쇠물닭. 그렇게는 안 될 걸. 바보 같은 장난은 이제 됐어.

에드가. 얀, 저 숙녀분 데려가서 꽉 붙잡아. 내가 쏠 테니까.

얀. 선생님, 전 겁이 납니다, 그러다가 저까지 쏘실 거예요.

에드가. 저 여자 잡으라고 내가 말하잖아.

(쇠물닭 문 쪽으로 움직이려 한다.)

얀. 선생님, 농담하지 마십시오.

에드가. 내 총 솜씨가 완벽한 건 너도 알잖아, 바보야. 사격
대회에서 일등상을 받았지. 여자를 잡고 저쪽에 가서
서, 안 그러면 지금 당장 네 얼굴에다 개처럼 한 방 쏴
주겠어! (마지막 단어들은 무시무시한 목소리로 끝난다. 얀 쇠물닭
을 붙잡아 계단을 향해 왼쪽으로 끌고 간다.)

쇠물닭. 이런 바보 같은 장난은 지겨워. 이거 놔, 이 깡패야.
에드가, 당신 정말 돌아 버린 거야?

(얀 여자를 계단 위로 끌고 간다. 풍광을 등에 지고 선다. 타데우슈는
머리를 움켜쥐고 제자리에서 움직이지 않은 채 공포에 질려 이 모습

124

을 보고 있다. 레이디와 아버지는 각기 다른 방향에서 목을 길게 빼고 무시무시하게 호기심에 차서 에드가를 보기도 하고 계단 위의 사람들을 보기도 한다.)

에드가. (얀에게) 조용히 붙잡고 있어. (겨냥한다.)

쇠물닭. (소리친다.) 에드가, 난 당신을 사랑해, 당신 하나만을. 당신이 질투하게 하고 싶었을 뿐이야.

에드가. (차갑게) 너무 늦었어!

쇠물닭. 저 사람 미쳤어, 이미 한 번 날 쐈어요. 살려 줘요!

(에드가 조준한다. 달려 나가려는 쇠물닭의 움직임에 맞추어 총구를 움직인다. 두 발을 짧은 간격을 두고 연달아 발사한다. 얀 쇠물닭을 놓아주고, 쇠물닭은 기둥 사이의 턱 위로 쓰러진다.)

얀. (쇠물닭 위로 몸을 숙이고) 정확하게 머리에 맞았군요! (내려오며) 선생님은 완전히 머리가 돌았군요! 맛이 가 버렸어요! (놀라워하며 머리를 긁적인다.)

에드가. (평온하게) 모든 일은 이미 한 번 일어났어, 단지 조금 다른 방식이었을 뿐이지. (얀에게) 이거 받아.

(얀 총을 받아 들고 퇴장한다. 문가에서 밀정 세 명과 함께 밖으로 나가지만 아무도 밀정들을 보지 못했다.)

타데우슈. 이제 마침내 세 번째 잠에서 깨어났어. 이젠 모든 것을 알겠어. 난 더 이상 희망이 없는 악한이야.

에드가. 잘됐구나. 난 널 증오한다. 이제 나한텐 심지어 입양한 아들조차 없어. 난 혼자야. (문득 기억하며) 알리치아 ─ 당신은?

레이디. (문을 가리키며) 저길 봐요, 저길 봐.

125

(밀정 두 명이 코르보프스키에게 덤벼들어 뒤에서 붙잡는다. 장막이 걷힌다.)

스모르곤.* 여러분 죄송합니다. 가장 위험한 악당 중 한 명인 마체이 빅토시가 이곳에 왔다는 첩보를 입수했습니다.

레이디. 리샤르트, 내가 당신을 망쳤어요. 내가 저 바보를 위해서 당신을 버렸어. (에드가를 가리킨다.)

코르보프스키. (밀정들에게 붙잡힌 채) 괜찮아. 혁명이 있으니까. 우린 또다시 만날 거야. 오래 걸리지 않아. 어쩌면 바로 오늘 모두가 자유로워질 수도 있어. 알리치아, 난 비유클리드적인 4차원의 괴물 같은 악행과 범죄 속에서 당신 하나만을 사랑했어. (레이디 그에게 다가가려 한다.)

스모르곤. (쉬물닭의 시신을 보고) 거기 서요. 저기 누워 있는 건 누구지? (계단을 가리킨다. 에드가 마치 뭔가 말하려는 듯한 몸짓을 한다.)

레이디. (재빨리) 저 사람과 사랑에 빠졌기 때문에 내가 그 여자를 죽였어요. (코르보프스키를 가리킨다. 코르보프스키 황홀하게 미소 짓는다. 타데우슈는 이런 혼란을 틈타 왼쪽으로 빠져나가 문을 향해 간다. 에드가 움직이지 않고 서 있다. 아버지는 완전히 얼이 빠져 침묵을 지킨다.)

스모르곤. 괜찮은 아지트를 하나 발견했군. 숙녀분은 — 호, 호 — 네버모어 공주님, 두 번째 남편 바우포르 — 이런

---

* 밀정의 이름으로 등장한 명칭 스모르곤(Smorgoń) 혹은 스모르고니에(Smorgonie) 지역은 본래 폴란드 영토였으나 제1차 세계대전 및 공산혁명 이후 소비에트연방에 편입되었다가 소련 멸망 이후 현재 벨라루스 영토가 되었다.

일을 꾸몄나?

(타데우슈 갑자기 문을 통해 오른쪽으로 뛰쳐나간다. 스모르곤 뒤를 쫓아 덤벼든다. 타데우슈 도망친다.)

코르보프스키. (그 뒤에 대고 소리친다.) 겁내지 마, 우린 또 만날 거야! (레이디에게) 알겠어, 알리치아, 이제 저 애는 진짜로 악한이 됐어. 하지만 시대가 이런 시대이니 어쩌면 대단한 역할을 하게 될지도 모르지.

(안 쇠물닭의 시신 저편에서 장막 아래로 고개를 내민다.)

스모르곤. 잡담은 이제 됐어. 두 사람 다 감옥으로 데려가.

(길거리에서 쿵쾅거리는 발소리, 노랫소리와 비명이 뒤섞인 소리 같은 것이 들린다.)

밀정 1. 감옥까지 갈 수 있을지 모르겠습니다, 저기서 벌써 뭔가 움직이기 시작했군요.

스모르곤. 서두르자.

(총성 두 발이 들리고 그 뒤 기관총 여러 대를 한꺼번에 쏘는 소리가 들려온다.)

코르보프스키. 잘돼 가는군. 거리로 나가자. 난 변화의 분위기를 좋아해. 광기에 찬 군중의 검은 바닷속을 떠다니는 것만큼 유쾌한 일도 없지.

(무대 너머 소음은 멈추지 않는다.)

레이디. 리샤르트, 난 당신을 사랑하고 당신이 놀라워요. 사랑하는 남자를 경멸하지 않는 것보다 더 큰 행복이 있을까요?

(밀정들 코르보프스키를 데리고 나간다. 그 뒤로 알리치아, 그 뒤로

스모르곤이 뒤따른다.)

레이디. (지나가며) 안녕히 계세요, 아버님. 집과 돈은 아버님
에게 남기겠어요. (에드가를 쳐다보지 않고 나간다.)

아버지. 자 이제 어쩌면 좋니, 아들아? 우린 파산했어. 타지
오가 코르보프스키의 아들인지 그것 하나만 밝혀지지
않았을 뿐이지. 하지만 그건 우리가 절대로 알 수 없을
거다. 넌 지금 예술가가 되는 게 어떠냐. 넌 어쩌면 심
지어 배우가 될 수 있을지도 몰라, 지금은 배우들도 창
작하는 사람들이니까, 순수한 형태*가 득세하기 시작했
을 때부터 말이다. (에드가 말없이 서 있다. 무대 너머 소음이 점
차 커진다. 기관총 여러 대를 쏘는 소리가 들린다.) 자, 결정을 해
라. 이젠 아마 인생과 너를 연결해 주는 게 아무것도
안 남았겠지? 지금이야말로 넌 예술가가 되어야 해.

에드가. 나와 인생을 아직도 연결해 주는 건 죽음이에요.
그게 내가 마지막으로 해결해야 하는 일이에요.

아버지. 어떻게?

에드가. (주머니에서 권총을 꺼내며) 이렇게. (아버지에게 보여 준다.)

아버지. 넌 훌륭한 배우가 될 수 있었을 거다, 특히 사람들이
요즘 쓰는 것 같은 부조리한 작품들에서 말이지. 그런
데 권총을 가지고 있으면서 뭐 하러 엽총으로 쏜 거냐.
맞히기 어렵게 하려고? 응?

---

* '순수한 형태(Czysta Forma)'는 비트키에비치가 주장한 예술철학의 일종으로,
예술과 철학, 종교는 현실과 거리를 두고 인간에게 형이상학적이고 추상적인 고양감을
불러일으켜야 한다는 이론이다. 이 책의 「부록」과 「옮긴이의 글」 참조.

에드가. 전의 그때하고 똑같이 되기를 원했으니까요.

아버지. 넌 예술가라고 내가 항상 말하지 않니. 너한테는 모든 일이 다 훌륭하게 짜 맞춰져 있어. 넌 희곡을 쓸 수도 있었을 거다. 이리 와, 한 번 안아 보자.

에드가. 나중에요, 지금은 시간이 없어요. 안녕히 계세요 아버지. (스스로 자기 오른쪽 관자놀이를 쏘고 땅에 쓰러진다. 아버지 잠시 눈을 휘둥그렇게 뜨고 서 있다.)

아버지. (격한 감정을 담아) "오 예술가는 이렇게 죽는가!" 게다가 자기 자신에 대해 아무것도 모르는 채로 말이지. 저기 저 어릿광대처럼은 안 돼. (소리친다.) 얀! 얀! (얀 뛰어 들어온다.) 도련님이 자살하셨다. 알비노들을 불러서 데리고 나가게 해.

얀. 저도 이렇게 될 거라고 그렇게 생각했습니다. (시신 위로 몸을 굽힌다.) 완벽하게 쏘았군요. 못 구멍 같은 작은 구멍뿐이에요. (거리의 소음이 최고조에 달한다.) 자식이 똑바로 쐈군. 오늘 참 굉장하게 겁을 먹었어요.

아버지. 얀, 가서 문을 열어, 누가 들어오려고 한다. 어쩌면 이 모든 일에 더해서 바깥의 군중까지 쳐들어올지도 모르지. (얀 나간다.) 이상한 일이지, 나이가 들고 선원 생활을 한 경험이 사람 내면을 얼마나 둔하게 만드는지. 나쁜 일도 좋은 일도 말 그대로 전혀 아무것도 느끼지 못하겠어. 젠장, 사람은 선박이 아니야. (티포비치, 에바데르와 비드모베르 들어온다.) 마침내. (장로들에게) 내 아들이 자살했소. 신경이 버티질 못한 거지. 힘들어. 그래 무슨

129

일이라도 있습니까?

티포비치. (창백하다. 다른 장로들 모두 겁에 질려 당황한 채) 바우포르 씨, 기뻐하십시오. 모든 일이 악마에게나 가게 돼 버렸어요. 유대인들은 언제나 빠져나갈 겁니다. 거리에는 시체가 산처럼 쌓였어요. 우린 걸어서 왔어요. 운전수가 달아나 버렸거든요. 자동차는 빼앗겼어요. 우리는 이상한 장면을 봤어요. 공주님이 목욕 가운 차림으로 코르보프스키와 함께 어떤 건달들한테 붙잡혀서 걸어가고 있었어요. 사람들을 뚫고 가까이 갈 수가 없었어요. (알비노들이 들어와서 에드가의 시신을 들어 올린다.) 코르보프스키가 뭔가 외쳤어요. 그들을 데려가던 사람들은 으깨진 사과처럼 두들겨 맞았고, 코르보프스키와 공주님은 군중과 함께 바리케이드 쪽으로 가서 '니에수미엔느흐 흐워프쭈프[무책임한 소년들]' 거리 쪽으로 가 버렸어요. 하지만 내가 무슨 말을 하는 건지, 모든 일이 다 꿈 같아요. 우리 회사는 존재하지 않아요. 새 정부가 모든 개인 사업을 전면 금지했어요. 외국은행에 넣어 둔 돈이 우리가 가진 전부예요. (이야기하는 동안 알비노들이 에드가의 시신을 왼쪽으로 옮긴다.) 그런데 그 집들은?

에바데르. 그것도 회사 소유였소. 모든 게 다 사라졌어요.

아버지. 내 입양된 손자도 여기서 살아남을 수 있을지 궁금하군. (갑작스럽게) 그래, 신사 여러분, 마지막 밤입니다, 어쩌면 오늘 저녁에 불한당들이 우리를 찔러 죽일지도 모르지만, 그래도 마지막으로 즐겁게 놀아 봅시다. (소리친다.) 얀!! (얀 문가에 나타난다.) 카드 테이블을 차려 줘. (얀 번개같이 빠르게 달려들어 카드 테이블을 방 가운데에 차려 놓는다.)

에바데르. 당신 미쳤소? 이렇게 결정적인 때에 카드놀이를 하자고?

아버지. 나나 당신 나이에 사회적 전환기에 시간을 빨리 보낼 유일한 방법이오. 대체 다른 일을 뭘 할 수 있겠소. 빈트인가 옥션 브리지인가, 댓 이즈 더 퀘스천.*

티포비치. 빈트로 합시다.

(기관총 쏘는 소리.)

아버지. 오, 들립니까? 카드놀이를 하지 않으면 우리가 뭔가 다른 일을 할 수 있겠냐고요? 그리고 이렇게 모든 일이 망했으니 말이오.

비드모베르. 생각해 보니 선생 말씀이 맞군요.

아버지. 당연하죠. 얀, 데울 필요 없는 음식으로 최고급 저녁을 차려 주고 포도주는 무한정 가져와. 우린 바다의 용처럼 술을 마실 거야. 이 실패한 3대를 위해 전부 마셔 버려야지. 난 어쩌면 아직도 혁명의 제독이 될 수 있을지 모르겠지만, 저놈들은 — 부르르…. 이 무슨 몰락이냐!

(티포비치, 비드모베르와 에바데르 카드 탁자에 둘러앉는다. 관객들이 바로 마주 보는 곳에 아버지를 위한 자리를 남겨 두었다. 티포비치 관객에게 등을 돌리고 앉았고 에바데르가 왼쪽, 비드모베르가 오

* 빈트(vint)와 옥션 브리지(auction bridge)는 카드놀이의 일종. "That is the question."('그것이 문제로다.')은 셰익스피어의 「햄릿」에서 따온 영어 대사다.

른쪽이다. 기관총 쏘는 소리가 약하게 들리고 멀리서 중화기를 쏘는 쿵쿵 소리가 들려온다.)

아버지. (문가에 서 있는 얀에게) 얀, 한 가지 더. 우리 저녁 식사에 그 아가씨들을 데리고 와. 알지, 도련님과 함께 만나러 다녔던 그 아가씨들 말이야.

얀. 하지만 이렇게 지옥 같은 때에 오려고 할까요?

아버지. 분명히 오려고 할 거야, 자네 마음대로 뭐든 약속해. (얀 퇴장. 아버지 탁자로 가서 카드를 둘러본다.) 걱정할 것 없습니다, 여러분, 어쩌면 우리가 현재 정부에 자리를 찾아낼 수 있을지도 모르죠.

티포비치. 스페이드.

에바데르. 투 스페이드.

아버지. (앉으며) 투 다이아몬드. (붉은 섬광이 무대를 뒤덮고 가까운 곳에서 수류탄이 터지는 괴물 같은 소리가 들린다.) 잘 터지는군. 선생, 비드모베르 선생?

비드모베르. (떨리는, 약간 우는 듯한 목소리로) 투 하트. 세상이 무너지는군요.

(조금 더 약한 붉은색 섬광이 몇 번 터지고 바로 뒤에 좀 더 멀리서 폭발하는 소리가 두 번 들린다.)

티포비치. 패스.

1921년

폭주 기관차

논점 없이 2막과 에필로그로 이루어진 희곡

모토: "더 이상 럼주는 없다(No more rum)."
— 빌리 본스, 로버트 루이스 스티븐슨의『보물섬』중에서

기관사 지침에서 인용:
"제6항. 여성은 기계에서 멀리 떨어져 있어야 한다.
그 어떤 경우에도 여성을 기관실에 들여놓아서는 안 된다."
—『광분하는 기관사 교본』중에서

이레나 얀코프스카 양에게 바침

등장인물

지그프리트 텐기에르 기관사. 35세. 얼굴이 길고 대단히 표현이 풍
부하다. 턱 윤곽과 휘어진 눈썹 모양에서 의지력이 강함을 쉽게 엿볼
수 있다. 턱수염은 어두운색이고 뾰족하게 다듬었으며 가느다란 콧수
염을 길렀다. 어두운색 잠바와 검고 옆에 빨간 줄이 있는 바지를 입었
고 바지 끝은 노란색 가죽 각반에 집어넣었다. 챙 달린 모자를 썼다.

미코와이 보이타셰크 화부(火夫), 28세. 깔끔하게 면도했다. 얼굴
윤곽이 굵고 강하지만 흉측하게 꿈꾸는 듯한 기색이 엿보인다고 할
수 있다. 검은 머리카락. 회색 잠바. 녹색 바지는 노란색 장화에 집어
넣었다.

조피아 텐기에르 기관사의 아내. 28세. 갈색 머리, 매우 예쁘고 악마
적이다. 세련된 옷차림.

율리아 토마시크 화부의 약혼녀, 18세. 금발, 매우 예쁘지만 짐승 같
은 아름다움이다.

투르불렌찌우슈 드미드리기에르 나이 든 신사, 여행 복장.

바른헬름의 백작 영애 민나 히스테릭하고 진부한 아가씨이지만
오래되어 몰락해 가는 종족을 나타내 주는 특정한 매력이 없지 않다.
여행 복장.

3등실 여행객 세 명 쓰레기 같은 외모. 그중 하나는 도둑으로, 수갑
을 차고 있다. 자신이 기관사라고 주장한다.

헌병 두 명 수갑 찬 쓰레기를 호송한다. 환상적인 옷차림.

민나를 동반하는 숙녀, 미라 카푸스친스카 양 45세. 뚱뚱하
고 안경을 썼다.

기차 차장 오스트리아식 제복, 주황색 옆줄, 귀덮개 달린 털모자.

마르쩰리 바스니쯔키 박사 젊고 갈색 머리에 뾰족한 턱수염. 흰 가운 차림. 자기 분야를 잘 안다.

미라의 남동생, 발레리 카푸스친스키 금발, 30세. 은행 직원이며 미술계의 잠재적 형식주의자.

철도 선로공, 얀 겡곤 붉은 턱수염. 붉은색과 녹색의 등불.

그의 아내, 아름다운 야니나 겡곤 금발. 시골 점쟁이.

여행객 무리 모두들 큰 소리로 매우 분명하게 말한다.

제1막

무대는 기관차 뒷부분과 연료차 앞부분을 보여 준다. 두 차량 사이 연결부는 무대 중앙에서 약간 오른쪽으로 내려가 있다. 기관차는 아직까지 알려지지 않은 타입으로 거대한 것도 좋다. 움직임의 방향은 오른쪽이다. 무대 오른쪽이나 왼쪽 방향으로 움직이는 것 외에도 운동 방향에 맞게 기차 자체의 오른쪽과 왼쪽 방향이 명시될 것이다. 제어기는 당연히 오른쪽에 있다. 기차 안은 등불 두 개로 환히 밝혀져 있다. 막대와 손잡이와 파이프와 운전 장치가 등불 빛에 반짝이는 것이 보인다. 화실(火室)은 열려 있어 그 안에서 빛이 번쩍이고 핏빛 불꽃을 피워 올리는 불길이 터진다. 기관차 구조는 연료차의 석탄과 보일러 사이 빈 공간이 충분히 넓어야 하며 (평균적인 방의 크기) 기관차 지붕은 뒤쪽 관객석에서 관람하는 관객들의 시야를 가리지 않아야 한다. 가끔씩 앞쪽 밸브들에서 연기가 뿜어져 나와 모든 것을 다 가린다. 철길 경사로 높이는 50센티미터 이상이어야 하며 또한 방벽으로 둘러싸여 기차가 무대 나머지 부분과 분리되어야 한다. 사람이 기관차 근처 땅에 서 있다면 몸의 절반 정도까지 보여야 한다. 무대 안쪽 장식은 영상 프로젝터를 이용해서 화면에 영상을 투사하여야 한다. 처음에는 안쪽의 뒷배경이 움직이지 않고 기차역을 보여 준다. 기차가 움직이기 시작하는 순간부터 영상은 왼쪽으로 지나가기 시작한다(움직이는 기차에서 본 풍경). 같은 영상이 몇 군데 경계선이 되는 장면들에서 반복될 수 있다. 정리하면 처음에는 영상이 승강장 방향에서 본 기차역을 보여 준다. 저녁노을이 지평선에서 저물고 왼쪽에 증기기관 차고가 있어 신호등 몇 개와 기관차의 윤곽이 보인다. 신호기 몇 대에 붉은색과 녹색 등불이 달리고 가로대가 밖으로 튀어나와 있다.

　　제1막은 기차역 건물 뒤의 인기척이 없는 승강장에서 시작된다. 그 뒤로 신호기 너머 불 켜진 시내가 보이고, 도시의 광휘가 황혼의 불빛과 맞선다. 그것을 배경으로 몇 군데 불이 켜진 집들, 탑, 마천루, 구름 등의 윤곽이 나타난다. 보일러의 화실은 열려 있다. 불꽃이 터져 나온다. 화부 보이타셰크 커다란 석탄 덩어리를 던져 넣어 화실을 채우면서 「이상적인 탱고」를 휘파람으로 불고 있다. 그런 평화는 오래 지속되지 않는데, 왼쪽에서 율리아가 다가온다. 옷차림은 우아하지만 전혀 안목이 없다. 손에는 작은 바구니를 들고 있다. 기차가 서 있는 동안 내내 평범한 기차역의 소음이 들려온다. 기관차의 기적 소리, 차량이 부딪치는 굉음, 종소리와 사람들 무리가 내는 소리.*

율리아. 미코와이, 먹을 걸 가져왔어요. 오늘 밤에 당신 배 터지겠네요. 제일 좋아하는 크림 케이크하고 샤르트뢰즈 포도주 한 병 들어 있어요.

미코와이. (삽을 던지고 화실을 닫는다. 기차가 숨소리를 내기 시작한

* 증기기관차는 기관사실 앞부분에 엔진과 보일러 등이 커다랗게 튀어나와 있기 때문에 디젤 기차나 일반 자동차처럼 기관사가 창문을 통해 전방을 보면서 운전할 수 없다. 그래서 기관사가 기관사실 오른쪽에 서서 창밖으로 얼굴을 내밀고 선로와 진행 방향을 확인하며 기차를 제어한다. 본래 왼쪽에서는 보통 부기관사가 계기반을 보며 기관사에게 증기압과 보일러 온도와 속력 등 엔진과 기관사실 내부 상태를 보고하는데, 이 작품에는 부기관사가 등장하지 않는다. 원래 증기기관차에서 화부는 기관사와 부기관사의 명령에 맞춰 석탄을 더 때거나 덜 때며 연료를 관리하는 역할만 한다. 지문에서 제어기가 "당연히" 오른쪽에 있다는 묘사는 이러한 구조에 바탕을 둔 것이다. 극이 진행됨에 따라 기관사실의 기본 구조를 염두에 두면 상황을 이해하는 데 도움이 된다.

다.) 고마워, 율리아. (내려와서 바구니를 받아 도로 올라가서 연료차에 올려놓고 다시 내려온다. 이 모두를 마치 원숭이처럼 능숙하게 한다.)

율리아. (그 사이에) 그런데 텐기에르 씨는 어디 있어요?

미코와이. 부인하고 같이 맥주 한잔하러 구내식당에 갔어. 하지만 당신은 그 사람 때문에 여기 온 게 아니잖아.

율리아. 바로 그 사람 때문에 왔으면 어때요? 바보야, 석탄투성이가 돼 가지고 당신이 뭘 알아요?

미코와이. (이미 다 내려와서) 너무 제멋대로 행동하지 마, 내가 화가 나면….

(왼쪽에서 천천히 텐기에르가 아내와 함께 다가온다. 텐기에르의 아내는 검소하지만 매우 안목 있는 옷차림이다. 바구니를 들고 있다.)

율리아. 마음대로 해요. 내가 당신을 말리는 게 아니니까. 당신이야말로 매일 나를 죽이겠다고 위협하잖아요.

미코와이. 우… 내가 당신한테 전부 다 말해 버릴 수만 있다면, 모든 일이 달라질 텐데!

율리아. 그럼 말해요! 난 무섭지 않으니까.

미코와이. (분개하며, 억눌린 목소리로) 조용히 해. 텐기에르 부부가 오잖아.

텐기에르. 압력은 얼마지, 미코와이?

미코와이. 6.5입니다, 기관사님.

텐기에르. 석탄을 좀 더 넣어. (미코와이 기관실로 기어 올라간다. 석탄을 좀 더 넣는다. 불꽃이 터진다.) 내 생각엔 오늘 내가 복식 엔진 여섯 대를 굴리는 것만큼 증기가 필요할 것 같군. 이 짐승은 탄성이 붙으면 미친 듯이 빠르지만 끄는 힘은 없어. 게다가 침대차까지 연결됐으니. (다른 어조로) 그런데 율리아 양은 오늘 참 예쁘군 — 조그만 악마 같아! 악마만도 아니고 금발만도 아니고 정말로 악마금발이랄까. 오… 내 기차만 아니었으면 모든 일이 달라졌을 텐데! 바로 저 여자가 날 적당한 거리에 붙잡아 두고 있어. 그렇지 않았다면 난 수류탄처럼 폭발했을 거야. (조피아 그의 소매를 당긴다.) 가만 좀 내버려 둬….

율리아. 텐기에르 씨는 항상 저런….

조피아. 그래요, 언제나 저렇게 허풍을 떨죠. 하지만 실제로는 양처럼 순해요. 다른 남자가 저런 식으로 부드러운 건 참을 수가 없어요.

율리아. 농담이시겠죠.

조피아. 아니에요, 진심이에요. 어제 노드익스프레스의 부차장하고 바람을 피웠어요. 그런데도 그는 까딱도 하지 않아요.

율리아. 누가요? 남편 텐기에르 씨가요? 아니면 부차장?

(미코와이 큰 소리를 내며 화실 문을 닫고 기관실에서 몸을 내민다.)

텐기에르. 멍청한 농담이야! 귀 기울여 듣지 마, 미코와이.

미코와이. (화가 나서) 조피아 씨, 지금 제 약혼녀를 망치고 계세요. 율리아한테 그런 종류의 이야기를 하지 말아 달라고 부탁드렸잖아요.

율리아. 당신 정말 멍청해요, 미코와이. 난 이미 타락했어! 그런 관점에서라면 이미 난 부족한 게 하나도 없어.

142

미코와이. (기차에서 내려오려고 하며) 조용히 해, 저주받을 멧비둘기*야, 내가 널…. (그의 말은 차장의 나팔 소리에 끊어진다. 차장은 왼쪽에서 등장한다.)

텐기에르. 가자! (아내에게 입 맞춘 뒤 고양이가 야옹거리는 듯한 소리가 섞인 사나운 고함을 지르며 기관차에 뛰어오른다. 여자들 왼쪽으로 도망친다. 미코와이 바깥으로 몸을 내민다.) 분사기 작동! 빨라요! 수면계가 7도인데, 그럼….

(그가 울리는 기적 소리가 말을 끊는다. 그다음으로 제어기를 연다. 실린더 밸브에서 연기가 피어 나와 모든 것을 가린다. 연기가 걷힌 후에 무대 장식은 왼쪽으로 움직인다. 기차의 덜컹거리는 소리와 기관차가 점점 더 빠르게 칙칙폭폭 하는 소리가 들린다. 기차역의 마지막 불빛이 사라진다. 그런 다음 도시 변두리의 풍광이 흘러 지나가고, 밝은 달빛이 비치는 교외가 흘러간다. 잠시 정적.)

미코와이. (압력계를 보며) 7기압. 공기밸브가 막힌 것 같아요.

텐기에르. (제어기 옆에서) 이젠 가면을 벗자! 또다시 우리만의 무인도에 남은 로빈슨과 프라이데이가 되었으니까. 어렸을 때처럼 로빈슨 놀이를 해 보자고.

(그 순간 도시의 휘황한 불빛이 보이고 이어서 들판, 숲, 계곡과 시골 마을이 지나간다.)

미코와이. 기관사님, 더 이상은 못 하겠어요! 솔직하게 얘기 좀 합시다, 결정적으로요. 다른 더 중요한 문제들은 차치하고, 혹시 제 약혼녀를 사랑하세요?

---

* 폴란드어 멧비둘기(turkawka)는 젊고 귀엽지만 수다스러운 아가씨를 가리키기도 한다.

텐기에르. (제어기를 더 세게 누르며) 친애하는 미코와이, 우선은 석탄부터 채워 넣고 그다음에 이야기하지.

미코와이. 기관사님 — 파이프…!!

텐기에르. 파이프가 나하고 무슨 상관이야? (미코와이 석탄을 더 넣는다. 불꽃이 일어난다.) 바로 그거야, 봤지, 난 원하기만 하면 평범한 기관사가 될 수도 있고, 자네도 내 생각에는 똑같이 평범한 화부가 될 수 있어. 그리고 나보다 자네한테 그게 더 어울리는지도 몰라.

(제어기를 다루는 텐기에르의 움직임은 과장되어 눈길을 끈다. 기관차는 이런 행동이 취해지는 동안 점점 더 빠르게 칙칙폭폭 소리를 낸다.)

미코와이. 그건 아직 두고 봐야죠. (화실을 닫는다.)

텐기에르. 자네가 하는 말은 흥미롭지만 지금 당장은 그게 중요한 게 아냐. 우리가 이 기차에 있는 동안은 모든 일이 잘돼 가고 있어. 기차역의 문제를 피해서, 그건 해결하기 쉬우니까, 우리는 여기, 이 쇠로 된 짐승 안에, 나머지 세상과 완전히 격리되어 있어. 공간 속으로 질주하고 있고 우리도 그 사실을 의식하지. 레나르트*가 말했듯이, 기관사에게 운동의 상대성이란 존재하지 않아. 풍경이 움직이는 게 아니라는 걸 기관사는 알고 있지, 왜냐하면 그가 기름을 바르고 불을 때는 건 풍광이 아니라 자기 기차니까. 살아서 스스로 움직이는 모든 존재에 대해서도 똑같은 이론을 적용할 수 있어. 심지어

---

* Philipp Eduard Anton von Lenard (1862-1947). 독일의 물리학자. 1905년 노벨 물리학상을 수상했으나 이후 나치에 찬동했다.

144

벼룩의 존재는 모든 물리학의 법칙에 어긋나지. 바로 그 때문에 물리학적인 관점에서 상대성이라는 건 현실에 절대로 적절하지 못한 거야!

미코와이. 기관사님, 지금 질문을 피하시거나 아니면 농담을 하시는 거죠.

텐기에르. 잠깐만 — 생각할 시간을 좀 주게. 만약 우리 둘이서 — 하긴 어쨌든 난 완전히 혼자일 때가 더 기분이 좋겠지만 — 만약 우리 둘이서 조그만 행성이나 유성을 쏘아 올릴 수 있다면 그거야말로 이 철도 위에서 목을 비틀고 있는 것보다 훨씬 편리하겠지. 철로가 우리를 어디로 데려다줄지 우리는 지금까지는 지나치게 잘 알고 있어. 선박이 더 좋았겠지만, 난 물을 무서워하고 그와 관련된 여러 가지 문제를 참을 수가 없으니까…. 해적질은 우리 시대에 가능하지 않게 되었어, 유감스럽게도.

미코와이. (흥미를 가지고) 그러니까 기관사님은 완전히 합법적이지 않은 길을 가면 어떤 물질적 이득을 얻을 수 있다는 말씀이죠?

텐기에르. 아, 아냐…. 그 문장은 내 입에서 저절로 튀어나왔군. 하긴 선박에서라면 둘만 있을 수는 없지. 조각배는 너무 작고. 나갈 구멍이 없어.

미코와이. (압력계를 흘끗 보고) 8.5입니다, 기관사님 — 너무 높지 않아요?

텐기에르. 10까지 올라가도 돼. 오늘은 끊임없이 증기가 필요하지만, 무슨 목적인지 나 자신도 모르겠어. 아침부터 어떤 기획이 내 눈앞에서 불분명하게 그려지고 있어. 우리는 단 한순간만이라도 평범한 일상의 관계들을 끊어야 해. 그러면 모든 일이 저절로 분명해질 거야. 가장 예상하지 못한 순간에 갑작스럽게 가격하는 거야.

미코와이. 그건 신기하네요 — 저도 아침부터 특이하고 괴상한 일들에 대해 생각하고 있는데, 그게 정확히 뭔지는 모르겠어요. 이 짐승에 불을 붙였을 때부터 (화구[火口]를 손바닥으로 때린다.) 뭔가 확정할 수 없는 것이 내 머릿속에 떠올랐어요. 저의 내면의 어둠이 장기적 관점에서 보았을 때 우리 존재의 의미를 가리고 있어요. 생각이 아니라 행동만이 그것을 밝힐 수 있죠. 하지만 우리가 선택할 수 있는 특별한 행동이란 얼마나 적은지 몰라요. 심리적 변태성을 피하면서 말이죠, 기관사님이 이름 붙인 대로 하자면.

텐기에르. 나도 마찬가지야. 맞아, 난 율리아를 사랑하고 마찬가지로 내 아내도 사랑하지만, 아내는 그보다는 내 여러 가지 일들의 공범으로 여기고 있어, 그 일이 어떤 건지 지금 당장은 말하지 않는 쪽이 좋겠지. 율리아는 나에게 있어 여성성의 수수께끼와 같은 매력의 총합이야, 멍청하긴 하지만 — 혹은 바로 그 이유 때문에. 그런데 정말로 이 모든 일들이 가장 본질적인 건가? 이곳에서 좋은 일이 바로 그 똑같은 이유 때문에 저쪽, 상대적인 부동(不動)의 땅에서는 덜 좋은 일이 될 거야. 하지만 여기, 무시무시하게 속도를 내며 질주하는 쇳덩

146

어리 속에서는 다르게 나타나지. 이 관점을 저 부동 속에 늘어져 버린 게으른 영역으로 옮기고, 동시에 공간을 질주하는 이 기관차에서 모든 것을 관찰하는 것! 그게 바로 문제야!

미코와이. 맹세컨대 저도 똑같은 생각을 했지만 이렇게 분명하진 않았어요. 저도 아인슈타인의 이론에 대한 팸플릿을 읽었어요. 좌표 전환과 모든 것의 상대성 — 저도 알아요.

텐기에르. 바로 거기서 의문이 생기는 거지. 기차에서 땅을 바라보아야 맞는 걸까, 아니면 땅에서 기차를 보아야 하는 걸까? 왜냐하면 땅에서는 내가 지금 이 순간 말하는 모든 것이 부조리에 굴복해야 해, 그게 **순수한 형태**지, 저 **형식주의자**들이 말하는 것처럼 — 얼마 전에 그 주제에 대해서 그들 중 가장 실력 있는 수필가가 쓴 짧은 글을 읽었어. 하지만 그건 의미가 없어. 솔직히 말하지. 만약에 삶을 이 기관차로 옮겨 올 수 있다면 어떻겠어…? 이 모든 것은 침대차나 식당차로 대신할 수 있다고 날 비난할 수도 있겠지. 하지만 그 두 가지 사이에는 커다란 간극이 존재해.

미코와이. (소리 내어 웃는다.) 아니, 심지어 나도 그 차이를 이해해요. 하지만 궁극적으로 삶이란 우리가 소유한 여자들이고, 그렇지 않은 여자들은 또 다른 삶이죠. 기관차를 타고 여행하면서 기차에 결혼한 — 약혼한 사람들을 위한 칸을 만든다면? 그런데 말예요, 기관사님 그거 아세

147

요, 이 무인도-기관차에 기관사님하고 틀어박혀 있으면 기관사님이 밉지 않아요, 심지어 율리아 일에 대해서도 요. 그럴 때 나는 화부고, 세상에 나만의 자리가 있는 거 죠. 다른 상사라면 견딜 수가 없을 거예요. 여기서는 모 든 일이 똑같은 방식으로 흘러가지만, 부조로 새긴 것처 럼, 마치 그림 표면처럼 완전히 닳아 떨어졌죠 — 모든 것이 얼어붙은 듯 제자리에 남아 있어요, 현실에서는 모든 것이 움직이지만. 재미있네요! (소리 내어 웃는다.)

텐기에르. 그걸 비웃지 마, 미코와이. 자네가 생각하듯이 그렇게 바보 같은 일이 아니야. 단지 실행 불가능할 뿐이지. 하지만 그 자체라면? 흠…. (제어기를 더 세게 누른다. 기계가 점점 더 빠르게 칙칙폭폭 소리를 낸다.) 그건 아마도 유일하게 단 한 번 실행 가능할 거야, 하지만 반복하거나 반대의 의미로 실행하는 건 불가능하지. 그래, 그래. 이제 완성된 것 같아, 아까 말한 내 기획.

미코와이. 하지만 근본적으로 그건 죽음이죠.

텐기에르. (열띠게) 네가 어떻게 그걸 알아?

미코와이. 부탁인데 저한테 "너"라고 하지 마세요. 시속 92 예요, 기관사님. 반 킬로미터만 더 가면 내리막이 나올 거예요. 제어기를 닫을 때가 됐어요.

텐기에르. 부탁인데 나한테 기차 모는 법을 가르치려고 하지 말게. 자네는 화실을 맡고 있잖아. 석탄을 더 넣어! 빨리, 보이타셰크 군! (미코와이 명령대로 수행한다. 불꽃이 터진다.) 내 기획이 죽음의 위협을 무릅쓴다는 걸 어떻게

148

알았지? 개인적으로 난 특이한 건 전혀 안 보이는데.

미코와이. 바로 저기예요! (기차가 달려가는 방향을 가리킨다.)

텐기에르. 저기가 바로 거기일 수도 있지. 자네가 진동계를
가지고 있어서 난 자네가 좋아, 내면에 가지고 다니면
서 그 존재를 스스로 모르지만 그래도 자네 안에서 자
네 스스로 이해하지 못하는 곡면 진동을 지적하니까.
(놀라워하며) 이렇게 단순한 동물인데 모든 일을 아주 민
감하게 느끼는군! (잠시 정적) 석탄을 더 넣게. (미코와이 명
령대로 한다. 불꽃이 튄다.)

미코와이. (석탄을 넣으며) 당분간은 우리 둘 다 선택된 거예요.
생각해 보세요. 끝없는 존재가 온통 펼쳐져 있는데 우리
둘만, 외롭게, 인류 전체에게 버림받고, 이 질주하는 짐
승 안에서, 바로 이 시대를 살고 있다는 걸. 누군가 천년
동안 생각한다 해도 이런 건 생각해 내지 못할 거예요.

텐기에르. "인류 전체에게 버림받"았다는 게 무슨 뜻이라고
생각하지? 그건 사실이야, 인정하지. 하지만 더 자세히
규정해 보게.

미코와이. (삽을 던지며) 다시 말씀드리죠. 그 빌어먹을 제어기
를 닫고 제동을 거세요, 그러니까 웨스팅하우스*를 작
동시키시라고요, 안 그러면 우린 저 커브를 돌다가 탈
선할 수도 있어요.

(텐기에르 제어기를 닫고 제동을 건다. 기차의 칙칙폭폭 소리가 멈춘

* Westinghouse. 기차 기관실 한 곳에서 기차 바퀴 전체를 한꺼번에 제어할 수 있는
제동장치의 상표 이름.

다. 제동 펌프의 공기밸브에서 나는 두드리는 듯한 소리와 바퀴가 마찰하는 소리가 들린다.)

텐기에르. 자, 그럼 이제 계속 말해 보게.

미코와이. 기관사님은 오로지 여자 생각만 해요. 심지어 기차에서도 여자를 데리고 있길 원한다고요.

텐기에르. 나한테 벌써 두 번째 그 얘기를 하는군, 보이타셰크 군. 내 말 믿게, 여자는 나한테 있어 단지 상징일 뿐이야. 흘러 지나가는 순간의 눈에 보이는 표상이지. 어쨌든 난 직업적인 유혹남이야, 그건 인정하지. 하지만 그건 말하자면 어떤 특징적인 순간들을 유도하는 지점들을 표시하기 위한 수단을 얻기 위한 방법일 뿐이야.

미코와이. 제가 보기에 기관사님은 어쩐지 더 중요한 인물인 것 같은데요.

텐기에르. (미코와이의 주의를 다른 데로 돌리려고 애쓰며) 에에에… 삶에 있어서 **존재의 비밀**을 표현하는 데 적절할 정도로 위대한 부조리는 없지. 그건 광인들과 언제라도 미쳐버릴 수 있는 사람들이 알고 있어.

미코와이. 지금 말을 돌리고 계시네요. 위험을 무릅쓰고 솔직하게 말씀드리죠. 난 보이타셰크가 아니에요. 보이타셰크는 오래전부터 무덤 속에서 쉬고 있어요. 난 그를 대신해서 그의 서류를 가지고 살고 있어요. 내 이름은 **트라바이야크**입니다.

텐기에르. (기차의 제동장치를 푼다. 제동장치의 쳇소리가 멈춘다.) 자네가 절반 거리에서 날 앞섰군. 나도 막 자기소개를 하

150

려던 참이었는데. 그러니까 자네가 바로 그 위대한 트라바이아야크란 말이지, 온 세상 경찰들이 헛되이 찾아다니는 그 사람. 난 덤벨 교차점에서 지시를 내려서 당장 자네가 체포되게 할 수도 있어.

미코와이. (바지 뒷주머니에 손을 뻗으려고 애쓰면서) 설마 내가 당신을 잘못 본 건…?

텐기에르. 그 권총은 그냥 두시오, 트라바이아야크 씨. 농담이었소. 당신 같은 범죄자한테라면 나도 똑같이 자기소개를 할 수 있지. 난 카롤 트레팔디 대공이오. 나야말로 어느 기차역에서나 체포될 수 있지.

(둘이 악수한다.)

미코와이-트라바이아야크. 그래, 내 직관은 절대로 날 실망시키는 법이 없지. 그렇지 않았다면 난 오래전에 감옥에서 죽었을 거야. 이렇게 수준 높은 동료를 만나게 돼서 정말 기쁘군요. 격렬하게 일하는 순간에는 언제나 당신에 대해서 꿈꾸었어요. 어쩌면 이 뒤죽박죽 격앙된 국제적인 범죄 행각 속에 우리 둘이 공통으로 발목을 담그고 있을지도 모르겠군요.

텐기에르-트레팔디. 아니 — 그 모든 범죄가 난 지겨워요, 게다가 특히 그 결과가. 물론 난 감옥을 말하는 게 아니라 단지 내면의 결과를 말하는 거요. 오늘날의 범죄는 어떤 개성의 상실을 불러오거든. 그러니까 난 겉으로는 단순해 보일지 몰라도 정상적인 삶을 시작하기엔 너무 복잡한 사람이야. 오로지 율리아…. 아니, 아니, 기분 상

해 하지 말고. 들어 봐요, 트라바이야크. 이렇게 계속 갈
순 없어요. 우린 뭔가 정말로 끔찍한 일을 저질러야 해
요, 하지만 다른 사람들을 위해서가 아니라 우리 자신을
위해서, 오늘이 가기 전에, 곧, 당장. 난 그냥 당신의 약
혼녀를 사랑할 뿐이고, 가장 흉악한 사건이 일어나지 않
는다면 난 아무것도 시작할 수 없어요. 여기, 이 기차에
서 이렇게 속력을 내서 달리니 약간 마음이 가라앉는
군. 아내는 공갈 협박을 하며 날 붙잡아 두고 있어요.

트라바이야크. 어떻게요? 그러니까 그분은 뉴욕에 있는 비스
틀리 홀의 상송 가수 에르나 아브라카다브라인 거죠?*
당신이 저지른 모든 범죄의 공범?

트레팔디. 그 여자가 맞아요. 내가 바로 그 여자와 함께 내
숙모인 드 보스코트르카스 공주를 살해했지. 그 여자는
머리를 검게 물들였고, 코는 파라핀을 붙인 가짜요. 더
이상 내 맘에 들지 않아. 하지만 그 여자는 그 덕에 살
아 있지. 나 스스로도 이미 자기 자신답지 않으니까….

트라바이야크. 확실히 우린 모두 끊임없이 변화해야만 해요.
하지만 생각해 보세요. 우린 지금 여기서 이렇게 한가
하게 대화하는데, 저쪽, 우리 기차 차량 중 어딘가에서
는 누군가 여행용 소형 범죄 독서실에서 이와 비슷한
이야기를 읽고 있는 사람이 있을 거예요. 재미있죠!

---

* 작가는 몇몇 이름으로 말장난을 한다. 트라바이야크(Travaillac)의 'travaille'는
프랑스어로 '일, 노동'이라는 뜻. 아브라카다브라(abracadabra)는 '수리수리마수리'에
해당하는 마법사의 주문이며, 비스틀리 홀(Beastly Hall)은 '짐승 같은 홀'이라는 뜻.

트레팔디. 가능해요. 이런 식의 상황 전개는 우리 생각의 위
    대함이나 이 만남의 이상함을 감소시키지 않아요. 하지
    만 이제 본론으로 들어가지. 난 이미 무슨 일인지 알고
    있소! 그러니까 석 달 전부터 나를 괴롭혔던 그 일 말
    이오. 당신이 내 화부가 된 그 순간부터 말이지.

트라바이야크. 그럼 말해 봐, 카롤, 완전히 솔직하게! 난 모든
    일에 준비가 돼 있으니까!

트레팔디. 우린 오늘 밤 안으로 결단을 내려야 해. 그러니까
    이런 말이야. 곧바로 속력을 내서 멈추지 말고, 목이 부
    러질 정도로 달려가는 거야, 그리고 결과가 어떻게 되
    는지 두고 보는 거지.

트라바이야크. 그러니까 뭔가 결투나 아니면 신의 심판 비슷
    한 거군. 좋아, 그건 내 야망에 걸맞아. 그러니까 그 정
    도로 그 여자를 사랑한다는 거지, 당신 나이에도 불구
    하고 말이야, 친애하는 카롤?

트레팔디. 그래, 하지만 완전히 평범하게 — 알겠나 — 그 여
    자를 내 손안에 넣겠다는 게 아니라, 더 높은 직업 분
    야의 동료로 데려가겠다는 거야. 우린 언젠가 다른 시
    대에 치명적으로 돌아 버렸던 오래전의 사람들에게 걸
    맞은 방식으로 이 문제를 해결해야 돼.

트라바이야크. 난 그 귀족 계층한테 안 끌려. 난 속물이 아냐.

트레팔디. 아무래도 좋아. 200년 전이라면 자넨 분명히 인
    류 최고 수준의 무시무시한 악당이었을 거야. 그럼 제
    어기를 누르겠어.

트라바이야크. 좋아, 하지만 기차는? 이 많은 사람들 목숨은?

트레팔디. 그 말을 하는 자네는 사람이라기보다는 최소한 300건의 가장 괴물 같은, 아니 사실은 가장 훌륭한 살인을 저지른 짐승이 아닌가!

트라바이야크. 맞아, 그건 사실이야 — 하지만 그때는 확실하고 현실적인 목적을 궁극적으로 염두에 두고 있었어.

트레팔디. 그러나 오늘 밤의 목적은 우리에게 알려진 모든 목적들 중에서 가장 현실적이지 않은가? 우리는 가장 본질적인 문제를 해결하는 거야. 바로 이 뒷맛 안 좋은 코미디 전체의 의미라는 문제지. 우리 존재는 범죄의 시대가 지난 뒤에 그런 코미디가 되어 버렸고, 범죄의 시대는 유감스럽게도 철저하게 소모되어 버렸어.

트라바이야크. 그 계획의 의미를 난 아직 충분하게 느낄 수가 없는데 — 하지만 원칙적으로 만족스럽다는 건 알고 있어. 난 아마 그 계획을 완수해야 할 거야, 인생에서 날 만족시킬 수 있는 건 이미 하나도 없으니까.

트레팔디. 거기에 대해 너무 깊이 생각하지 마. 무슨 일이든 일어나야만 해. 범죄의 모든 분야는 이미 다 활용됐어. 우린 이전의 삶으로 돌아갈 수 없어. 그래도 생각해 봐, 우리 중 하나라도 이 사건을 겪고 살아남는다면 모든 일이 얼마나 매혹적이 될지. 산 사람은 죽은 자에게 죄를 뒤집어씌우지 — 그렇게 해서 안전이 보장되는 거야.

트라바이야크. 좋아, 동의해. 물론 우리가 대형 사고를 치지 않고 덤벨 정선을 지나간다면 50호 기차를 마주치게

154

되는데, 배차표에 따르면 그 기차와 교차하게 돼 있어.* 역 사이에 저쪽 기차를 정지시킬 게 아무것도 없어. 난 모든 일에 준비가 돼 있지만, 우리 둘 다 살아남는다면 일이 힘들어질 거야.

트레팔디. (제어기를 완전히 연다. 기차가 미친 듯이 칙칙폭폭 숨 쉬기 시작한다.) 난 불구자가 될 가능성에 대해선 생각 안 해 봤지만 지금은 그런 논쟁을 하기엔 너무 늦었어. 기차 를 전속력으로 몰겠어.

(둘이 악수한다. 연료차에서 석탄 더미 위로 율리아가 기어 온다.)

율리아. (똑바로 서서 연료차와 기관차 사이의 연결부가 흔들림에 따라 휘청거린다. 기차는 점점 더 빠르게 숨을 몰아쉬며 풍경도 미친 듯 이 속력을 내어 지나가기 시작한다.) 내가 당신 두 사람을 놀 라게 했죠. 이건 예상 못 했을 거예요. 텐기에르 부인이 내 뒤로 기어 오고 있어요. 우리 둘이 마지막 순간에 뛰어올랐죠. 완충기 너머로 기어서 지나오느라 힘들었 어요. 왜 이렇게 미친 듯이 속도를 내는 거죠? 좀 있으 면 역이 나오잖아요!

트라바이아크. 좀 있으면 알게 돼. 당신이 우리 동맹에 걸맞 은지 두고 봐야지.

율리아. 동맹? 무슨 소릴 지껄이는 거예요, 미코와이? 내가 준 샤르트뢰즈 벌써 다 마셨어요? 당신들 기차역에 닿기 전에 우릴 숨겨 줘야 해요. 이 석탄 속이든 다른 어디든.

---

* 정션(junction)은 교차로를 가리킨다(영어 'Dumbell-Junction'으로 표기됨).

트레팔디. 일어났어. 우리 꿈이 실현되었어. 저들에게도 사
실대로 말해 줘야 해. (연료차를 지나 조피아 텡기에르, 본명 에
르나 아브라카다브라 기어 온다.) 에르나, 들어 봐. 난 율리아
를 사랑하고 트라바이야크와 함께 신의 심판을 꾸미고
있어. 기차를 전속력으로, 목이 부러질 정도로 무작정
질주하게 했어. 우리가 여기서 빠져나간다면 — 훌륭한
거고, 다 짓이겨져서 떡이 된다면 — 그건 더 좋아. 난
이런 공갈 협박 속에서 계속 살 수 없어. 내 예감에 당
신은 죽을 것 같아, 당신은 유일하게 내가 양심에 걸려
서 죽일 수 없었던 여자야. 알겠어 — 난 내 나름의 방
식으로 당신을 사랑해. 당신은 좋은 공범이고 동반자였
어. 어쩌면 당신은 우연히 죽게 될지도 몰라. 스스로 여
기로 왔으니까. 이건 내 잘못이 아냐.

(두 여자 모두 완전히 어리둥절해서 트레팔디의 말을 듣는다.)

트레팔디. (트라바이야크를 가리킨다.) 이 사람은 보이타셰크가
아니고 트라바이야크야. 그 유명한. 이 사람 잘 봐. 기
억 안 나?『불도그 매거진』에서 이 사람에 대해 읽었잖
아. 모든 것의 가면이 벗겨졌어.

아브라카다브라. 맙소사! 이이가 미쳤어! 보이타셰크 씨, 이
사람 말려야 해요! 아, 난 대체 뭣 하러 이런 바보 같은
깜짝쇼를 하자는 말에 넘어간 걸까! 이건 네 잘못이야,
이 꽃뱀아! (율리아에게 덤벼든다.) 네가 나보고 기차 타자고
꼬였지! (트라바이야크 에르나를 붙잡는다.)

율리아. 그렇지만 난 아무것도 원하지 않았고 아무것도 몰

156

랐어요! (남자들에게) 난 이제 당신들 편이에요! 그게 마음에 들어요! 내가 당신 둘 다 사랑한다는 걸 이제 알았어요. 그런데 텐기에르 부인, 기관사님이 미코와이처럼 범죄자가 아니라서 참 유감이네요.

아브라카다브라. 그보다 더 악독한 사람이야. (트라바이야크에게) 이거 놔, 짐승 시체야! 카롤, 구해 줘! 제어기를 닫아! 난 살고 싶어!

트레팔디. (기적을 울리기 위해 당기는 줄을 두 군데 끊는다.) 트라바이야크, 당장 저 여자를 묶어! 저 여자 평생 처음으로 상황에 맞게 행동하지 못했군. (줄을 던진다.)

율리아. 내가 도와줄게요. (소리 지르는 에르나를 묶는다.)

아브라카다브라. 제어기를 잠가요! 제동을 걸어! 난 아직 더 살아야 돼! 이런 비열한 짓은 이제 지겨워!

(트라바이야크 여자의 입에 재갈을 물려 석탄 더미 위로 던진다.)

트레팔디. (율리아에게) 내가 범죄자라는 문제가 제기됐으니 자기소개를 하지요. 난 카롤 트레팔디 대공이오 — 그만하면 충분할 것 같군.

율리아. 아니… 당신이 바로…. 믿을 수 없어! 그 트레팔디, 그 극악무도한! 아, 바로 지금, 이건 얼마나 멋진 일이야! 난 정말 행복해요! 언제나 뭔가 특별한 일, 마치 영화 같은 일을 꿈꾸었어요!

트라바이야크. 그럼 난 해당이 안 돼? 내 범죄는 아무것도 안 돼? 율리아, 충고하겠는데 조심해, 내가 대공을 죽여 버리고 기차를 세울 수도 있어.

157

율리아. (트라바이야크에게 키스한다.) 당신 둘 다 사랑해요. 지금 난 처음으로 진실한 사랑을 하게 됐어요, 당신 두 명 다. 지금 이 순간 둘 다 특별해요. 뭔가 생겨나고 있어요, 마치 세상이 시작되기 전처럼.

트레팔디. 이거야말로 우리한테 어울리는 여자로군! 그러니 우리가 계획한 일을 안 할 수가 있겠어? 우린 해내야만 해, 트라바이야크! 이 행위 없이는 우리 둘 다 더 이상 살 수 없어. 그렇지?

트라바이야크. 그거야 물론이죠! (기차의 반대편으로 몸을 내민다.) 벌써 덤벨 정션의 신호가 보이는군요.

트레팔디. (계기들을 쳐다보며) 8.5기압에 시속 122킬로미터. 사고 없이 역을 지날 것 같은 예감이 드는군. 저 천치들이 어떤 표정을 지을지 상상하고 있어!

아브라카다브라. (재갈 물린 입술 사이로 부르짖는다.) 아흐름분글로흐람코프르⋯.

율리아. (황홀경에 빠져 양손을 맞잡으며) 오 — 이건 훌륭해요! 완벽해! 범죄자 두 명과 대재앙이 일어나기 1분 전, 그리고 난 그들과 함께 있고 그들 둘 다 사랑하고 그들도 날 사랑해! 아, 사는 게 바로 이런 거지! 난 산산조각이 나도 좋아! 끝까지 견뎌 내지 못할 거야!

(무시무시한 기차의 기적 소리가 여자의 말을 끊는다.)

제2막

제1막과 같은 무대 장식. 풍광은 전무후무한 속도로 지나간다. 막간에 영상이 바뀌었다. 어느 순간 불이 밝혀진 시골 마을이 지나가고 이어서 조명이 켜진 기차역이 지나가야 한다. 기차 오른쪽 제어기에 달라붙은 트레팔디가 오른쪽으로 기차 바깥을 향해 몸을 기울이고 있다. 모든 것이 실린더 밸브에서 피어 나오는 증기에 잠겨 있다.

트레팔디. 우린 할 말을 빨리 해야만 해. 30초 뒤에 덤벨 정션의 첫 번째 신호기를 지나갈 거야. 이 속도로 간다면 첫 번째 교차점에서 탈선하지 않을지 나도 모르겠어.

트라바이야크. 난 이 말만 하겠어. 11기압에 시속 130킬로미터야. 내 머리는 우주의 무한한 심연 속에서 미사일처럼 소용돌이를 그리며 돌고 있어.

율리아. 난 정말 기분이 좋아요. 난 히스테리가 심하다는 말을 듣기는 하지만, 나한테 지금 일어나는 일만큼 매혹적인 일은 아직 절대로 한 번도 없었어요. 이걸 위해서라면 열 번이라도 죽을 가치가 있어요.

트레팔디. 나로 말하자면 아무 말도 하지 않겠어. 뭔가 해결 아래의 모든 생각을 훅 불어서 날려 버린 듯한 느낌이야. 난 그저 이 제어기의 연장일 뿐이야, 내 뇌를 꼬챙이에 꿰듯이 이 철제 레버에 꿰어 놓은 것 같아. 말하자면 난 기차와 나 자신을 완전히 동일시했어. 바로 나

159

자신이 마치 황소처럼 공간을 질주하고 있어, 내 운명의 날에 나 자신을 꽂아 버리기 위해서. 아니, 정말 공교로운 순간이야. 우리 머리 위에 표지판을 걸어도 되겠어. "만지지 마시오, 고압, 사망 위험!" 누군가 움직이지 않는 정상적인 사람이 나를 건드린다면 벼락을 맞은 것처럼 뒹굴게 될 거야. 어쩌면 이건 기계화된 광기의 시작인 걸까?

트라바이아크. 당신의 겸손함이 놀랍군, 카롤. 아무것도 할 말이 없다고 확언했으면서 손풍금처럼 떠들고 있어.

트레팔디. 내가 떠드는 얘기는 전부 부정적이야, 난 긍정적인 건 아무것도 말할 수 없어. 난 그저 바닥이 없는 허공의 화면에 비친 움직이는 영상으로서 존재할 뿐이야. 기계가 갑자기 멈춘다면 난 죽을 거라고 생각해.

율리아. 아 — 스스로 분석하는 건 그만두세요! 유감스럽게도 진짜 남자들은 항상 저렇죠, 심지어 당신 같은 거물도요. 이건 우리가 현실을 흠뻑 누릴 수 있는 유일한 순간이에요. 정상적인 삶에서는 그저 조각조각, 부스러기, 찌꺼기만이 유일하게 가능할 뿐이에요. 지금 우린 모든 걸 다 가지고 있어요. 난 이제 정확하게 규정된 건 아무것도 기대하지 않아요 — 하지만 우린 어쨌든 가지고 있다고요! 심지어 충돌한다고 해도 그것조차 이미 아무것도 아니에요. 난 당신들을, 두 명 모두를 죽음의 핵심 한가운데 소유하고 있어요, 그리고 그 죽음은 내 안에, 당신들 안에, 그리고 이 미친 기관차 안에 있고요. 내가 당신들을 인생에서, 그 어떤 방에, 어떤 정상적인 시간에, 평범한 밤에 이렇게 소유할 수 있었을까요?!

(아브라카다브라 초인적인 힘으로 묶인 것을 풀고 재갈을 뜯어 버리고 소리친다.)

아브라카다브라. 나도 그걸 알아! 이 썩은 내 나는 코주부원숭이야! 네가 뭘 꿈꾸는지 내가 잘 안다, 이 썩어 빠진 천박한 거위야, 절대로 만족 못 하는 천한 짐승 시체 쪼가리야! 카롤! 마지막으로 부탁하는 거예요!

(트라바이야크 여자를 붙잡는다. 둘이 엎치락뒤치락한다. 율리아 광기에 찬 사나운 웃음을 터뜨린다.)

트레팔디. (천둥 같은 목소리) 기차역 접근! 제어기를 내릴 수가 없어. 저 얼빠진 덩어리는 밖으로 던져 버려! 저 낡아 빠진 헌 모자, 가장 비열한 공갈 협박의 현신이 이 유일한 순간을 그 존재로 더럽히지 못하게 해!!

(트라바이야크와 율리아가 에르나 아브라카다브라를 왼쪽에서 내던진다.)

트라바이야크. (모든 일이 전부 잘되었는지 보기 위해 밖으로 몸을 기울인다.) 펌프에 정통으로 부딪쳐서 산산조각이 났어! 바로 앞에 기차역이다!!! 첫 번째 신호기! 길은 뚫렸다!! 모든 교차점이 비어 있어. 두 번째 신호기는 선로가 선점됐다고 신호하는군. 그건 50호 기차가 덤벨 정션을 향해 오고 있다는 뜻이지. 결단의 순간이 다가온다!

트레팔디. (제어기를 누른다. 모두들 기차 왼쪽으로 쏠려 바깥으로 기울

어진다.) 전부 제대로 됐어. 머릿속의 이 미친 듯한 공허
만 아니었다면 행복했을 텐데.

(신호기가 스쳐 지나가고 뒤이어 조명이 켜진 기차역이 지나가며 교
차점에서 기차 바퀴 움직이는 소리가 들린다. 사람들의 무리가 승강
장에서 첫소리를 내고 분개한 고함을 지른다. 또다시 신호기가 스쳐
지나가고 뒤이어 도시의 휘황한 불빛을 배경으로 공장 굴뚝 몇 개가
지나갔다가 또다시 달빛이 비치는 풍경이 이어진다.)

트라바이야크. (왼쪽에서 몸을 기울이고 있다. 율리아는 가운데에서 기
울어졌다. 마지막으로 오른쪽에 트레팔디 서 있다.) 누군가 기차
가 달리는 도중에 뛰어올랐어! 누군지 몰라도 아마 미
쳤나 봐! 어쩌면 전부 망쳐 놓을 지도 몰라….

율리아. (황홀경에 빠져 그에게 입 맞춘다.) 우리보다 더 미친 사람
이 누가 있겠어요? 우리 빼곤 아무것도 존재하지 않아
요. 우리들은 유일하고, 고립되어 있고, 거대해요. 위대
함이 뭔지 드디어 이해했어요! 당신들이 얼마나 고마운
지 몰라요! 당신 둘 다 얼마나 사랑하는지!

트레팔디. 50호 기차가 늦으면 흉측한 상황이 생길 수도 있
어. 압력을 더 이상 억누를 수 없을 거야. 그리고 만약
우리 내면의 기세가 떨어지면, 이 재앙이 어떻게 돌아
설지 장담할 수 없어.

율리아. 그렇게 말하지 말아요, 난 다만 세 시간이라도 버
틸 수 있어요. 마치 냉동 가스가 든 풍선처럼, 그렇게
기다리는 순간에 인생 전체가 응축된다고요!

트라바이야크. 그래 맞아, 여자들이 대체로 남자들보다 더

저항력이 있지. 우리한테 그건 좋은 일이지만 오래는 못 가. 이게 길어지면 상황이 그렇게 쉽게 진행되진 않을 거고, 어쩌면 완전히 나빠질 수도 있어.

트레팔디. 모두 기다려, 누군가 뒤쪽에서 연료차를 가로질러 기어 온다!

(모두들 왼쪽을 쳐다본다.)

(연료차 안의 보이지 않는 어느 부분에서 들리는 목소리)

그들이 여기 있다! 여기! 전부 다 허사는 아니었다고 내가 말했잖아! 기차 제동장치가 망가진 게 틀림없어. 모두들 내 쪽으로! 저들을 도와주자!

트라바이야크. (뒷주머니에 손을 뻗으려 애쓰며) 젠장! 이젠 힘들게 땀을 좀 빼야겠구나! 총을 쏠까 말까 — 난 범죄를 저지를 생각이 전혀 없는데! (절망하여) 아아! 웬 떼거리가 몰려오잖아!

트레팔디. 쏘지 마 — 모든 일이 저절로 분명해질 거야.

율리아. 미코와이, 저 사람 물러서고 있어! 운명에 모든 걸 맡기려는 거야!

트레팔디. 좀 보라고, 시속 130킬로미터로 계속 달리는데도 또 뭔가 좋알거리고 있어. 아, 정말 만족을 모르는 탐욕이야!

(연료차에서 석탄 조각 위로 기관차를 향해 발레리 카푸스친스키가 정장 차림으로 기어 온다. 머리가 피투성이에, 피에 젖은 손수건을 묶었다. 양손도 피투성이다.)

카푸스친스키. 난 발레리 카푸스친스키입니다. 여기 여자가 있나요? 아니 대체 아가씨는 여기서 뭘 하는 겁니까? 하긴 그게 무슨 해가 되겠어. 어떻게 하면 도와드릴 수 있을까요? 빨리 말하세요, 50호 기차가 이미 가장 가까운 역에서 출발해서 반대편에서 우리를 향해 달려오고 있으니까. 무슨 수로도 그 차를 멈출 수 없어요. 20번 선로의 선로공 전화는 통화가 되지 않아요. 기차역에서 그런 얘길 하더군요.

율리아. (절망하여) 이 세상에 아름다운 건 아무것도 없구나! 항상 짐승 같은 놈들이 껴들어서 모든 걸 다 망쳐 놔!

트레팔디. 그러니까 정말로 모든 일이 다 허사는 아니었던 건가? 빌어먹을! 산구에 델 카네!* 그 전화기에 대해서 잊어버렸어, 내가, 철도에서 일하는데! 하, 하…. 그러나 모든 희망은 언제나 속도에 있지. 화물칸에서 기어온 저 천치라면 130킬로미터의 속도에서 절대로 뒤쪽으로 가진 않을 거야.

카푸스친스키. 뭐라고 중얼거리는 거죠? 저건 미친 여자잖아요! 저 여자! 기관사님도 미쳤어요? 기차를 멈출 수 없어요? 뭘 해야 하는지 말해요, 내가 할 테니까. 빨리!

(천천히 석탄 조각 위를 기어서 기관차 쪽으로 다음 인물들 나타난다. 민나 데 바른헬름, 동반하는 숙녀 미라 카푸스친스카, 투르볼렌찌우슈드미드리기에르, 인간쓰레기 셋과 헌병 두 명. 모두 겁에 질려 있다.)

트라바이야크. (헌병들에게) 여기까지 오시다니 잘하셨습니다.

* Sangue del cane! '개의 피'라는 뜻으로 '빌어먹을'에 해당하는 이탈리아어 욕설. 원문에서 바로 앞의 폴란드어 단어도 같은 뜻이다.

기차를 세우려면 레버가 두 개 필요해요, 하나는 저한 테, 하나는 기관사님한테. 제어기가 고장 났어요. 총을 이리 주세요. (헌병들은 죽도록 겁에 질려서 소총을 건네준다.) 완벽해! 이제 물러나요! (소총을 왼쪽 바깥으로 던져 버리고 주머니에서 권총을 꺼낸다.) 상황이 점점 더 복잡해지지만, 어떻게든 해결해 봅시다. 움직이지 마, 안 그러면 쏜다!

카푸스친스키. 그래 — 결국은 광인들이었어! 저건 집단적 광증이야, 전염성이야! 아무도 결단을 내리지 못한다면 우린 모두 끝장이야. 나로 말하자면 기차를 점거하느라 몹시 지쳤어. 더 이상은 아무것도 할 수 없어! 완전히 축 늘어졌어!

민나. 정말로 아무도 저 살인자들을 공격할 용기가 없는 거예요? 5초 뒤엔 너무 늦을지도 몰라요! 당신들 중 아무도 도와주러 나서지 않는다면 이렇든 저렇든 죽음은 찾아올 거예요!

(트레팔디 팔짱을 끼고 서 있다. 그 옆에 율리아가 트라바이야크의 권총에 가려져 있다.)

미라 카푸스친스카. 여러분께 호소하고 간청해요! 내 남동생, 카푸스친스키는 그저 은행원일 뿐이에요 — 밤이면 형식주의 그림을 그려서 광인 취급을 받는 건 사실이지만, 이 모든 일에도 불구하고 남동생은 우리 모두를 구출해서 날 구하기 위해 달리는 열차에 뛰어올랐어요. 시속 100인데 — 꽃을 들고 기차역에서 날 기다렸다고요! 이해하겠어요? 내가 첫 번째로 우리 차량에 경고를

울렸어요!

드미드리기에르. 그래요, 하지만 우리 중에 무기를 가진 사
람은 아무도 없어요! 이런 걸 예상할 수 있었겠소? 이
렇게 멀쩡한 노선인데! 이젠 1초 1초 흐를 때마다 우
린 죽음에 가까워지고 있어! 여기도 죽음, 저기도 죽
음 — 이러면 미치는 거야!

(차장이 등불을 들고 다가온다.)

차장. 오 맙소사, 드미드리기에르 씨, 이 기차에서 무슨 일
이 일어나고 있는 거죠? 뭔가 아는 사람이 아무도 없
어요! 사람들은 기차역을 지나쳐야만 했다고 생각해요.
뒤쪽 차량에는 덤벨 정션으로 가는 표를 가진 사람이
아무도 없었어요. 둘 다 미쳤군요. 이건 알코올이 원인
이에요! 하지만 나도 무기가 없는데!

드미드리기에르. 제발 부탁인데 차장님, 논쟁에 시간을 허비
하지 맙시다! 이건 연극 공연이 아니라고요! 차장님은
무슨 수를 써서든 도와야 하지 않습니까! 어쨌든 전 차
장님을 개인적으로 알고 있으니까요.

차장. 난 전혀 아무것도 몰라요. 운전대 손잡이가 어디에
있는지도 몰라요! 내가 할 줄 아는 건 표에 구멍을 뚫
거나 이미 구멍이 뚫렸는지 검표하는 것뿐이에요. 전문
화는 우리 시대의 가장 큰 패배죠! 안 그렇습니까?

인간쓰레기 3. (수갑을 찬 채) 드미드리기에르 씨, 저도 당신을
개인적으로 알죠, 약간 특이한 방법이긴 하지만. 정식으
로 제 소개를 하진 못했지만 그래도 어느 날 밤 거리에

서 당신을 공격했어요. 저를 용서해 주시고 제 손을 풀 수 있게 애를 좀 써 주세요. 전 한때 기관사였어요.

드미드리기에르. (헌병들에게) 수갑을 벗기세요.

민나. (인간쓰레기 3에게) 우리를 구해 주세요, 내가 당신을 감옥에서 풀어 드릴게요! 우리 삼촌이 고등법원 검사예요. 난 이미 2분 전부터 저 화부를 사랑하게 됐어요. 내 타입이에요. 드디어 찾아낸 거예요. 반드시 저 남자를 저 아가씨한테서 빼앗아서 죽을 때까지 함께 살 거예요 ― 자연사할 때까지! 난 살아야 돼! 알겠어? 내 말 듣고 있어요, 화부 씨?

(광인 셋 악마 같은 웃음을 터뜨린다. 그때 헌병들이 인간쓰레기 3의 수갑을 풀어 준다.)

트라바이야크. 여러분 보시오, 저 아가씨가 우리 앞에서 연기를 하고 있어! 그로 인해 우리의 상황이 좀 더 다양해지는군.

트레팔디. 이건 수학의 법칙으로 규정된 하나의 지점에서 일어나는 일곱 가지 운명의 투쟁이야. 이런 주어(主語)로는 별다른 재능이 없는 희곡작가들이 자기 작품의 빈 곳을 채우기 위해 사용하는 흔해 빠진 문구 외에 흥미로운 건 아무것도 만들어 낼 수가 없어. 그럼 우린 좀 기다려 보자고. 그리고 난 저들이 용기를 낼 수 있을지 궁금해. 귀여운 율리아, 당신은 우리가 무사히 구출되는 경우 우릴 배신하지 않겠지.

율리아. 목숨 걸고 절대로 안 해요! 난 초(超)여성이에요, 이

167

세상 출신이 아니에요. 다만 우리의 이 아름다운 모험을 저들이 망쳐 버렸다는 게 화가 날 뿐이에요!

민나. 혐오스러운 거짓말쟁이! 네가 무슨 꼼수를 써서 저 잘생긴 화부를 잡아 뒀는지 이제 알겠다!

트라바이야크. 카롤, 만약을 대비해서 제어기 가까이 가 있어! 저 사람들은 절망에 떠밀려서 정말로 뭔가 뜻밖의 행동을 할 수가 있어!

차장. (등불을 비추며) 카롤? 저 사람 일평생 지그프리트라는 이름이었는데!

트레팔디. (화구를 따라 타넘어서 오른쪽으로 옮겨 가며) 평생은 아니지, 친애하는 차장님! 여기서 살아남으면 흥미로운 일들을 앞으로 더 많이 알게 될 거야! 그거 아나, 트라바이야크, 어쩌면 저 사람들이 여기로 온 게 더 나은 건지도 몰라! 나한테 저항심을 일으키거든. 인정하겠는데, 이렇게 되지 않았다면 죽음의 순간에 난 물러섰을지도 몰라. 그래도 어쨌든 비참한 경우를 위해서 뭔가 찌꺼기를 남겨 두는 것도 좋긴 하군.

율리아. 잘못을 인정하는 당신의 영웅주의에 놀랐어요, 카롤.

드미드리기에르. 지금의 문명 수준에서 우리 목숨이 저런 인간들의 손에 달려 있다니 무시무시하군! 내가 증기기관차를 타고 있다는 걸 도대체 믿을 수가 없어!

(카푸스친스키 기절하여 석탄 덩어리 위에 쓰러진다. 모두들 엄청나게 흥분하여 인간쓰레기를 풀어 준 결과를 기다린다.)

트라바이야크. (드미드리기에르에게) 그럼 당신은 우리 모두가 당

신처럼 의지 없는 마네킹이라고 생각한 건가? 우리 범
죄자들, 특히 아무 이유나 이득 없이 범죄 자체를 위해
서 범법하는 범죄자들, 우리들이야말로 이 저열해진 세
상에서 유일하게 아직도 뭔가 의미 있는 사람들이야.

율리아. 그래요 — 범죄자들하고 어쩌면 예술가들도! 그들
외에는 아무것도 존재하지 않아! 하지만 예술가들은 다
만 그들의 작품을 통해 알 뿐이에요. 광인들은 어떨까?
하지만 그런 사람들 난 전혀 모르는데.

인간쓰레기 3. (수갑이 풀린 그 사람) 여기서 꺼져! 그런데 저 사
람들은 광인 아닌가? 아가씨 자신도 광인 아니오? 응?

민나. 이건 거짓말이야, 흉측한 거짓말! 바로 이런 게 현대
예술의 영향이라고!

인간쓰레기 3. (풀려나서) 그래, 그럼 저 사람들 이제 한옆으로
데려가시오, 그럼 내가 기차를 세워 볼 테니까. 빨리,
우리 앞에서 뭔가 기적을 울리고 있어!

(드미드리기에르, 다른 인간쓰레기 두 명과 헌병 두 명 서로 밀치락
달치락한다. 아무도 용기를 내지 못한다.)

민나. 하! 당신들 아무도 용기를 내지 못하니 내가 내야겠
군! 저열한 겁쟁이들!

인간쓰레기 3. (양손을 주머니에 꽂고) 다만 가장 큰 겁쟁이들은
겁에 질려 용감해진 사람들이지, 그럴 땐 중립 따위를
지킬 여유가 절대로 없으니까. (이렇게 말하는 동안 민나 삽
을 집어 들고 트레팔디의 머리를 후려친다. 트레팔디 방벽 위로 쓰러
진다. 나머지 사람들도 고무되어 트라바이야크에게 덤벼든다. 트라바

이야크 권총을 두 발 쏘지만 아무도 맞히지 못한다. 트라바이야크 제압당한다. 인간쓰레기 3 제어기를 닫고 동륜을 반대 방향으로 돌린다. 이어서 다시 제어기를 열어 반대 방향으로 증기력을 보낸 후 말한다.) 하이징거 폰 발데크 시스템의 동륜이군. 잘 만들어진 기계야 — 내가 일할 땐 이런 게 없었지.*

(기차 안에서 쾅 소리가 들린다. 율리아 계속 화구에 기대 서 있다. 양손으로 머리를 감싸 쥔다. 나머지 사람들 기쁨의 함성을 지른다.)

드미드리기에르. (기차의 왼쪽에서 바깥으로 몸을 기울인 채 절망에 빠져 소리친다.) 늦었어! 50호 열차가 전속력으로 우리를 향해 질주한다! 이젠 이미 멈출 수 없어! 기적을 울리시오, 정체불명의 기관사님! 빨리!!!

(인간쓰레기 3 기차에서 절망에 찬 기적을 뽑아낸다. 절망에 찬 비명들. 모두들 공포에 질려 광란하여 사방을 두리번거리다가 트라바이야크를 놓아준다.)

트라바이야크. (소리치며) 율리아! 겁내지 마! 당신은 내 거야! 내 상사는 배때기가 찢어지고 다리가 부러졌어! 죽을 때 뭔가 험상궂은 표정을 하고 있더군.

민나. 아니, 당신이야말로 내 거야! 나만을 위한! 내 거라고!

---

* 증기를 끊고 기차 바퀴를 역방향으로 돌리는 것은 증기기관차를 비상 정지시키는 방법이다. 하이징거 폰 발데크는 독일의 기계공학자 에드문트 호이징거 폰 발데크(Edmund Heusinger von Waldegg, 1817-86)를 말한다. 그는 증기 엔진에서 피스톤으로 전해지는 증기력을 조절하는 밸브 기어를 발명했는데, 이 밸브 기어를 사용하면 기관사가 증기 엔진을 최소 출력부터 최대 출력까지 자유롭게 조절할 수 있었다. 이런 형태의 기어는 19세기 말부터 증기 엔진의 시대가 끝날 때까지 광범위하게 이용되었다.

우리 함께 죽어요! 짓이겨진 우리 시체만 남을 거예요!

(트라바이야크에게 키스하고, 트라바이야크는 몸을 뺀다. 동반하는 숙녀인 미라가 트라바이야크에게서 민나를 끌어당긴다. 바로 그 순간 무시무시한 쿵 소리와 굉음이 들린다. 증기가 모든 것을 감싸고 기차가 공중으로 튀어 오르며 산산이 부서지는 것이 보인다.)*

* 비외른손의 연극 「힘에 부치는 결투」(크라쿠프의 극장에서 공연)에서 이런 폭발과 건물이 무너지는 장면을 내가 직접 본 적이 있다. 기술적인 관점에서 실행 가능하다는 걸 내가 안다. ─ 원주
　(비외른슈티에르네 비외른손[Bjørnstjerne Martinius Bjørnson, 1832~1910]은 노르웨이의 작가로, 1903년 노벨 문학상을 수상했다. 「힘에 부치는 결투」[원제 '긴 장갑(En hanske)']는 그의 1883년 작품이다.)

에필로그

배경 풍광은 움직이지 않는다. 밤, 달빛. 흰 구름 몇 조각이 하늘에 떠다닌다. 기차는 산산이 부서져 쇳조각 무더기만 남았다. 여행객 무리. 신음과 비명 소리. 선로공 겡곤이 빨간 등불을 손에 들고 차장과 이야기하고 있다. 시체와 부상자들을 끌어낸다.

선로공. 어떻게 된 겁니까, 차장님? 이 많은 사람들이 기관차에? 총을 맞았나요? 습격을 당했어요?

(차장 모자가 사라진 머리를 움켜쥔다. 흑흑 끊어지는 울음소리.)

차장. 페-페-페-페-페-페-페···. 아, 아···. 맙소사, 맙소사···.

선로공. 그러지 말고 제대로 얘기를 좀 해 보세요! 무슨 일이 일어난 건지 눈치채자마자 당장 정지신호를 보냈어요 ─ 차장님 쪽하고 50호 기차에. 정차역을 지나쳤거나 아니면 제 시계가 틀렸던 게 분명해요. 내 아내는 정신이 나갔어요, 오늘 광기의 발작이 있었다고요. 그리고 그 전화기, 저녁 다섯 시부터 고장 나 있었고! 난 거기에 대해서 책임지고 싶지 않아요.

(차장 양팔을 벌리고 알아들을 수 없게 중얼거리다가 이어서 말한다.)

차장. 비-비-비-비-미-미-미-미-밀!!! 내가 살아 있다니 이런 기적이! 뇌가 쌀알처럼 부스러지고 머리엔 구멍이 났어요. 좀 있으면 그 구멍으로 전부 튀어나오겠군. (둘이 율리아를 끌어낸다. 율리아 무대 앞쪽으로 비명을 지르며 뛰쳐나간다.)

율리아. (미친 듯이) 인생에 아름다운 건 하나도 존재할 수 없어! 모든 게 다 거지 같은 짓이야! 아름다운 건 전부 완전히 사라져 버렸어! 이젠 됐어! 날 죽여! 난 이미 아무것도 원하지 않아, 보기도 싫고 알기도 싫어! 난 이제 내가 정말로 나 자신인지 모르겠어. 한순간이 지나면 내가 뭐가 될지 모르겠어. 내 벌거벗은 뇌에 의미 없는 단어들이 퍼져 앉아 버렸어. 모든 것이 낯설고 동시에 혐오스러워, 모든 것이 **이미 이전의 그것이 아니고 단지 뭔가 다른 것이야.** 난 너무 겁이 나! 저 사람들이 정말로 살아 있는 건지 알 수가 없어. (무대에 있는 사람들을 가리키며) 부드럽고 냉담한 검은 심연이 내 앞에 열리는구나! (기차 잔해 무더기에 주저앉는다.)

선로공. 저 여자는 신경에 충격을 받아 미쳐 버렸어. 꼭 내아내처럼 말하는군.

(사람들이 기차 잔해 아래서 트레팔디와 함께 인간쓰레기 세 명의 시신과 헌병 2의 시신을 끌어낸다.)

헌병 1. 그래, 그래, 저 인간쓰레기 셋과 내 동료는 이미 짓이겨진 시체 무더기를 창조할 뿐이지. (트레팔디를 가리키며) 그런데 저놈은 바로 주범이다. 잡아라!

트레팔디. 내 장기가 다 밖으로 나와 있는 게 안 보이나, 젊은이? 난 거의 죽어 가고 있어. 제어기 레버가 내 배 속으로 최소한 30센티미터는 뚫고 들어왔어. (사람들이 트라바이야크와 민나를 끌어낸다. 건강하고 온전하다.) 게다가 삽으로 얻어맞아 신경에 충격을 받았어, 저 숙녀분이 후려쳐서.

(민나를 가리킨다.)

민나. 우린 다친 데 없이 온전해요. 가요, 보이타셰크, 그리고 당신을 **이렇게 끔찍한** 일에 끌어들였던 그 여자는 잊어버려요. 나랑 있으면 완전히 평온해질 거예요.

트라바이야크. 물론이지, 하지만 책임은? 어쨌든 목격자들이 있잖아. 모든 일이 정해진 대로 되지 않았어. 이 모든 일을 겪고 나니 사실 말이지 난 오로지 평온함을 원해.

민나. 그건 별거 아니에요. 정신병원에서 6개월 지내면서 좀 쉬어요. 그런 뒤에 내가 당신을 풀어 줄게요. 우리 삼촌이 고등법원 검사예요. 당신은 살아서 자유로워져야만 해요. 당신은 내 타입이에요. 난 백작의 딸이지만 당신 같은 사람을 또 찾아내진 못할 거예요. (헌병에게) 이 화부님을 내가 책임지고 데려가겠어. (헌병 경례한다.)

트라바이야크. 그렇게 되면 아무것도 할 수 없겠군. 잘 가요, 기관사님. 유감스럽게도 나에게는 모든 일이 새롭게 시작되고 있어. 우리가 겪었던 저 괴상한 일들은 율리아의 제안 덕택이라고 해야지. 앞으로 평생 히스테릭한 여자는 이제 됐어! (민나와 함께 왼쪽으로 나간다.)

드미드리기에르. (잔해 아래에서 기어 나오며) 카푸스친스키 남매는 완전히 짓이겨졌어, 양배추처럼 조각조각 썰려 버렸지.* 난 미라 양의 내장이 묻어서 온통 얼룩투성이가 돼 버렸어. 마치 꿈을 꾼 것 같군.

* 카푸스친스키(Kapuściński)라는 성은 폴란드어로 '양배추'라는 뜻.

175

(야나나 겡곤 등장. 산발에 온통 하얀 옷을 입었으며 「햄릿」의 오펠리아처럼 꽃으로 몸을 장식했다. 침착하게 무대를 둘러본다.)

차장. 맥주 마시러 갑시다, 겡곤 씨. 모든 일이 밝혀지기 전에 새 술통을 뜯읍시다! 나머지는 구급 기차가 와서 해결할 거요. 다만 이런 일이 세상의 기관사들 사이에서 전염병이 돼서 퍼지지만 않았으면 좋겠군!

야나나 겡곤. (율리아에게 다가가서 껴안는다.) 나도 그 여자와 마찬가지로 모든 것을 알고 있어요. 오로지 우리 둘만 알아요 — 나머지는 바보들이에요. 난 언제나 기다리고 있었어요. 기차가 올 때마다 기다렸어요. 지나가는 기차들, 어디론가 달려가며 사람들을, 그 많은 사람들을 싣고 가는 기차를 기다리고 바라보는 게 얼마나 고통스러웠는지 당신들은 몰라요. 그리고 마침내 — 내가 기다린 건 헛일이 아니었어요! 오늘 다섯 시에 전화선을 끊었어요. 유령이 어젯밤에 나타나서 그렇게 해야 한다고 말했어요. 유령은 검은 턱수염을 길렀고 눈이 마치 고양이처럼 빛났어요. 바로 그 사람과 함께 잠자면서 내 남편을 배신했어요. 하, 하, 하!

선로공. 야나나, 진정하고 집에 가. 당신이 떠드는 걸 듣기가 창피해!

트레팔디. (실려 나가며) 야나나! 내가 왜 당신을 더 일찍 만나지 못했을까? 당신을 확실히 유혹했을 텐데!

야나나. 저 사람이에요! 지난밤에 바로 저 사람에 대한 꿈을 꿨어요! (사나운 비명을 지르며 땅에 쓰러진다. 율리아 그 여자

에게 입 맞춘다. 왼쪽에서 의사 마르쩰리 바스니쯔키 박사와 헌병 두
명이 달려 들어온다.)

바스니쯔키 박사. (트레팔디를 가리키며) 무엇보다도 우선 이 사
람을 여기서 치료합시다! 이 사람은 이 세상 최대의 범
죄자, 유명한 트레팔디 대공, 살인자들의 왕이오. 자기
범죄에 대해서 모범적으로 참회하게 하려면 최소한 이
남자 한 사람은 살아야 해요. (트레팔디 옆에 꿇어앉아) 경찰
이 전보를 받았소. 우리는 철로 작업용 카트를 타고 덤
벨 정션에 가서 기다렸지. 당신은 바로 그곳에서 체포
될 예정이었소. 일반 대중은 아무것도 짐작하지 못했
소. (트레팔디를 진찰한다.) 빌어먹을 — 방법이 없군! 내장
이 밖에 있으니!

트레팔디. 너무 늦었소, 의사 선생! 심지어 재판의 즐거움을
위해서조차도 죽음의 순간을 더 미루진 못하겠군. 죽음
의 예감은 느꼈지만, 맹세코 난 아무것도 몰랐소. 난 후
회 없이 죽으니까 여러분은 기뻐해도 좋소. 안녕히. (죽
는다. 모두들 머리를 감싸 쥔다.)

선로공. 의사 선생님, 그 살인자들은 놔두고 그보다 여기
여자들을 봐 주세요! (자기 아내와 율리아를 가리킨다.) 둘 다
완전히 돌아 버렸어요!

바스니쯔키 박사. (일어서며) 잠깐, 잠깐만, 젊은이. 무엇보다도
정의가 우선이야, 그다음이 부상자고, 그리고 정신병
환자는 마지막이지, 왜냐하면 그 사람들은 이미 무슨
수를 써도 도와줄 수가 없으니까.

막

에필로그와 희곡 끝

프랑스어에서 번역: 콘스탄티 푸지나*

1923년

*「폭주 기관차」는 폴란드어 원고가 소실되고 프랑스어 번역본(작가가 아내와 함께 폴란드어를 프랑스어로 거칠게 옮긴 버전이 있었고, 이후 프랑스인 편집자가 이를 다듬은 번역본이 있다고 전해진다.)밖에 남아 있지 않아서 이를 폴란드어로 재번역한 원고가 폴란드 국립 출판사 판본에 실려 있다. 콘스탄티 푸지나(Konstanty Puzyna, 1929-89)는 폴란드 연극인, 시인, 수필가로 1960년대부터 비트키에비치 희곡 선집 편집 및 출간 작업에 참여했다.

부록

연극 분야에서
순수한 형태 이론에 대한
서문

연극 분야에서 순수한 형태 이론에 대한 서문

I. 미술과의 비교

현대연극의 모든 종류를 증오하면서 그리고 연극이라는 주제에 대한 소양이 전혀 없는 상태로, 우리는 여기서 어떤 전문적인 지식에 근거한 이론을 내놓을 의도가 없다. 우리가 제시하려는 것은 오로지 어떤 발상의 대단히 개략적인 소개일 뿐이며 그마저도 적절한 근거 자료가 없기 때문에 이를 현실에 구현할 수 있다는 장담은 절대로 하지 않겠다. 만약 이 '이론'에 조금이라도 가까운 형태의 작품이 실제로 존재했다면 그 작품에 대해서는 완전히 다른 방식으로 이야기할 수 있었을 것이다. 지금 현재 그런 작품은 없고 우리 스스로 인정하는바, 심지어 그런 작품이 앞으로 언젠가 나타날지도 의심스럽다. 우리는 강령과 선언의 시대에 살고 있다. 예술 분야에서 어떤 유파가 자발적으로 생겨나기 전에 그에 대한 이론이 비교적 완벽한 상태로 나타나는 것을 자주 관찰할 수 있다. 이론이 유파를 형성하기 시작하지 그 반대는 아니다. 그리고 어쨌든 옛날에는 우리가 말하는 의미의 '유파들'이 없었고 다양한 '주의'도 없었으며 강력한 개인이 있고 그의 동료들이 창시한 학파들이 있었을 뿐이다. 최소한 미술 분야에서는 그러했다. 창작 과정의 점차적인 과지성화(過知性化)와 이미 인정받은 원칙들이 직접적으로 두드러지게 나타나는 경향성은 우리 시대 예술의 특징적인 성격이다. 우리는 이런 방식으로 우리의 '이론'을 정당화할 생각이 없다. 우리의 이론은 현대 예술의 전반적인 선언성을 바탕으로 하여 계획적으로 등장한 것이 아니다. 우리의 이론이라는 것은 그저 오늘날 연극이라는 것에서 받은 인상, 혹은 예전의 연극이 어떤 것이었는가에 대한 아주 얕은 지식을 바탕으로 오늘날 극예술이 '부활'하려는 시도들을 관찰한 결과를 모은 느슨한 논평 정도일 뿐이다. 연극이 종교적 신비극에서 생겨났다는 사실은 몇 번이나 증명되었다. 극예술 전체가 형이상학적인 감각에 그 뿌리를 두고 있는데 이 점은 옛날에 극예술과 직접 관련이 있었던 종교와 비슷하다. 다만 미술과 음악, 그리고 어느 정도는 조각도 자체적이고 단순한 구성 요소들을 가지고 있으며 어떤 의미에서는 분리되어서, 즉 **순수한 예술**이 되었는데, 건축은 그만큼 더 분리되어 이상적인 목적보다는 점점 더 실용적인 목적에 복무하게 되었고, 그와 비슷하게 연극은 인간과 그들의 활동을 구성 요소로 사용하는데 이것은 미술이 형태 안에 담긴 색채를 구성 요소로 사용하고 음악은 리듬에 지배된 소리를 사용하는 것과 같고, 연극은 형이상학적인 감각이 점진적으로 사라짐에 따라 삶의 순수한 재창조로 변화할 수밖에 없었던 것이다. 종교적 예식은 그 직접적인 의미를 잃으면서 몰락의 부산물로서 연극을 탄생시켰다. 우리가 생각하기에 이런 사실은 우선 종교적 신비극에서 분리된 연극이 처음으로 생겨난 그리스에서 명확히 볼 수 있고, 두 번째로는 그리스도교가 분열되기 시작한 시기인 15세기에 볼 수 있는데, 이때 연극이 생겨나서 처음에는 오로지 종교적인 주제만을 다루었으며 이런 연극의 발전, 혹은 계속적인 퇴보는 우리 시대까지 이어지고 있다. 연극은 그 구성 요소의 특성, 즉 인간과 그들의 활동과 관련 있다는 사실로 인해 기존 신앙이 파열하고 붕괴한 자리에서 유일하게 생겨난 가장 순수한 형태의 예술이며 그 핵심에 해체의 요소를 가지고 있고 그 근본은 말하자면 지속적이고 점진적인 몰락이다.

　　새로운 종교적 신앙이 생겨나고 이전의 신앙이 몰락하는 것과 별개로 철학이 발전했는데 우리 시대에 철학은 어떤 의미에서 스스로 자기 자신을 집어삼키는 지경에 이르렀다. 우리는 종교만이 아니라 모든 종류의 형이상학이 몰락하는 시기에 살고 있으며 이것은 또한 우리가 예술에서 "형태의 비충족"이라 이름 붙인 현상으로 나타나는 중이고, 우리는 형이상학적인 감각 자체가 사라지고 인류가 계속해서 사회적으로 발전함에 따라 그 감각이 뭔가 불필요하고 쓸모없는 것이 되어 가는 시대에 살고 있다. 현재로서는 오직 연극만이 "형태의 비충족" 시기를 지나고 있지 않을 뿐만 아니라, 생활 속의 징후에 나타나는 존재의 비밀을 현대사상의 합리성과 결합시키고자 하는 몇몇 작가들의 작품에 보이는 특정한, 순수하게 외적인 '기묘함'을 제외하면 연극은 강화된 사실주의 속에 계속해서 머무르고 있는데, 이 분야에서 영화예술이 연극의 중대한 경쟁자가 되고 있다. 이러한 상황을 배경으로 '부활'을 위한 여러 가지 시도들이 나타나는데 이런 시도들이 부적합함을 우리는 여기서 지적해야겠고 아주 개괄적인 묘사의 방식으로 극예술의 진정한 부활 가능성을 제시할 것인데, 그런 가능성은 어쨌든 매우 의심스럽기는 하지만 그래도 이미 창조된 작품의 새로운 해석을 통한 것이 아니라 오로지 완전히 새로운 유형의 작품들을 통해서만 가능하며, 그런 새로운 유형은 우리가 알기로는 순수한 모습으로는 아직 존재하지 않았다.

우리 시대에는 몇 가지 유형의 극예술이 있지만, 그러나 그런 극예술 속에서 현대의 인간은 우리가 형이상학적인 감각이라 정의하는 것 — 즉 다수성 중의 단일성으로서 **존재의 비밀의 경험** — 을 미술이나 음악에서 그러하듯이 단순한 성질들과 비교하여 그 단일성이 주는 인상을 경험한다는 형태로 순수한 상태에서 경험할 수 없다. 우리가 판단하기에 종교와 예술이 좀 더 긴밀히 결합되어 분리할 수 없는 덩어리가 되어 있었던 옛날에는 순수하게 예술적인 순간, 즉 주어진 다양한 요소를 단일체로 결합시키는 것 혹은 그런 단일체를 창조하는 것이 지금처럼 순수하게 종교적인 순간과 그렇게 명백하게 구분되지 않았고 이는 관객에게나 창작자에게나 마찬가지였다. 우리는 옛날 예술 작품을 보면서 오로지 전자의 예술적인 순간만을 이해하는데, 즉 우리는 예술 작품의 형태 자체만을 받아들이며 우리에게 이 형태는 (물론 예술을 응당 이

184

해해야 하는 그 몇 안 되는 형태의 경우) 근본적으로 옛날 작품에서나 새로운 작품에서나 똑같다. 당연히 우리는 여기서 진정 순수한 예술의 새로운 작품들에 대해 말하고 있는데, 즉 그 내용물이 눈에 보이는 세상이나 삶의 감정들을 재창조한 것이 아니라 주어진 요소들을 분리할 수 없는 하나의 전체로 연결하는 오로지 순수하게 형식적인 단일성을 말한다. 우리는 한편으로는 미술과 조각 사이의 어떤 유사성을 비교하고 다른 한편으로는 연극의 유사성을 비교하려 노력할 것이다. 우리는 또한 이와 같은 방식으로 음악과 연극의 유사성도 비교할 수 있으리라 생각하는데 왜냐하면 음악은 처음에는 의식을 위한 춤의 반주였을 뿐이며 종교 예식의 일부 혹은 추가적인 부분이었을 뿐이고 게다가 노래는 종교적인 차원만이 아닌 감정적 상태의 직접적인 표현이었기 때문이다. 오늘날 삶이 점진적으로 기계화되고 모든 종류의 형이상학이 몰락하는 상황에서 조각과 미술 분야에서 **순수한 형태**의 부활이 도래했는데 이 부활은 우리 의견으로는 또한 우리 행성에서 형이상학의 마지막 발작이기도 하다. 우리의 질문은 다음과 같은 방식으로 표현할 수 있겠다. 과연 현대의 인간이, 비록 아주 짧은 동안이라도, 사라져 버린 신화와 믿음과는 상관없이, 옛날의 인간이 그런 신화와 믿음과 관련해서 경험했던 것과 같은 형이상학적인 감정을 똑같이 경험할 수 있게 하는 그러한 형태의 연극이 생겨날 수 있을 것인가?

미술과 조각과 마찬가지로 우리는 형태 그 자체를

있는 그대로 경험하며 심지어 옛 신앙과 연관된, 오래전 사라져 버린 믿음과는 상관없이 새로운 형태를 창조하고 형태의 구조 자체가 우리에게는 형이상학적인 감각을 경험하기 위한 추상적인 '도핑'이며 그러므로 우리는 연극에서 그러한 형태의 가능성도 똑같을 것이고 그 형태는 때가 되면 스스로 생겨날 것이라고 확신한다. 오로지 순수하게 형식적인 방식으로 정의된 어떤 것, 그 구성 요소는 당연히 인간의 활동인 어떤 것의 '작용'은 활동 자체의 현실적인 내용과 활동하는 인물들의 특성들의 지속성과는 별개로, 마치 **순수한 예술**이 그러하듯이 우리를 현실과는 완전히 다른 경험의 차원으로, 형이상학적인 감각의 영역으로 이끌어 갈 수 있을 것이다.

그러한 형태를 연극에서 창조하려면 그 형태를 창조해야 할 진실한 필요성이 있어야 하는데 그런 창조력을 충분히 높은 수준으로 가진 사람은 오늘날 아무도 없는 것으로 보이며, 그 외에도 현재 연극계의 모든 관습, 현재 무대연출, 연기, 극예술 구성의 심리학적 기본을 이해하는 모든 방식과 단절되어야 한다. 왜냐하면 무대 위에서 드라마가 지속되는 동안의 감정적인 긴장감이나 그와 비슷한 것은 오늘날 오로지 주인공의 운명에 이입하는 데만 의존하기 때문이다. 그 이후로는 '무엇이'와 '어떻게'가 전부 저절로 설명되고 그런 뒤에 사건이 얽히기 시작하고 절정에 도달했다가 그런 뒤에 — 쾅!! 무시무시한 소동이 지나면 모든 것이 끝난다. 이 모든 일은 당연히 순수하게 현실적인 차원에서 펼쳐지며 오로지 조금 강화되었을 뿐이다. 그렇기 때문에 관객은 계속 집중해야 하고, 전체 이야기의 갈등과 관련해서 계속 누군가 입장하고 퇴장하고, 그 갈등이 관객의 흥미를 집중시키는 주된 축이고, 무대에서는 계속 뭔가 소동이 벌어지고, 그러나 그 소동은 오로지 여러 감정과 인물들, 혹은 그들이 서로 싸우거나 혹은 그들이 뭔가 더 높은 차원의 힘과 싸우는 데서 기원하고, ―그리고 이런 것이 극의 '사건'이라 불린다. 관객은 단 한순간이라도 무대에 움직임이 부재하여 지루하다고 느껴서는 안 된다. 자기 자신 혹은 운명과 싸우는 인간의 투쟁, 주어진 인물이 외부 상황과 겪는 갈등 ― 이것이 현대 연극의 '메뉴' 전체이며 이른바 대중 관객조차도 여기에 이미 넌더리가 나기 시작했다. 다른 종류, 즉 알 수 없는 것에 대한 여러 다른 유형의 공포, 어두운 방 안에서 시작해서 죽음으로 끝나는, 무대효과로 사용되는 장면들도 등줄기에 소름이 끼치게 할 뿐 ― 그걸로 끝이다. 세 번째 종류는 상징주의다. 상연 시간 내내 예를 들면 푸른 새가 무대를 날아다니지만 이 새가 사실은 절대로 새가 아니고 굵은 글씨로 쓴 절대적인 사랑이라는 사실을 관객은 계속 염두에 두고 있어야 한다. 새는 마침내 죽는데 그것은 사랑 또한 어떤 심장 속에서 죽어 버렸음을 의미한다. 그 외에도 우리에게는 역사와 오래전 무대의 모든 거장과 그들의 오래된, 그러나 그들에게는 동시대의 혹은 새로운 연출들이 있고, 또 우리에게는 대체로 흐릿한 히

187

스토리오소피*로 가득한, 실화에 바탕을 둔 드라마가 있고, 뮤지컬드라마가 있고, 뮤지컬하게 고함치는 드라마가 있고, 고함치고 포효하는 드라마, 포효하고 쇳소리 지르는 드라마가 있고, 이 모든 것이 아무 쓸모가 없다 — 극장을 지배하는 지루함은 어쩔 도리가 없다. 상연되는 작품이 그리스어로 연출한 그리스비극이든, 셰익스피어식으로 연출한 셰익스피어 극이든, 그리스어로 상연하는 입센이든 현대적으로 변형된 아이스킬로스든 결과는 거의 다 똑같다. 극이 최대한의 단순함을 추구하여 무대 위에 나무판 하나, 천 한 장만 있고 모든 대사를 변함없는 한 가지 어조로 말하든, 혹은 뮌헨식이나 모스크바식 절대적 사실주의를 표방하든, 모든 것은 이미 알려져 있고 단순함이나 혹은 복잡성의 마니아들, 연극의 '부활주의자들'을 제외하고 나면 이런 극은 본질적으로 그 누구도 흔들어 놓지 못한다. 그리스 시대에 사람들은 아마도 우리와는 전혀 다른 인상을 받기 위해 극장에 갔을 것이다. 그들은 극의 내용을 잘 알고 있었는데, 그 내용이란 모든 사람에게 알려진 신화들의 특정한 변주일 뿐이었기 때문이다. 이렇게 알려진 내용은 무대에서 일어나는 장면들의 형이상학적인 배경이 되며, 이런 내용을 바탕으로 극 중 일어나는 모든 일들, 사건의 모든 전개가 오로지 그 형태를 통해 형이상학적 요소를 강화하는 작용을 했는데, 이런 형이상학

---

* Historiosophy. 역사의 발전 방향을 해석하려는 철학의 한 분야.

적인 요소를 사람들은 실제 삶에서 예외적인 황홀경의 순간을 제외하면 점점 덜 마주치기 시작했던 것이다. 인간적 감정 그 자체는 단지 줄거리의 요소일 뿐이고, 장면과 소리와 말해진 문장들의 의미 사이의 관계와 결합을 통해 또 다른 심리적 차원을 표현하는 순수한 형태들을 연결하기 위한 핑계일 뿐이다. 그 요소들은 거의 순수하게 물리적인 방법으로 관객의 내장을 파내는 극의 주된 내용이 아니었다.

우리의 의견으로는 연극의 목적이란 바로 일상의 날들이 그 순수한 형태로 지나갈 때에는 그다지 쉽게 도달할 수 없는 예외적인 상태로, **존재의 비밀***을 솔직하게 받아들이는 상태로 관객을 이끌어 가는 것이다. 이것은 대체로 **예술** 전체의 목적인데 단지 바로 그러한 내용을 표현했던 대략적인 중요성의 시대를 그 나름대로 가졌던 다른 예술들과는 반대로 연극은 마치 언제나, 존재할 가능성은 있었지만 그렇게 되지는 못한 어떤 것의 몰락이었던 듯하다. 다른 예술들이 그 부가적인 내용으로서 순수하게 종교적인 징후들에서 실질적으로 분리되었다면, 연극은 종교 의식 자체의 연장선으로서, 자기 안에 틈입하는 삶을

---

* 이 문제에 가장 가까운 설명은 '미술에 있어 새로운 형태와 그로 인한 오해들'(1919)이라는 제목의 우리 책에서 찾을 수 있다. 마치 대성당의 거대한 탑이 모여선 집들 위로 솟아오른 것처럼 우리의 창조물 전체보다도 높이 솟은 유일한 작품은 미치인스키의 『바실리사 테오파노』(1909)뿐이다. 이 희곡에는 오래되고 새로운 예술의 요소들이 있으나, 건드릴 수 없는 날카로운 뿔이 가득 돋고 거대한 틈바구니들이 입을 벌리고 있는 이 작품을 분석하기 위해서는 별도의 연구가 필요하다. — 원주

견뎌 내지 못하고 점차 삶 자체가 되어 버렸다. 마치 원래 있던 것이 빠져나가고 남은 껍데기가 완전히 다른 내용물로 꽉 차 버린 것과 같다.

극예술의 구축, 삶에 일어나는 사건의 총계를 가정했을 때 그 사건들을 연결하는 결정적인 지점들 혹은 어떤 실질적인 상황 전개의 선택은 그 구축성의 요소이며 오랜 옛날의 종교의식이 남긴 흔적이다. 그러나 이 모든 것의 내용은 여기저기서 인간이든 환상적인 신들이든, 어떤 존재들이 활동하고 있음에도 불구하고 완전히 다르다.

옛날에 그것은 **비밀**의 직접적인 상징이었고 **비밀**은 그러한 존재들을 통해서 상당히 가깝고도 명확하게 빛났다 ― 오늘날에는 그냥 사람들일 뿐이고, 오로지 그 강화된 형태 속에서만, 짧은 시간 안에 욱여넣은 거대한 사건들 속에서만 우리는 삶의 기이함에 대한 어떤 느낌을 가질 수 있는데, 이런 삶의 기이함이란 평범한 날들의, 혹은 심지어 '축제의' 날들의 흐름 속에 흩어져서 우리는 이미 전혀 눈치채지 못한다. 그러나 이런 마지막 인상을 연극보다 훨씬 더 높은 수준으로 우리에게 주는 것은 바로, 경멸당하지만 그럼에도 불구하고 위협적인 연극의 적, 영화예술이다. 장담하겠는데, 단순하건 복잡하건, 상연을 목적으로 이미 창조된 이전의 연극예술과는 완전히 다른 어떤 것을 보여 주려 해도 우리는 극작품의 저자들이 바로 그런 목적으로 창조한 결과인 그 내적인 특성 앞에 무기력할 것이다. 극작품의 정체성의 한계 자체를 우리는 넘을 수 없다.

한편에는 '표현주의자'들이 있는데 이들은 소리가 주는 인상이나 혹은 장식이나 움직임을 주된 내용이라 간주한다. 다른 사람들은 이런 요소들을 가장 강력한 형태로 통합하려 하고 그래서 관객이 완전히 넋이 나가게 만든다. 관객은 지옥 같은 소리들과 또 너무 풍부해서 악마 같은 시각 효과들 사이에서 대체 무슨 일이 일어나는지 알지 못한다. 가끔 어떤 문장이 들려오지만 그 의미는 여러 인상들이 전반적으로 뒤죽박죽 섞인 가운데 사라져 버리고 그 결과 나타나는 것은 서로 대립되는, 작가에 의해 형태 자체의 일관된 내적 발상으로 연결되지 않은 요소들의 혼란뿐인데, 왜냐하면 예술이 사실적으로 표현되고 관객에 의해 받아들여지기 위해서는 구성 요소들이 오로지 특정 정도 강하게 집중될 필요가 있기 때문이다. 그 어떤 연출도 어떤 것의 사실적인 개념을 본질적으로 다른 것으로 바꾸어 새로운 차원의 경험을 주지는 못한다. 연극의 미래는 이미 창조된 작품들을 다양한 방식으로 해석하는 데 있지 않고 다만 완전히 새로운 종류의 작품들에 있으며, 이것을 우리는 미술과 비교해 규정해 보려 한다.

'미술에 있어 새로운 형태와 그로 인한 오해들'이라는 제목의 저서에서 우리는 일반 대중과 '예술 전문가' 양쪽에게, 외부 세계의 대상들은 이미지의 진정한 내용물이 아니며 "구성적 매스의 방향적 긴장성"의 문제에 있어 대상들의 의미가 얼마나 원칙적으로 중요하든지 간에 실제로는 이미지 속에 거의 언제나 대체로 사람이나 동물이

나 식물이나 정물의 형상을 연상시키는 형태들을 발견하게 되는 이유를 설명하려고 시도했다. 미술의 옛 거장들, 예를 들어 보티첼리는 '잘 그려진'(그러니까 즉 원근법의 원칙에 따라서 추정하여 평면에 적절히 투사된) 종아리와 형태 자체로서 그림 전체에서 구성 전체의 요소들 중 하나로서 그 종아리의 의미를 조화시키는 법을 알고 있었다. 종아리는 (논의를 쉽게 하기 위해 우리는 그림에 '그려진' 어느 숙녀의 특정 부위만을 예로 들겠다.) 위쪽이 아래쪽보다 더 넓은 길다란 형태에 노르스름한 분홍빛 색채를 띤 것으로 나타나며 이것이 그림에서 그 부분을 차지하는 가장 중요한 내용인데 이것은 그 자체로, 즉 그것을 상상하여 우리가 생생하고 적절하게 사실주의적으로 마치 완전한 실제 종아리를 주어진 순간에 바라보면서 그러한 경우에 스쳐 가는 모든 종류의 유쾌하거나 혹은 불쾌한 감정들을 느낄 수 있는 그러한 종아리로서 그림의 일부분의 내용은 아니라는 것이다. 또 덧붙이자면 그 종아리에 연결된 발에는 빨간 구두가 신겨져 있으며 무릎에서 약간 아래부터 푸른 색깔의 드레스가 시작된다. 그러므로 우리에게 그림에서 이 부분의 진정한 내용은 이 형태와 색채들이 그들 사이에 갖는 관계와 틀 안에 들어 있는 그림 전체에 대해 갖는 그들의 관계일 것이다.

"그러나 어째서"라고, 뭔가 괴물 같은 '미래주의적인 허풍'에 부풀어 오른 '예술 전문가'들은 우리에게 묻는다. "어째서 그림 속에는 고매한 혹은 장난스러운 시선을 담은 눈과 키스하기 위해 기울인 입술이 달린 그 숙녀의 '매혹적인 작은 머리'가 솟아오른 몸을 감싼 푸른 드레스 아래 하필 그 자리에 그 종아리가 있는 것인가?* 만약 형태와 색깔만이 문제라면 어째서 그 자리에 '사람 몸과 같은' 색깔 액체가 담긴 물병이 탁자 아래 거꾸로 세워져 있고 그 탁자에는 푸른색 스카프가 그 안에 신체를 가리고 있는 모습을 완전히 흉내 낸 방식으로 펼쳐져 있지 않으며, 계속해서 어째서 그 같은 탁자에 살아 있는 숙녀와 동일한 자세를 취한 밀랍 흉상이 놓여 있지 않은 것인가? 계속해서 어째서, 구두를 신은 발 대신 그 물병은 아이들의 빨간색 장난감 배 위에 놓여 있지 않은 것인가? 이 그림은 순수한 형태의 측면에서 앞의 그림과 다를 바 없을 것인데, 왜냐하면 형체와 색깔은 똑같을 것이고 그 대신 무의미한 미래주의적인 혹은 형태주의적인 그림이 될 것이며 의미와 내용과 감정과 자연의 아름다움으로 가득한 오래전 거장의 그림은 아니게 될 것이기 때문이다." 전자와 후자의 그림이 만약 사실주의적으로 그려졌다면, 그러니까 즉 화가가 원한 것이 삼차원 공간이라는 착각을 불러일으키는 것, 빛과 그림자의 착각을 불러일으키고 대상 물체를 제시하는 것이었다면 어땠을까, 이와 관련해서 그림에서 묘사된 부분이 순수하게 형태적인 관점에서 전체에서 분리할

* 물론 어떤 종류의 고집스러운 사람들에 의해 우리는 바로 그 사람들과 보티첼리에게 상상 속의 일들을 가지고 설득하려 했다는 비판을 받게 될 것이다. 그러나 최소한 지금 당장 여기에 대한 얘기는 하지 않겠다. ─ 원주

수 없는 것이 아니라면, 그러니까 즉 제시된 물체들, 혹은 그림 전체와는 관계없이, 이 경우에 전자의 그림도 후자도, 전자는 전문가에게 그 자체로 의미가 있고 후자는 의미가 없지만, 순수하게 예술적인 관점에서는 아무 가치도 없었을 것이다. 왜냐하면 일상적인 관점이 아니라 예술적인 관점이란 그림에서 제시된 일상적인 물체들의 관계나, 형태와 색채의 조합에서 순수하게 이성적인 만족을 찾는 것이 아니라 개별 요소들의 총체를 하나의 분리할 수 없는 단일체로 받아들이려 노력하는 것이며 그리하여 그런 다수의 요소들이 그 단일체로 통합되는 것이기 때문이다. 형태의 틀을 잡는 문제 또한 논의를 너무 먼 곳으로 가져갈 테니 넘어가도록 하자. 여기서 우리는 오로지 그림 속 물체들과 그 물체들의 피할 수 없는 '변형'이라는 문제에만 집중하여 이렇게 대답하겠다. 만약 화가가 맨 처음에 "나는 가로 52센티미터 세로 78센티미터의 직사각형을 채워야 해… 나는 이 빌어먹을 직사각형을 채워야 한다고."라고 생각하고 그런 뒤에 "왼쪽에는 아래쪽이 좁고 위쪽이 넓고 분홍빛에 노르스름한 색깔의 형태가 있어야 해. 종아리로 할까 물병으로 할까? 방향적 긴장성이 왼쪽에서 오른쪽 아래로 이어져야 하니까 종아리로 하자. 왜냐하면 그 형태는 위쪽이 어두운 지그재그 무늬로 감싸인 푸른색 평면으로 잘려야 하고 방향적 긴장성은 오른쪽에서 왼쪽 아래로 가야 하니까 드레스는 바람에 날려 부풀어 오른 걸로 하고 그림 속에서 옷이 오른쪽에서 왼쪽으로 날리도록 하자, 기타 등등 기타 등등" 이렇게 생각하고 이런 방식으로 그림이 창작되었다고 하면, 방향적 긴장성의 문제는 그로 인해 그림 속에 종아리가 있는지 물병이 있는지 상관없지 않게 되지만 넘어가기로 하고, 우리는 그림 속에 묘사된 물체가 무엇인지 아무래도 상관없다는 사실을 인정해야 하며 그렇게 되면 전문가에게 그의 독살스러운 질문에 대해 대답할 수 없게 될 것이다. 실제로 순수한 형태의 관점에서 본다면 그런 식으로 물체를 선택할 수 있을 것이고 "방향적 긴장성"*에서 분리하여 오로지 구성만을 판단할 경우 주어진 그림 두 점 사이의 차이점은 최소화될 것이다. 우리는 일정한 거리에서 본다면 두 그림이 거의 동일하리라 가정할 수 있는데, 물론 이는 그 그림들에 동일한 '형태의 틀'이 잡혀 있을 경우인데, 이는 즉 양쪽 모두 예를 들면 윤곽만 그려져 있다거나 아니면 양쪽 모두 하나의 색조에서 다른 색조로 부드럽게 넘어가는 특징을 보이는 경우다. 오랜 옛날이나 심지어 지금도 주어진 평면을 주어진 주제의 그림으로 덮는다는 문제는 예술가에게 가끔 위에 서술된 것과 같은 방식으로 제시되기도 하는데, 이것은 그 예술가가 명확한 목적을 가지고 건물을 장식한다는 주문을 받은 경우고 자기 작업실에서 그 어떤 것에도 제한받지 않고 그의 생각 속에 그냥 저절로 떠오른 임의의 물건을 그리는 경우는 아니지만, 이 문

* 여기에 대한 설명은 스타니스와프 이그나찌 비트키에비치가 저술한 『미학 개론』 5장을 보라. — 원주

제도 지금은 넘어가기로 하자. 위에 서술된 모든 문제들은 우리가 제시된 물체들의 관점에서 그림을 바라보고 그 물체들을 우리가 살아가는 현실의 공간에 있는 가능한 물체들과 비교하는 동안에만 의미를 가진다.

그러나 그림은 결단코 위에 서술된 것과 같은 방식으로 제작되지 않는다. 그림은 예술가의 상상 속에, 혹은 구체적인 매스의, 대체로 확정된 방향적 긴장성을 가진 대상 없는 시각적 환영으로서 나타나거나, 혹은 그 매스가 물체의 윤곽으로 나타나며 그 긴장성의 결과로 물체들이 구체화되는 순간 자체는 구분되지 않는다. 구성적 매스가 이런저런 물체들과 유사해지는 그런 순간에는 해당 예술가의 정신 전체, 이전 경험들의 모든 기억과 그 기억을 만든 그의 상상과 감각의 세계 전체가, 그 예술가가 비전을 현실로 옮기는 능력과는 상관없이 결집되어 그는 바로 그 적절한 성격과 정신적 특성을 가진, 다른 어떤 것이 아닌 바로 그 **구체적인 존재**가 된다. 달리 말하자면 원초적인 형이상학적 감각, 혹은 다수성 속에서 단일성을 그 자체로 직접 받아들이는 것은 예술가의 정신의 전체 속에서 양극화되고 개별화되어, 그런 뒤에 **순수한 형태**의 대상화되고 분리된 구조, 다른 것이 아닌 바로 그런 구조가 되어 그 안에 개별화 자체의 과정의 흔적을 간직하며 그러한 흔적이 없으면 진정한 예술 작품은 있을 수 없다. 이와 관련하여, 명확하게 규정된 "방향적 긴장성"의 문제는 구성의 완결성을 위해 한없이 중요하며 우리는 완벽한 '비물체화'를 통해 이 요소가 완전히 결핍된 그림을 상상하기 힘들 것인데, 그것은 작용 방법의 전례 없는 쇠퇴일 것이고 우리의 선언을 위해서가 아니라 솔직히 말해서 성취 가능한지 의심스럽다.

그림에서 물체 사이의 연관성에 대한 연구는 해당 예술가의 정신세계의 전체성과 관련하여 창조 과정을 알기 위해 중요할 수 있다. 물체 사이의 연관은 그림의 필요하지만 중요하지는 않은 내용이며 그 그림이 일상 속의 요소들로 오염되는 경로인데, 이런 오염은 물체 사이의 연관성이 오로지 순수하게 질적인 요소들의 구성 속에서만 표현될 수 있는 형이상학적인 감각에 불리한 방식으로, 즉 형이상학적인 감각을 반으로 갈라 절반만 사실적이고 절반은 형식적이 되게 하거나 혹은, 가장 자주 생기는 경우로는 그저 전체성의 틀 속에서 어느 정도 구성성을 추가한 세상의 반영으로 만드는 등, 형이상학적 감각에 불리한 방식으로 우세하게 될 때 일어난다. 이런 종류의 예시는 한없이 늘어날 수 있지만 우리는 여기서 그냥 몇 가지 이름들만 거론하고자 한다. 루벤스, 뵈클린, 와츠, 바스네초프, 틴토레토다.* 이 모두가 대체로 순수한 구성적 개념을 가졌으나 그 구성적 개념이 이후 그 개념의 사

* 바스네초프의 경우, 형인 빅토르 미하일로비치 바스네초프(Виктор Михайлович Васнецов, 1848-1926)와 동생인 아폴리나리 미하일로비치 바스네초프(Аполлинарий Михайлович Васнецов, 1856-1933) 둘 다 화가였다. 형은 신화적이고 역사적인 그림을 그렸고 동생은 화가이자 미술사학자였다.

실주의적 구현으로 인해 망가진 예술가들이다. 그렇기 때문에 최근 물체로부터 계획적인 탈주를 시도한 예시들이 아무리 많아도, 그런 시도들이 우리의 이상한 시대에 가장 훌륭한 창조물들을 주었음에도, 추상적 형체들의 순수한 조합을 통해 이미지를 창조할 수 없는 것이다. 피카소의 그림들은 전체적으로 계획된 비물체성에도 불구하고 위대한 예술 작품인데 왜냐하면 직접적인 비전이 모든 이론과 선언을 넘어서는 그 자체의 힘으로 뚫고 나오기 때문이며, 그렇기 때문에 그의 그림에는 어마어마한 넓이의 형이상학적 감각, 인간의 개별적인 독창성, 지성의 통제력과 이런 감각을 형태와 색채의 관계로 변화시킬 수 있는 능력 자체, 그러니까 재능이라고 하는 것이 있는 것이다. 그렇기 때문에 진정한 예술 작품은 그토록 드물게 나타나는데, 창조 과정을 구성하는 요소들의 범주 자체가 희귀하기 때문이다. 형체와 색채를 합리적으로 배치하는 것은 오로지 주어진 개념을 이후에 정교하게 만든 뒤에, 주어진 부분을 더 강화하기 위한 구체적인 사항들을 도입하면서 이어져야 하고 그러므로 절대로 주어진 부분들을 생각해내면서 동시에 진행해서는 안 된다. 만약 그렇게 한다면 결과물은 일관성을 갖지 못한 덩어리가 될 것인데, 일관성은 예술 작품에 있어 가장 중요한 요소다.

어느 정도 능력이 있으면 실제로 어떤 경계선에 도달했을 때 원초적인 개념에서 도출된 관계를 서로 내부적으로 갖지 않는 구성 요소들을 순수하게 이성적으로 배치하여 전체를 만들어 다른 어떤 것이 아닌 바로 그러한 작품을 창조해야 하는 진정한 필요성의 순간이 찾아온다. 이 방식으로 그 순간을 흉내 낼 수도 있는데, 그 순간에 형이상학적 감각이 주어진 개인의 정신 전체에 직접적으로 나타난다. 인위적이고 냉철하게 고안해 낸 단일성을 창조할 수도 있으며 그 단일성은 겉보기에 예술 작품처럼 보일 것이다. 그러나 확실히 말하겠지만 그런 작품은 어떻게 해도 정확하게, 절대적으로 확실하게 자신을 스스로 증명하지 못할 것이고 순수하게 이성적인 여러 가지 만족감을 주지는 못할 것이며 관객을 깊이 감동시키지 못할 것이고 다양성을 단일성 안에 통합시키는 그 강렬한 쾌감을 주지 못할 것이고 존재의 경이감이라는 그 감각을 단 한순간도 불러일으키지 못할 것인데, 그 감각이야말로 우리가 아름다움을 인식한다고 말하는 그 근본적인 순간인 것이다. 주어진 예술에서 요소들(색채와 형체, 소리와 리듬, 일련의 인간 활동, 시에서 단어들)을 연결할 때 무작위적이라는 비판은 결단코 상세하게 반박할 수 없는데 왜냐하면 다른 것이 아닌 바로 이러한 관계의 필요성에 대한 객관적인 기준이 존재하지 않기 때문이다. 그 구성의 원칙적인 몇몇 부분들을 이어 주는 다리를 없애 버린다면 그것은 적당히 무거운 기차가 처음 지나가는 순간 무너질 것이다. 예를 들어 베토벤 교향악 정도 되는 수준의 걸작에서 몇 소절을 없애 버린다거나 혹은 보티첼리의 그림에서 어떤 인물을 제거하고 그 자리에 다른 것, 예를 들

199

어 나무 같은 걸 집어넣는다면, 그 음악을 처음 듣거나 그림을 처음 보는 사람이 변형되었음을 눈치채지 못할 정도로 아주 능숙하게 한다고 해도 말이다. 어쩌면 어느 전문가가 (이 단어의 반어적인 뜻이 아니다.) 베토벤의 다른 모든 작품을 알고 있거나 보티첼리 작품 세계의 본질적인 구성적 특징을 이해하고 있어서 일관성이나 균형의 부재에 놀라거나 변형된 작품을 비판한다고 하더라도 그 방법은 어쨌든 작품들의 형태적인 측면 자체에 근원적으로 침투한 것에 바탕을 둔 주관적인 비평일 것이다. 그러나 교향악에서 그 음표들이 혹은 그림에서 그 얼룩들이 반드시 있어야 할 절대적인 필요성을 우리는 결단코 증명할 수 없을 것이다. 베토벤의 작품들은 어느 오푸스에서 시작하든 하이든에게는 아마도 완전히 이해 불가능했을 것이고 비평가들은 오랫동안 오늘날 이미 고전이 된 고갱의 그림들을 완전히 무의미한 기형적 형체와 야만적 색채라고 여겼다. 다만 미술에서는 사실주의가 우세해진 시대부터 가장 자주 이런 오해가 깊이 이어지고 그것은 상황의 형태적 측면에 대한 오해와는 관련 없이 다만 시각적 세계에 대한 이런 혹은 저런 해석의 문제와 관계된다. "이것은 당구대 깔개에 그려진 네발짐승의 암컷이다."*라고 어느 비평가가 고갱의 타히티 그림들에 대해 말했는데 이것은 그 그림의 순수한 **형태**를 이해하지 못했기 때문이며, 그림에

---

* Ce sont des femelles des quadrupèdes sur les tapis des billards. 원문 프랑스어.

그려진 것이 사람들이었든 아니면 다리가 여섯 개에 꼬리가 세 개 달린 암수양성의 짐승이었든, 똑같은 형태적 데이터가 주어졌다면 **순수한 형태**는 똑같았을 것이다. 이러한 기준의 불명확성 때문에 화가가 제아무리 일상적인 구체적 의미를 가지는 물체를 대상으로 삼아 그림을 그린다 해도, 무엇을 그리건 — 종아리든 물병이든 — 아무래도 상관없다고 언제나 말할 수 있는데, 왜냐하면 그의 그림은 물체가 아닌 어쨌든 '얼룩'으로 이루어져 있다고 말할 수 있으므로 언제든 의미를 잃을 수 있는 것이다.

우리는 불행한 예술가들과 '예술 전문가들' 사이의 그 많은 대화, 적절하게 자신을 언어적으로 표현할 재주가 없는 그림 창작자들을 미치게 만드는 대화들의 원인이 되는 논쟁을 최종적으로 해결하고 싶다. 그림 속에서 다른 물체가 아닌 바로 그 물체가 주어진 그림 속 다른 자리가 아닌 바로 그 자리에 놓이는 것은 그림이 그려지는 순간 주어진 예술가의 정신세계 내용물이 작용한 결과의 총합이다. 예술가는 색채와 형태를 자동적으로 결합시켜 단일성을 만들어 내는 기계가 아니며 상상력과 감정의 드넓은 세계를 가진 사람일 뿐이고 그래서 가장 순수한 예술조차도 어떤 의미에서는 더러울 수밖에 없다. **순수한 형태**의 결과는 미술에서 시각적 세계의 개념에 달려 있는데 이것은 음악에서 **순수한 형태**가 주어진 개인의 감정적인 기반에 달려 있는 것과 비슷하다. 베토벤의 「전원교향곡」의 그 음표가 반드시 필요한 것은 보티첼리 그림에서 바로 그 형태가 반드시 필요한 것과 같으며, 만약 우리가 작품 속에서 바로 근본적으로 중요하지 않은 그 구성 요소들을 찾으려 한다면 이미 창조된 작품이 쾌활한 분위기이거나 혹은 특정한 물체를 연상시킨다 하더라도, 주어진 소리의 조합이 슬픈 인상을 주든 쾌활한 분위기를 자아내든, 주어진 형태가 종아리와 더 비슷하든 물병과 더 비슷하든 상관없는 것이다. 순수하게 음악적인, 그리고 순수하게 미술적인 관점에서 이미 창조된 작품을 바라볼 때 이것은 무관하지만, 그러나 창작하는 예술가에게 있어서 그의 형이상학적인 감각은 창작 과정 중에 그의 감각과 상상의 세계 속에서 양극화될 것이며 그 순간은 그에게 중요할 것이다. 그리고 그러한 이유는 무엇이냐면 순수한 예술이란 없기 때문인데, 왜냐하면 그것은 순수하게 지적인 허구일 뿐일 것이며, 오로지 이성적인 만족감이나 고통, 혹은 수학과 기하학 분야에서 이미 만들어진 규칙들의 수용과 창작이 제공하는 기쁨을 줄 수 있을 뿐이기 때문이다.*

감정과 상상의 영역은 어느 정도는 창조된 작품 안

---

* 주의할 점은 우리가 '순수하다'고 규정한 예술 분야, 즉 미술과 음악 사이의 비교가 이 두 가지 예술 사이의 근원적인 유사성에 기반하고 있으며 언젠가 어디선가 어떤 '전문가'가 확언했던 것처럼 미술을 '음악화'하려는 의도가 아니라는 사실이다. 음악이 '음악적'이듯 미술은 언제나 '미술적'이었으며 미술의 '음악화'는 절대로 어디서도 그 누구에게도 필요하지 않았다. '전문가'에 의해 사용된 이 용어는 단지 그 전문가가 미술에 대한 근본적이고 '미술적인' 이해에서 얼마나 멀리 떨어져 있는지를 증명할 뿐이다. 그러나 한 분야에 대한 뿌리 깊은 편견을 가진 사람들에게는 그들의 어리석음을 설명하기 위해서 여러 가지 이유로 그런 편견을 갖지 않은 비슷한 분야에 대한 비교를 활용하는 것이 더 쉽다. ─ 원주

에서 찾을 수 있으므로 우리는 미술에서 물체를 좀 더 연구하여 실제 삶에서 현실적인 존재와 미술의 비교를 통해, 현실 삶의 경우들은 그저 명목일 뿐인 무대 위 존재들의 다른 형태를 상상해 보려 한다.

옛날 예술가들의 영적 균형이 우리 시대 예술가들보다 잘 잡혀 있었던 결과, 그리고 현실을 재현한다는 일차적인 문제가 다른 문제들과는 구분되어 그 자체로 부재했던 결과, 외부 세계를 변형한다는 문제는 이전에는 오늘날처럼 그렇게 선명하게 제기되지 않았다. 옛날 사람들은 어쩌면 더 강한 열정과 감정을 가지고 있었을지 모르나 비교적 더 단순하여 우리 시대의 '세련된 사람들'*이 특징으로 삼는 배배 꼬이고 혼란스러운 정신 구조를 갖지 않았다. 어떤 옛 거장이 세상을 보는 시선에는, 그가 우리에 비해 어쩌면 훨씬 더 발달되고 대체로 그 자체로 의식된 궁극적 경이와 존재의 비밀에 대한 감각을 종교적인 감각이라는 형태로 가지고 있었을 수도 있으나, 그럼에도 불구하고 모든 종류의 왜곡이 제거되어 있다. 우리는 이 점을 우리 삶의 무미건조함과 지적인 발달과 관련하여 더 깊이 이해하는데, 그들은 이 점을 더욱 깊이 느꼈고, 그 이유는 일상의 현상들 속에서 더욱 위협적이고 아름답고 더욱 비밀스러웠던 삶을 배경으로 이러한 주제에 대하여 스스로 진정시킬 적절한 개념을 갖지 못했기 때문이었다.

* raffinés. 원문 프랑스어.

옛사람은 위대함과 대칭성과 세계의 더 고차원적인 질서에 대한 감각을 우리보다 더 많이 가지고 있었고, 우리에게 그런 감각은 과학적 진실에 대한 인식과 한편으로는 관념의 영역에서 말하자면 더 강화된 인식의 명확한 한계를 통해 느껴지는데, 그러나 바로 그 때문에 우리에게 그런 감각은 직접적이고 일상적인 경험의 대상이 아닌 것이다. 우리는 이름이 붙은 적합한 서랍에 들어 있는 형태로 그런 지식을 가지고 있고 그들은 어쩌면 규명되지 않은 형태로, 그러나 더 풍부하게, 마치 핏속에 들어 있는 것처럼 그런 지식을 가지고 있었으며 그것은 그들의 삶에 매 순간 나타났다. 그 결과 바로 옛 사람들의 구체적인 상상의 내용 자체가 그만큼 단순해서 창작의 희열의 가장 높은 상태에 이른 사람들은 **존재의 경이로움**에 대한 자신들의 감각을 표현하거나 다른 사람들에게 그런 감각을 불러일으키기 위해서 외부 세계를 변형할 필요가 없었다. 우리는 여기서 당연히 상당히 오래전 시대의 사람들에 대해 말하고 있는데 주로 14세기와 15세기 우리 유럽의 거장들을 염두에 두고 있다. 더 오래전, 이집트와 아시리아 거장들, 혹은 현재 비교적 낮은 문화 수준에 머물러 있는 민족들, 예를 들어 무어인이나 파푸아인의 경우는 조금 달랐다.* 여기서 창작은 종교와 직접 관련되어, 일상적 관점

---

* 매우 인종차별적인 발언인데, 20세기 초까지도 유럽 지식인들은 문화적 상대성을 알지 못했고 문화에 발전 단계가 있어서 모든 문화권이 동일한 경로를 거쳐 그 최고봉인 유럽과 같은 상태에 도달한다고 상정했으며 특히 유색인종을 차별적으로 바라보았다.

에서 보자면 괴물 같은, 잔혹하고 위협적이며 비밀스러운 신들의 세계와 지상의 현실 사이 격차를 직접적으로 상징하는 형태로 나타났다. 그렇기 때문에 가장 오래된 혹은 원시적인 조각상에, 대부분 인간 형상 혹은 인간과 동물 형상의 조합을 괴물화하는 방향으로 환상성의 근원적 요소들이 그토록 많은 것이며 또한 그렇기 때문에 가장 오래된 신들의 얼굴이 주어진 종족의 대략적인 모습과 별로 닮지 않은 것인데 이 점은 아프리카와 뉴기니의 조각상들에서 확실하게 볼 수 있다.

　이전에 논의했던, 우리에게 더 가까운 사람들, 형태 자체와 관련된 모든 종류의 왜곡(즉 구성의 불균형, 왜곡된 방향적 긴장성 등등)과 혼합해서는 안 되는 환상성에도 불구하고 비교적 단순한 상상의 세계를 가지고 있던 사람들, 교육받지 못한 지성을 통해 분열되지 않은 깊은 종교적 믿음의 프리즘을 통해 삶을 바라보았던 사람들에게 있어 — 형이상학적 감각의 분열 혹은 양극화는 구성 안에 포함된 물체 그 자체가, 특정한 양식화, 평면화, 무감각화 혹은 석화를 제외하면, 오로지 방향적 긴장성을 강조하는 악센트로서의 그 역할을 제외하면 본질적으로 영향받지 않은 채로 남는다는 방식으로 전개되었다. 단지 이런 바탕 위에서만 회화 예술의 핵심을 전혀 이해하지 못하는 사람들은 옛 그림들을, 그리고 심지어 환상성을 이해한다는 명목하에 흑인들의 괴물 같은 조각상을 '이해하고', 반면에 현대의 거장들을 '이해하지 못하며', 이 사실이 그들에게 별달리 위대한 영광을 가져다주지 못한다는 사실을 알지 못하는 채 현대미술가들을 이해하지 못함을 과장스럽게 자랑하기를 좋아한다. 대신에 그들은 '건강하고', '건강하게' 생각하고 자고 먹고 기타 등등 살아간다. 그 외에 뭔가 더 할 여력이 없다면 그것도 좋은 일이다. 바로 이런 사람들이 이런 예술 작품들의 진정한 내용을 이루는 것을 이해하거나 혹은 이해하지 못한다. 예쁘게 그려진 여신의 예쁜 종아리를 보면서 그들은 오로지 종아리가 예쁘다는 사실에 기뻐한다. 이른바 대략 "흥미 없는 인식"*이다.** 그러나 피카소의 그림에서 종아리를 연상시키는 뭔가, 아무렇게나 자른 나무토막 같지만 동시에 아름다운 종아리를 조각할 수 있을 것 같은 뭔가를 본다면, 일상적인 관점에서 (예를 들어 약혼녀 혹은 약혼자의 종아리라 가정한다든가 등등) 바라본다는 조건하에 아름다울 수도 있었는데 흉측한 어떤 것을 본다면 이런 사람들은 진심으로 분개한다.

"세상에 아름다운 것이 이렇게 많은데 무엇 때문에 흉한 것을 그린단 말인가?" 그들은 솔직한 분노를 담아 묻는다. "무엇 때문에 그림을 그린단 말인가?"라고 이런 관점에서 더욱 솔직하게 물을 수 있다. 이런 사람들은 보티첼리의 예쁜 종아리와 피카소의 "흉한" 종아리를 함께 이해하지 못한다. 보티첼리가 그 자신의 복잡하지 않

---

* interesslose Anschauung. 원문 독일어.
** 쇼펜하우어처럼 위대한 철학자의 미술 이론치고는 이상하게 얄팍하다. — 원주

은 정신세계로 시각적 세계를 변형하지 않고 **순수한 형태**를 창조할 수 있었고, "형태를 통한 비충족"에 시달리는, 지나치게 세련되고 도착적인 현대의 예술가, 형태의 위대한 거장 피카소는 물체를 변형하지 않고는 그와 똑같은, 근본적으로 **순수한 형태**를 창조할 수 없었을 것이라는 사실을 그들은 이해하지 못한다.

삶의 관점에서만 중요한 이 변형을 대가로 다른 정신적 차원의 걸작이, 우리가 종아리는 물론 삶 전체도 완전히 잊어버릴 수 있게 해 주는 걸작이 창조되며, 이를 통해 우리는 **존재**의 측정할 수 없는 경이로움을 받아들이며 순수한 아름다움의 영역에 도달하게 된다. 그저 종아리에 대해서 잊어버릴 수만 있으면 된다. 정말 별것도 아닌데, '예술 전문가'들과 불쌍한, 가장 아름다운 인상들을 스스로 내던져 버리는, 건강한 사고를 가진 일반 대중에게 이것을 설득하기란 얼마나 어려운가. 이런 사람들은 전자의 '예쁨'과 후자의 '흥함'과 함께 형태 자체의 의미를 이해하지 못한다. 왜냐하면 예술을 지배하는 주관성으로 인해 일상의 영역과 예술의 영역 사이에 굉장히 넓은 범위의 아름다움을 창조할 수 있음에도 불구하고, 일상의 아름다움이 다르고 예술의 아름다움이 다르기 때문이다. 이런 사람들은 주어진 사안이 순수하게 문학적인 관점에서 환상적일 경우 변형도 이해하는데, 만약 그림 속에 난쟁이나 땅도깨비, 여자 마술사 (사실적으로 그려졌다고 해도 모두 똑같이 얄팍하다.) 혹은 뭔가 괴물 같은 것을 상징하는 형체가 있을 때 말이다.* 그렇기 때문에 완전히 중요하지 않은 환상성의 관점에서 이 사람들은 흑인들의 괴물이나 중국 용이나 아라한을 긍정하는데 왜냐하면 그런 원시적인 작품 속에는 그 사람들 자신이 근본적으로 경멸하는 원시 종교적인 개념이나 그들에게 정신적으로 낯선 인물이 묘사되어 있기 때문이다. 그렇기 때문에 어떤 예술가들과 대중 사이에는 자주 유사 이해가 생겨나는데, 이런 사람들에게 착각을 불러일으키지 않으려면 이런 유사 이해는 언제나 오해로 바꿔야 한다. 그러나 환상적인 이미지들은 완전히 정상적인 대상들의 관점에서 본 이미지와 마찬가지로 그 물체적인 내용이 **순수한 형태**의 구조물일 수도 있고 아닐 수도 있다.

　'성 티혼이 용을 물리친 기적'을 묘사한 러시아 성상화**와 뵈클린의 「파도타기」***는 환상적이며 서로 공통점이라고는 없는데 이것은 반 고흐의 정물화가 17세기 어느 네덜란드인의 정물화와 아무 공통점이 없는 것과 같다.

　사실 진정한 공통점은 한편으로는 성상화와 반 고흐의 그림 사이, 그리고 다른 한편으로는 뵈클린과 자연주의자 네덜란드인 사이에 있다. 다른 것이 아닌 바로 이 물

---

* 땅도깨비(gnome)는 유럽 신화 속 땅의 요정으로 키가 작고 추한 난쟁이의 모습이다.
** 성 티혼 루홉스코이(Тихон Луховской)는 16세기 러시아 정교 성인으로 루흐 지역 사람들을 사악한 용에게서 구하는 기적을 일으켰다고 한다.
*** 스위스의 상징주의 화가 아르놀트 뵈클린(Arnold Böcklin, 1827–1901)의 1883년 작품 「파도타기(Im Spiel der Wellen)」는 인간 여성들이 바다에서 상체는 인간 남성이고 하체는 잘 보이지 않는 바다 괴물들과 수영하는 장면을 묘사했다.

체는 **순수한 형태**에 의해 작품 전체와 모든 중요하지 않은, 그러나 필수적인 요인들에 의존하여 그림 속에서 더 변형되거나 덜 변형된 채로 함축적인 필연성을 가지고 주어진 자리에 있으며, 중요하지 않으나 필수적인 요인들은 그림이 만들어지게 하기 위해 구성되었는데, 이것은 소리의 조합 속에 바로 이러하고 다른 것이 아닌 그 소리들의 정서적인 분위기가 함축적으로 주어져서 그 소리들로 인하여 분절될 수 없는 총체가 되는 것과 같다. **순수한 형태**의 관점과 세상의 복제라는 관점에서 가장 무의미한 형체들조차 군건한 의지를 갖고 본다면 이 세상의 어떤 것을 연상시킬 수 있고 (벽에 생긴 얼룩에 대해서 위대한 자연 연구자 레오나르도 다 빈치가 말했다.) 심지어 고양이가 우연히 피아노 위를 달려가는 것조차 결과적으로 어떤 정서적인 분위기를 가질 수 있다. 형이상학적인 감각이 필연적이며 피할 수 없는 방법으로 개인화되는 것은 심지어 가장 순수한 예술의 비순수성과 형태와 내용, 재구성과 변형이라는 주제에 대한 모든 종류의 오해에 달려 있다. "나는 피카소를 좋아하지 않는데 왜냐하면 그의 구성, 색채의 조화와 형태의 틀이 마음에 들지 않기 때문이다."라는 판단은 합리적이며 여기에는 전혀 반박할 수 없다. "나는 피카소를 좋아하지 않는데 왜냐하면 사람들을 삐죽삐죽한 얼룩 같은 형체와 색채로 자연에 부합하지 않게 그리기 때문이다."라는 판단은 의미가 없으며 이런 말을 하는 사람이 미술의 근본을 이해하지 못한다는 점을 증명한다. 이것은 마치 누군가 "나는 마요네즈를 뿌린 생선을 좋아하지 않는데 왜냐하면 그것은 1등 침대칸이 아니기 때문이다."라고 하는 것과 같다.

II. 연극

A) 시(詩)

시는 극예술 상연의 구성 요소가 될 수 있으며 혼합 예술의 예시이며 심지어 큰 소리로 읊는 상태가 아니라 '머릿속으로' 읽을 때에도 가능성을 가지고 있으며 소리, 이미지와 정서적 혹은 관념적 의미, 개별적인 문장 혹은 작품 전체의 의미 등 원칙적으로 다종다양한 요소들의 종합을 통해 **순수한 형태**의 완전한 구현이라 선언할 수 있다. **당연히** 이것은 이 선언이 내장을 뒤흔드는 감정적인 선언이나 무의미하고 리드미컬한 중얼거림이 아니라는 조건을 달고 있는데, 이런 것은 이전의 방법들에 대항하는 극단적인 반응으로서 나타났다. 그러므로 적절한 요소들의 비율 — 그 요소들이 주어진 작품 안에 어떻게 배치되었는가에 따라 — 을 통해 변화된 비율로 실질적인 합성 총체들을 만들 것이며 그것들의 순수하게 형태적인 관계들이 형이상학적 감각을 직접 표현할 것이다. 이런 선언이 그저 '병든 상상력'의 창조물이 아니라고는 장담할 수 없지만 우리가 생각하기에, 소리 내지 않고 어떤 특정한 방식으로, 그리고 그것도 물론 단지 어떤 특정한 시 작품들을 마음속으로만 읽는다고 생각할 때 만약 목소리라는 문제를 잘 아는 누군가가 나설 생각이 있다면 달성 가능한 것으로 보인다. 시에는 삶의 감정들이 표현되어 있고 그 표현은 적절하게 선별된 단어의 특성과 리듬으로 강화된다. 선언에 참여하는 여자와 남자들은 유일하게 이런 방향으로 강조한다. 그렇다면 과연 — 우리 시의 몇몇 작품들에는 심지어 관념적인 형태로도 포함되어 있는 형이상학적 내용을 위해 감정의 깊이를 희생하고, 우리가 (미칠 정도로 고통받거나 야만적인 쾌락에 제정신을 잃은) "배 속에서 나오는 포효"라고 이름 지은 것, 좀 더 섬세하게는 "신체의 목소리"라 말할 수 있는 것을 희생하고 — 완전히 다른 해석을 요구하는 시들에서 형태 자체의 모든 근원적인 요소들의 그 종합을 불러낼 수는 없는지, 거의 울부짖음에 가깝게 높아졌다가 열정적인 속삭임처럼 낮아지는 무운율성의 광기 어린 발작의 목소리를 통해서가 아니라 오로지 음성적 강약, 표현 자체의 직접적인 가치, 그 표현들이 창조된 순간 가졌고 이후의 기묘한 발전에 의해서도 언제나 잃어버리지는 않는 그 가치를 통해서 말이다. 표현 자체에 대한, 그리고 다종다양한 문장들의 구성 요소로서 표현 안에 담긴 헤아릴 수 없는 풍부함에 대한 존중과 사랑은 대체로 감정적인 효과만을 계산하는 목소리의 예술가들에게 부재하며 이런 경우 청자는 강제로 그에게 던져진 포효와 물리적인 불쾌감으로 인한 창자의 떨림과 심장의 멈춤을 오랜 시간 견디고 싶어 하지 않고 모욕당했다고 느낀다. 그보다는 시의 근원을 들여다보는 시선이

211

필요할 것이고, 물론 몇몇 시들에 한정되지만 그런 시들은 '내용에 관한 한 다 이해할 수 있는', 주어진 주제들에 대한 감정적인 설명으로서가 아니라 존재의 영원한 규칙의 집약된 공식으로서, 위대한 **존재의 비밀**이 그 안에 숨어 있고 목소리를 통해 나타나고자 요구하는 비밀스러운 공간으로서 들여다보아야 한다.* 그 단일성을 창조해서 청자들에게 강요하는 것이 선언자의 (그게 얼마나 가능하든) 은혜로운 과업이다. 대체로 자원은 한정되어 있기 때문에 여기서 유일한 방법은 소리, 표현, 그리고 그들의 의미 사이의 비율을 조정하면서 소리의 가치와 힘을 강조하는 대책이고 그러한 대책뿐이며 이렇게 해서 청자에게 시각적 이미지를 강요해야 한다.

어떤 시 작품이든 그 창작자의 의도에 내포된 가장 이상적인 발언의 방식을 아마도 오로지 하나, 혹은 어쩌면 예외적인 경우 아주 적게 (둘이나 셋) 가지고 있다.

---

* 예를 들면 타데우슈 미치인스키의 「별들의 어둠 속에서」가 있다. 미치인스키 외에 이지코프스키, 이와코비츄브나, 그리고 「즈드루이」와 「스카만데르」에 작품을 발표했던 일련의 작가들을 인용할 수 있다. — 원주

(지그문트 제논 이지코프스키[Zygmunt Zenon Idzikowski, 1884-1911]. 폴란드의 상징주의 시인. 카지미에라 이와코비츄브나[Kazimiera Iłłakowiczówna, 1892-1983]. 폴란드의 독립투사, 시인, 외교관, 번역가. '즈드루이[Zdrój]'는 폴란드어로 '샘, 원천'이라는 뜻이며 1917년부터 1922년까지 격주간 발행되었던 잡지의 제목으로 예술과 함께 사회와 정치 문제도 다루었다. '스카만데르[Skamander]'는 같은 이름의 상징주의 작가 그룹이 1920년부터 1939년까지 발행했던 월간지 제목이며 고대 그리스의 트로이에 있었다는 신화적인 강의 이름을 따서 지었다고 한다. 이 그룹과 잡지가 전간기[戰間期, 제1차 세계대전과 제2차 세계대전 사이] 폴란드의 문화 예술을 이끌었다.)

그 비밀의 열쇠를 조용한 내면적 경험이 아니라 실질적인 외면화 속에서 찾아내는 것은 이론에서 여기에 대해 말하는 것보다 물론 훨씬 더 엄청나게 어려운 일이다. 그러나 평범한 감정적 효과와는 별개로 가능하다면, 언젠가 어디선가 어느 변태적인 저녁에 어떤 무시무시한 악마들 혹은 일상의 멍청이들을 동반한 가운데 해낼 수 있다면 꿈 같은 일일 것이다. 위의 논의는 또한 극예술에서 문장의 언설에도 적용될 수 있는데, 우리는 앞서 보았던 미술과의 비교를 바탕으로 극예술을 규정하려 시도할 것이다.

B) 극예술의 새로운 유형에 대하여

연극은 시와 유사하게 복합 예술이며 중요하지 않은 요소들을 시와 비교할 때 훨씬 더 많이 가지고 있고, 그렇기 때문에 무대 위에서는 자신의 존재와 무관한, 즉 인간 활동의 내용과 관계없는 객관적인 결과로서 **순수한 형태**를 생각하기가 훨씬 더 어렵다.

그러나 우리가 보기에 이것은 완전히 불가능하지는 않다.

조각과 미술에서 **순수한 형태**가 종교적인 상상력에서 유래한 형이상학적인 내용을 가진 단일체로서 존재했던 시대가 있었듯이, 무대 위에 서는 것이 신화와의 합일을 의미했던 시대가 있었다. 지금은 형태 자체가 그저 우리의 미술과 조각의 내용일 뿐이며 물체적 내용은 현실적인 세계에 가깝건 혹은 환상적이건 그저 그 내용을 창조

213

하기 위한 구실일 뿐이고 그것과 직접적인 연관성을 갖지 않으며 그저 예술이라는 기계 전체를 창조적 긴장성으로 이끌기 위한 '약물'일 뿐이듯이 — 마찬가지로, 확실히 말하지만, 무대에 서는 것 자체가 강화된 삶의 이미지와는 별도로 관객을 형이상학적 감각을 이해하는 상태로 이끌 수 있으며 예술의 '바탕'*이 사실적인지 혹은 환상적인지, 아니면 구체적인 부분들에서 양쪽 유형의 합성인지와는 관계없이, 작가에게 있어 순수하게 형태적인 차원에서 형이상학적 감각의 연극적 표현이라는 조건 속에 진실한 창작의 필요성이 예술의 전체에서 자연스럽게 흘러나오는 한, 극예술은 가능하다. 여기서 단 하나 중요한 것은 예술의 의미가 작품 전체에 있어 일상적인 혹은 환상적인 내용 자체의 의미에 필연적으로 내포되어 있지 않아야 한다는 것, 오로지 일상적인 의미는 순수하게 형태적인 목적만을 위해, 즉 소리, 무대 장식, 무대 위의 움직임, 발언되는 문장 등 연극의 모든 요인들의 종합을 위해서만 존재해야 하며, 극의 의미는 시간 속에서 전반적인 연출 속에 분리할 수 없는 전체로서 심지어 일상적인 관점에서 봤을 때 연출의 완전한 무의미함으로 바뀔 수도 있다. 여기서 중요한 것은 전체성의 창조라는 목적을 위한 삶의 혹은 환상 세계의 완전하게 자유로운 변형의 가능성이며, 그 전체성의 의미는 오로지 내적으로, 순수한 연극적 구성을

---

* fond. 원문 프랑스어.

통해서만 규정될 것이며, 어떤 일상적인 전제에 따른 일관된 심리와 연기의 요구에 의해 규정되지 않을 것이고, 그런 일상적인 전제와 가정들은 삶의 강화된 복제로서 예술에 기준으로서 적용될 수는 있을 것이라는 점이다. 우리는 여기서 극예술이 필수적으로 무의미해야만 한다고 말하려는 것이 아니라 이제까지 존재했던, 오로지 일상적인 의미나 환상적인 가정에만 의존한 주형을 본뜨는 것을 최종적으로 중단하자는 얘기다. 연기자는 그 자체로 존재하지 않아야 하며 주어진 그림 속의 빨간색이나 주어진 음악 작품 속의 '도' 음과 똑같이 전체의 구성 요소로 있어야만 한다. 우리가 이야기하는 종류의 예술은 절대적인 현실적 무작위성을 특징으로 가질 수도 있지만 그 무작위성이 그림의 '무의미함'과 마찬가지로 충분히 정당화되어야 하고 다른 심리적 차원에서 보상되어야 하며, 그런 예술은 바로 그 다른 심리적 차원으로 관객을 이끌어야만 한다는 것이다. 지금 당장으로서는 우리가 그런 예술의 예시를 하나도 제시할 수가 없지만 완전히 중요하지 않은 편견들을 극복하는 보상으로 그러한 예술이 가능하다는 사실은 강조해 두고 싶다. 그러나 예를 들어 누군가 그와 같은 극예술을 쓴다면 대중은 위에 말한 피카소 그림 속의 그 변형된 종아리에 익숙해지는 것과 마찬가지로 그런 극작품에 익숙해져야만 할 것이다. 다만, 우리가 완전히 추상적인 형태들로 구성된 그림을 상상할 때 그런 방향으로 생생한 자기암시 없이는 외부 세계 물체들을 전혀 연

215

상시키지 않는 것과 마찬가지로, 그러한 극예술을 우리는 생각해 낼 수조차 없는데 왜냐하면 시간 속에서 순수하게 연출하는 것은 소리의 영역에서만 가능하며 연극은 비록 가장 야만적이고 가장 개연성 없다 하더라도 뭔가 인물들의 활동이 없으면 이해할 수 없고, 이것은 연극이 순수한 예술, 즉 미술과 음악처럼 구체적인 동종의 구성 요소들을 갖지 않는 복합 예술이기 때문이다.

오늘날의 연극은 뭔가 절망적으로 꽉 막힌 인상을 주며 우리가 심리와 활동의 환상성이라고 이름 붙인 것을 도입하는 것만이 그 막힌 곳을 푸는 유일한 방법으로 보인다. 왜냐하면 인물들의 심리와 그들의 활동은 장면들의 순수한 연결의 구실이 되기 때문인데 여기서 중요한 점은 현실적인 관계를 갖는 인물 심리와 활동의 연속성이 작품 구조가 탄생할 때 압력을 가하는 괴물이 되지 않도록 해야 한다는 것이다. 우리 의견으로는 그 저주받을 인물의 일관성과 그 심리적 '진실'은 이미 지긋지긋하며 모든 사람이 다 완전히 넌더리 내는 것으로 보인다. 프스폴나 거리 38번지 10호 아파트 혹은 마법에 걸린 성에서 혹은 오랜 옛날에 무슨 일이 일어나고 있는지 누가 상관하냔 말이다. 우리는 극장 안에서는 완전히 다른 세계에 있기 원하고 그 다른 세계에는 일상적으로 완전히 일관성 없는 인물들의 환상적인 심리에서 초래되는 사건들이 긍정적인 행동뿐 아니라 자신의 실수에 있어서도 일상적인 인물들과는 전혀 비슷하지 않은 인물들을 제시하고 그 인물들이 시간 속에 연기하면서 그 연출의 괴상망측한 연결 속에서 그 자체로, 연기의 형태 자체의 논리 외에는 그 어떤 논리에도 제약받지 않기를 원한다. 우리는 그저 필연적인 방식으로 어떤 인물의 주어진 움직임, 현실적인 의미를 가진 혹은 동등하게 오로지 형식적인 의미만 가진 주어진 문장을, 조명이나 무대 장식의 주어진 변화, 주어진 음악적 반주를, 마치 음악에서 곡의 필수적인 주어진 부분이나 연주된 음악에서 이어지는 주어진 화음들을 받아들이듯이 그렇게 받아들여야만 하기를 원하는 것이다. 여기에 덧붙여 주어진 인물 심리의 변동성과 마찬가지로 그 무엇으로도 정당화되지 않은 주어진 사건들에 대한 현실적인 반응의 완전한 무작위성이라는 요소들을 더할 수 있겠다. 그러나 이 요소들은 위에 언급된 모든 요소들이 무대에 나타날 때와 마찬가지로 똑같은 형태적인 필연성 속에 제안되어야만 한다. 물론 이 환상적인 심리는 피카소의 그림에 있는 사각형 종아리와 완전히 똑같은 방법으로 극복되어야만 할 것이다. 현대 거장의 그림에 나타난 변형된 형태를 보고 웃는 대중은 무대 위 인물들의 현재로서는 완전히 설명될 수 없는 심리와 활동을 보고 분명 똑같이 웃을 것이다. 그러나 이 문제는 우리의 의견에 따르면 현대미술이나 현대음악과 완전히 똑같은 방식으로, 즉 전반적으로 예술의 핵심을 이해하고 익숙해지는 것으로 완전히 극복할 수 있다. 마침내 미술에서 **순수한 형태**를 이해한 사람들은 그 뒤에는 다른 그림들을 쳐다보지도 못할 것이고 이전에는 이해하지 못하고 비웃었던 것들을 다르게 이해하게 될 것이며, 이와 마찬가지로 현재 우리가 논의하는 종류의 연극에 익숙해진 사람들은 완전히 사실주의적인 혹은 오늘날의 심하게 상징주의적인 극작품들을 듣지도 보지도 못할 것이다. 미술에 대해 말하자면, 처음에는 겉보기에 **순수한 형태**를 이해할 능력이 전혀 없어 보이는 사람들에게 우리가 몇 번이나 확인한바, 일정 기간 체계적으로 '주입'한 뒤 순수하게 전문적인 판단에 있어 놀랄 만한 완벽함에 도달하였다. 어쩌면 여기에는 일정량의 변태성이 있을지도 모르겠으나 이처럼 대단히 순수하게 예술적인 변태성을 우리가 어째서 두려워해야 한단 말인가? 분명 삶에서 변태성과 왜곡은 자주 유감스러운 것이지만, 어째서 삶에서 합리적인 판단을 삶과 근본적으로 그다지도 공통점이 없는 예술의 영역으로 옮겨 와야 한단 말인가. 예술적 변태성(예를 들어 미술의 경우 구성에서 매스의 불균형, 왜곡된 방향적 긴장성 혹은 색채의 부조화)은 목적이 아니라 수단일 뿐이고 그러므로 부도덕할 수 없는데 왜냐하면 그런 변태성을 통해 도달하는 목적 — **순수한 형태**에서 다양성 속의 단일성 — 은 선과 악이라는 기준으로 판단할 수 없다. 연극은 약간 다른데, 왜냐하면 그 구성 요소가 활동하는 존재들이기 때문이다. 그러나 우리가 지금 이야기하는 이런 차원들에서는 심지어 가장 괴물 같은 상황이라 하더라도 오늘날 극장에서 종종 보는 것에 비해 덜 도덕적이라 말할 수 없을 것이라 생각한다.

218

물론 위에 묘사한 스타일의 극예술은 최소한 진실로 예술적인 인상을 찾고자 하는 어떤 특정한 대중에게는 실제로 필요하게 될 수도 있고, 여기에 더하여 그래도 누가 됐든지간에 상연을 목적으로 희곡을 쓰는 작가에 의해 자연스럽고 필연적인 창작품으로서 생겨나야 할 것이다. 만약 그 극작품이 오로지 작위적으로, 진정한 필요 없이 냉정하게 고안된 계획적인 무의미함에 불과하다면 아마도 웃음 외에는 아무것도 불러일으킬 수 없을 터인데, 이것은 마치 진실로 "형태에 의한 비충족"에 시달리지 않고 오로지 사업을 위해 혹은 '부르주아들을 감동시키기 위해서'* 그것을 위조하는 사람들에 의해 창조된 기괴한 형태의 물체들로 가득한 그림과도 같은 것이다. 직접적인 종교적 배경 없는 순수하고 추상적인 새로운 형태의 탄생이 외부 세계에 대한 관점의 변화를 대가로 나타난 것과 마찬가지로, 연극에서 **순수한 형태** 또한 심리와 활동의 변형을 대가로 나타날 수 있는 것이다.

그러한 예술을 삶이라는 관점에서 사건의 연결들 속에 무한히 구체적이고 상세하게 절대적으로 모든 것에 대해서 완전히 임의적으로 상상할 수 있다. 이 작업은 '일상적인' 모든 것과는 완전히 무관한 자기만의 내면적이고 형태적인 논리를 보유한 채 무대에 몇 시간 서 있는 것으로 실현할 수 있을 것이다. 이 예시는 창조된 것이 아니라

---

* pour épater les bourgeois. 원문 프랑스어.

그저 상상해 낸 것이며 이런 것은 그저 우리 이론에 비웃음만 가져올 수 있을 것이고 어떤 관점에서 보면 실제로 우습지만(몇몇 사람들에게는 심지어 모욕적이거나 혹은 솔직하게 말해서 바보스러워 보일 것이다.), 그래도 시도는 해 볼 수 있다.

그러니까 이런 것이다. 빨간 옷을 입은 사람 셋이 등장해 누구인지 모를 대상에게 고개 숙여 절한다. 그중 한 명이 뭔가 시 같은 것을 읊는다(그 사람은 바로 그 순간에 뭔가 필수적인 것이라는 인상을 반드시 주어야만 한다). 온화한 노인이 목줄을 맨 고양이와 함께 등장한다. 여기까지 모든 것이 검은 커튼을 배경으로 한다. 커튼이 걷히고 이탈리아의 풍광이 보인다. 오르간 음악이 들린다. 노인이 인물들과 뭔가 말하는데 대화는 이전의 모든 분위기에 걸맞아야 하고 탁자에서 유리잔이 떨어진다. 모두 다 무릎을 꿇고 운다. 노인은 온화한 사람에서 미쳐 날뛰는 '짐승'으로 변해 어린 소녀를 살해하는데, 그 소녀는 이제 막 왼쪽에서 기어들어 왔다. 여기서 아름다운 젊은이가 뛰어들어 노인에게 살해해 줘서 감사하다고 인사하는데, 이때 빨간 옷 입은 인물들이 노래하며 춤춘다. 그런 뒤 젊은이는 소녀의 시체를 안고 울고 무한히 즐거운 일들에 대해 말하는데, 여기에 노인은 다시 온화하고 선한 사람으로 변해 고매하고 투명한 문장들을 말하면서 구석에서 웃는다. 옷차림은 잘 차려입거나 환상적이거나 완전히 임의적이어도 좋고 — 몇몇 장면이 진행되는 동안 음악이 있어도 좋다. 그러면 결국 그냥 정신병원이란 말인가? 혹은 정신병 환자의 뇌를 무대에 올렸다고 해야 하나? 심지어 그렇다고 말할 수도 있겠지만, 진지하게 극작품을 써서 적절하게 연출한다면 이런 방법으로 이제까지 전례가 없었던 아름다운 것들을 창조할 수 있다고 우리는 확실히 말하겠다. 그것이 드라마든, 비극이든, 소극(笑劇)이든 그로테스크든 전부 다 똑같은 스타일로, 이제까지 있었던 것을 전혀 연상시키지 않아야 한다.

극장에서 나오면서 관객은 뭔가 심지어 가장 흔해 빠진 것들조차도 이상하고 헤아릴 수 없는 매력을 가지고 있는 이상한 꿈에서 깨어난 것 같은 인상을 가져야 하는데, 그런 매력은 무엇과도 비교할 수 없는 백일몽의 특징이다. ― 오늘날 관객은 좋지 않은 뒷맛을 느끼면서, 혹은 순수하게 생물학적인 끔찍함이나 삶의 숭고함 때문에 동요한 채, 혹은 여러 가지 장난들로 자신을 속였다는 느낌에 분개한 채 극장을 나온다. 다른 세상, 환상적인 의미가 아니라 단지 진실로 다른 세상, 순수하게 형태적인 아름다움을 이해하게 해 주는 그런 세상을 현대의 극장은 그 모든 종류와 변형에도 불구하고 거의 절대로 보여 주지 못한다. 가끔 옛날 작가들의 희곡 속에서 뭔가 비슷한 것이 반짝이는데, 그러나 그런 희곡들은 어쨌든 그 나름의 의미와 그 나름의 위대함을 가지고 있으며 우리는 결단코 뭔가 환상적으로 광분하여 그것을 거부하려는 게 아니다. 우리가 이야기하는 그런 요소는 예를 들어 셰익스피어와

스워바츠키*의 몇몇 희곡에도 있지만 단지 그 가장 순수한 형태로는 어디에도 없을 뿐이고, 그렇기 때문에 그런 것들은, 그 나름의 위대함에도 불구하고 우리가 갈망하는 것과 같은 인상을 주지 못한다.

우리가 제안하는 연극의 절정과 결말 지점은 우리가 현실적인 일상의 드라마를 지켜볼 때와 같은 순수하게 일상적인 호기심의 점차 퇴보하는 감각, 모든 내장 기관의 긴장감이라고 우리가 표현하는 그것과는 완전히 별개로 창작될 수 있는데, 이런 퇴보하는 감각과 배 속의 긴장감이야말로 바로 오늘날 무대예술이 제공하는 가장 큰 풍미의 전부다. 우리의 일상과는 전혀 관계없는 세계에서 어느 교향악이나 소나타의 음조들 사이에서만 일어나는 드라마와 비슷한 형이상학적인 드라마를 경험하려면 물론 이런 나쁜 습관에서 우리는 벗어나야만 하며, 결말은 우리가 일상에서 겪었던 어떤 장면이 되어 버리지 않아야 하고 단지 우리가 그것을 어쨌든 일상적인 인과관계에서 자유로운, 소리나 무대 장식 혹은 심리의 순수하게 형태적인 짜임들의 필연적인 결말이라 받아들일 수 있어야 한다.

예술을 받아들이지 못하는 사람들이 예술 작품과 우리 시대 예술 작품의 창작자들에게 내놓는 절대적인 임의성에 대한 불평이 여기서도 반복될 수 있다. 예를 들면 어째서 등장인물이 다섯 명이 아니라 세 명인가? 어째서 녹

* 율리우슈 스워바츠키(Juliusz Słowacki, 1809–49). 아담 미츠키에비치, 지그문트 크라신스키와 함께 폴란드 낭만주의를 대표하는 3대 시인이다.

222

색 옷이 아니라 빨간 옷을 입는가? 물론 그 숫자와 색깔의 필연성을 우리는 증명할 수 없지만 이미 창조된 예술 작품의 모든 요소와 마찬가지로 숫자와 색깔도 그만큼 필연적이어야만 할 것이고, 우리는 예술의 흐름을 보면서 다른 관계들은 생각할 수가 없어야 한다. 그리고 확실히 말하는 바, 그런 것이 완전히 솔직하게 창작된다면 필연적인 방법으로 관객들에게 강요되어야 할 것이다. 당연히 연극에서 이것은 다른 예술보다 훨씬 더 어려운데, 왜냐하면 어느 연극 전문가가 확언했듯이 보고 듣는 군중은 상연 자체의 본질적인 일부이고, 게다가 희곡은 돈을 벌어야만 한다. 그러나 우리가 판단하기에 조만간 연극은 이제까지 회피해 왔던 "형태에 의한 비충족"의 길에 반드시 들어설 것이고 앞으로 또 단순히 '부활'이나 '단순화' 혹은 옛날의, 근본적으로 아무도 아무래도 상관하지 않는 레퍼토리를 토할 때까지 되풀이하지 않고 순수한 형태의 차원에서 어떤 특이한 작품이 창조되리라는 희망을 가질 수 있다.

잠자는 야수를 풀어 주고 야수가 무엇을 해내는지 보아야 한다. 그리고 만약 야수가 미쳐 날뛴다면 야수를 제때 쏘아 죽일 시간은 언제나 충분히 있을 것이다.

1919년 6월.

옮긴이의 글
순수한 예술의 비극

20세기 초 폴란드 작가들의 운명은 대체로 비극적인 면이 있다. 비트키에비치도 예외는 아니다.

1. 바르샤바에서 러시아까지
스타니스와프 이그나찌 비트키에비치는 1885년 2월 24일 당시 러시아제국이 지배하던 식민지 폴란드의 수도 바르샤바에서 태어났다. 부모가 모두 귀족으로 어머니는 음악 선생이었고 합창 지휘자이기도 했으며 아버지는 저명한 미술가이자 건축가였다. 아버지 스타니스와프 비트키에비치(1851-1915)와 이름이 같은 데다 같은 미술 분야에 종사했기 때문에 스타니스와프 이그나찌는 아버지와 자신을 구분하기 위해 중간 이름 이그나찌와 성 비트키에비치를 합쳐 '비트카찌'라는 별명을 스스로 만들었다. 이후 작품에 'Witkacy'라고 서명했기에 '비트카찌'는 별명이라기보다는 필명이라고 하는 편이 옳겠다.

비트카찌가 네 살쯤 되었을 때 아버지의 건강 문제 때문에 가족 모두 폴란드 남부의 휴양지 자코파네로 이사한다. 그리하여 비트카찌는 자코파네에서 성장하고 자코파네의 예술가로 알려지게 된다.

비트카찌의 아버지는 제도화된 학교교육이 자식의

자유로운 성장을 방해하고 재능 발달을 저해한다고 믿었다. 그리하여 비트카찌는 집에서 아버지가 초빙한 여러 분야의 전문가들에게 홈스쿨링을 받으며 자신이 흥미를 가지는 방향을 스스로 찾아 나가는 방식으로 공부했다. 1903년 고등학교 졸업 자격시험을 통과해 성년을 맞이하고, 오스트리아와 이탈리아 등 유럽을 여행하면서 특히 이탈리아 미술에 깊은 관심을 갖게 된다. 그리고 폴란드에 돌아온 뒤 1905년 자코파네에서 가까운 폴란드 남부의 유서 깊은 문화도시 크라쿠프에 있는 크라쿠프 예술학교에 입학한다. 비트카찌의 아버지는 체계화된 교육을 믿지 않았기에 입학을 반대했지만 비트카찌는 이 학교에 다니면서 여러 신진 예술가들과 만나고 새로운 예술 사조들을 접하게 된다.

그사이 아버지는 건강이 회복되지 않아 현재 크로아티아 프리모르스코고란스카 지역에 있는 로브란으로 휴양하러 떠나게 된다. 비트카찌는 학교를 떠나 자코파네에서 그림을 그리고 글을 쓰면서 지내고 아버지를 만나기 위해 자주 로브란 지역으로 여행하는 한편 유럽 여행도 하게 된다. 이 시기에 폴란드의 저명한 연극배우였던 이레나 솔스카와 폭풍 같은 사랑에 빠지고, 1911년에 솔스카를 모델로 한 'S 양'과 자신의 분신인 '붕고'가 등장하는 첫 중편소설 「붕고의 622가지 몰락, 혹은 악마 같은 여자」를 발표한다. 또한 유화와 연필화, 풍경화와 초상화 등 여러 미술 장르와 기법을 연구하고 인물 사진에도 관심을 갖기 시작해 사회운동가이자 소설가였던 스테판 제롬스키의 사진을 찍는 등 다양한 시각예술 분야에서 활동한다.

1913년 비트카찌는 이레나 솔스카와의 관계를 종료하고 화가인 야드비가 얀체프스카와 약혼한다. 그러나 얀체프스카가 1914년 자살하면서 큰 충격에 휩싸이고 자책하게 된다. 얼마 후 제1차 세계대전이 발발하자 그는 다시 한번 아버지의 반대를 무릅쓰고 당시 러시아제국의 수도 상트페테르부르크로 가서 러시아제국군에 입대한다.

아버지 스타니스와프 비트키에비치도 아들 비트카찌도 모두 폴란드가 러시아제국의 식민지 상태를 벗어나 독립하기를 원했다. 그러나 비트카찌는 유럽 전체가 전쟁에 휩쓸린 만큼 폴란드를 보호하기 위해서라도 전쟁에 참가해야 하며, 폴란드가 식민지 상태라 자체적인 군대를 조직해 참전할 수 없다면 러시아제국군에 입대해서 폴란드가 러시아에 위협적이지 않다는 사실을 증명하는 쪽이 폴란드의 입장에도 도움이 되리라 생각했다. 비트카찌는 1915년에 장교 학교 훈련을 마치고 실전에 투입되었으나 이듬해 전투 중 폭격을 당해 크게 부상을 입는다. 러시아제국군의 기록에 따르면 그의 부대 전체가 심각한 타격을 입은 상태로 전쟁터에 상당 기간 방치되었던 듯하다. 결국 비트카찌는 구조되어 야전병원으로 옮겨졌고 치료를 받은 뒤 다시 전투에 나섰으나 이때 상황에 대해 평생 자세히 이야기하지 않았고 글로 써서 남기지도 않았다니 아마도 전쟁의 기억이 엄청난 트라우마로 남았던 듯하다.

그는 1917년에 제대하고 나서도 러시아에 한동안 머무르는데, 그리하여 공산혁명을 직접 목격하게 된다.

1918년 공산혁명이 성공하고 러시아제국은 공식적으로 몰락한다. 비트카찌는 이제 독립국이 된 폴란드로 돌아온다. 자코파네의 작업실을 다시 열고 다양한 분야의 예술가들과 교류하며 전시회를 기획하고 미술, 사진, 문학 등 여러 분야에서 활발한 창작 활동을 전개하며 '순수한 형태'에 관한 철학과 예술 이론도 발전시키기 시작한다.

2. 자코파네

1918년부터 1939년까지 약 20년은 폴란드 현대사에서 매우 특별한 시기다. 폴란드는 1792년, 1793년, 1795년 세 번에 걸쳐 나라가 분할되어 프로이센왕국(현재 독일), 합스부르크가가 지배하던 오스트리아·헝가리제국, 그리고 로마노프왕조가 지배하던 러시아제국의 식민지가 되었다. 1914년 제1차 세계대전은 유럽 왕가의 몰락을 가져왔고 1918년에는 제국도 왕국도 모두 무너져 이듬해인 1919년 제1차 세계대전은 끝났다. 러시아는 약간 경우가 달라서 제1차 세계대전의 직접적인 결과라기보다는 공산혁명으로 인해 역시 1918년에 제국이 몰락하고 소비에트 러시아가 건립되었다. 그리하여 1918년 폴란드는 분할 점령 이후 약 130년 만에 드디어 염원하던 자주독립을 되찾았다. 이후 히틀러와 나치 독일이 1939년 9월 1일 폴란드를 침공해 제2차 세계대전이 일어나기까지, 그러니까 제1

차 세계대전 후부터 제2차 세계대전 전까지 20년 정도를 폴란드 역사에서는 "전간기(戰間期)" 혹은 "전쟁 사이의 20년"이라고 한다.

　폴란드 현대사에서 전간기는 가장 자유롭고 아름다웠으며 문화와 예술이 가장 풍요롭고 화려하게 꽃피었던 시기다. 이 시기에 비트카찌 또한 생애 가장 활발하게 문학, 미술, 사진 분야에서 활동하고 독창적인 예술 이론을 발전시켰다. 1919년 이후부터 창작한 작품의 숫자가 대단히 증가하는 동시에 자신의 이름을 폴란드 현대 문학사와 미술사에 남긴 뛰어난 작품들을 이 시기부터 집중적으로 발표하는 것을 볼 수 있다. 이 책에 수록된 희곡 「쇠물닭」(1921), 「광인과 수녀」(1923), 「폭주 기관차」(1923)는 모두 전간기 초기에 발표된 작품들이며 비트카찌를 폴란드 모더니즘 희곡작가로 자리 잡게 한 대표작들이다. 그 외 「갑오징어」(1922), 「어머니」(1924) 등도 대표작으로 알려진 희곡 작품들이며 역시 전간기 초기에 발표되었다.

　비트카찌가 본격적으로 폴란드 미술계와 문학계에 이름을 알리면서 자코파네의 작업실은 여러 분야의 예술인들이 교류하는 일종의 클럽과 같은 역할을 하게 되었다. 여기서 비트카찌는 함께 활동하고 철학과 예술에 대해 논쟁하고 사진과 초상화의 모델이 되어 줄 동료를 찾았다. 혁명가이자 시인, 소설가였던 브루노 야센스키, 의사이자 번역가, 극작가, 시인이었던 타데우슈 보이젤렌스키, 철학자, 비평가, 시인이었던 데보라 포겔 등이 그의 사진과 초상화 모델이 되었으며 극작가이자 소설가 비톨트 곰브로비치와 화가이자 소설가 브루노 슐츠 등 폴란드 문학은 물론 유럽 문학에 이름을 남긴 작가들이 그의 작업실에서 조우하고 교류하고 작품과 예술과 철학을 토론했다.

그리고 비트카찌는 1922년 자코파네에 휴양차 방문했던 야드비가 운루크와 만나게 되어 1923년에 결혼한다. 이들의 결혼 생활은 내내 평탄하지만은 않아서 1925년에 야드비가는 바르샤바로 이사해 버린다. 이후 비트카찌는 주로 자코파네에서, 야드비가는 바르샤바에서, 약 400킬로미터의 거리를 두고 이따금씩 만나는 결혼 생활을 이어 갔다. 그러나 야드비가는 비트카찌의 예술 활동 매니저이자 작품 관리자로서 역할을 충실히 수행해 바르샤바에서 비트카찌의 작품 활동, 즉 전시회, 연극 공연, 원고 발표 등 실무 관리를 전담했다. 그리고 비트카찌가 사망한 후 극심한 빈곤에 시달리면서도 30년간 유품과 원고를 관리하고 폴란드 국립 미술관과 도서관 등 신뢰할 수 있는 기관에 인계해 그의 작품들이 제2차 세계대전의 참화와 공산주의 폴란드 시기의 억압에도 불구하고 소실되거나 훼손되지 않고 보존되는 데 커다란 역할을 하였다.

3. 순수한 형태

1925년 이후 비트카찌는 희곡보다는 소설에 집중해 중편 「가을에 보내는 작별」(1927년 출간)을 집필한다. 그리고 1926년부터 "S. I. 비트카찌 초상화 회사"라 자칭하며 (반

농담으로 자칭했을 뿐 실제로 회사를 차렸던 것은 아니다.) 다른 미술 장르에 대한 관심을 버리고 오로지 초상화에 집중하기 시작한다. 기법적으로도 유화를 거의 중단하다시피 하고 주로 파스텔을 사용하며, 초상화가 아닌 자신의 철학이나 예술론을 시각화한 작품일 경우 연필로 스케치하듯 그렸다. 「우주의 형이상학적 파리」(1928) 혹은 「아버지 하느님이 처음으로 진지하게 지구(세상 아님) 존재들에 대해 숙고하다」(1931)가 그런 작품들이다.

비트카찌가 그린 초상화들은 몇 가지 유형으로 구분할 수 있는데, 우선 인물을 최대한 사실주의적으로 묘사하는 타입과 인물의 특징을 살려서 형태를 과장하거나 왜곡한 타입으로 나눌 수 있다. 이렇게 어느 정도 형태의 변형을 시도한 초상화 중 특히 친구나 지인을 모델로 한 초상화를 제작하면서 비트카찌는 알코올, 커피, 담배는 물론 코카인, 에테르 등 다양한 종류의 향정신성의약품을 사용해 도취 상태에서 실험적인 기법을 선보였다. 그리고 초상화에는 서명과 함께 어떤 약물을 사용했는지를 축약한 기호나 약물의 화학식을 표시해 두었다. 약물을 사용하지 않거나 술이나 담배를 하지 않은 경우에도 "3일간 금주", "12일간 금연" 등 축약어로 표시했다. 이러한 '약물 실험'은 1930년대까지 이어졌다. 비트카찌는 글을 쓸 때도 마약류를 사용했으며 이러한 경험을 '마약: 니코틴, 알코올, 코카인, 페요틀, 모르핀, 에테르'라는 에세이로 정리해서 1932년에 발표하기도 했다. 제목이 모든 것을 말해 준다.

231

현재 이러한 약물은 폴란드와 대한민국 양쪽에서 모두 불법이다. 또한 "마약에 중독된 괴짜 천재 예술가"라는 이미지도 닳고 닳은 클리셰다. 그러나 1923년 제정된 「도취성 물질과 제품에 관한 법안」*에도 불구하고 당시 유럽에서 약물중독에 대한 사회적 인식은 매우 낮았으며 예술가와 '자유사상가'들이 아편이나 코카인을 사용하곤 했다. 물론 그렇다고 마약 사용을 정당화할 수는 없다.

어쨌든 비트카찌가 마약을 사용한 이유는 '순수한 형태(Czysta Forma)'에 도달하기 위해서였다. (다시 한번 말하지만 순수하든 순수하지 않든 목적이 뭐가 됐든 마약은 해로우며 마약류 소지도 사용도 모두 범죄다.) 비트카찌가 생각했던 '순수한 형태'는 유럽 철학에서 고대 그리스 시대까지 올라가는 이원론에 바탕을 두고 있다. 고대 그리스철학자들, 예를 들어 플라톤은 아름다움이나 선함 등의 추상적인 관념들이 실제로 존재한다고 생각했으며 세상 사람들이 일반적으로 현실이라 생각하는 우리 주변의 세계는 이러한 본질의 허상이나 그림자에 불과하다고 여겼다. 꽃도 아름답고 나비도 아름답고 사람이 의도적으로 만든 조각상도 아름다운데 꽃과 나비와 조각상이 각각 다른 형태를 가지고 있다면 그 서로 다른 형태에도 불구

* 폴란드는 1918년 독립 이후 사회체제를 빨리 바로잡고 유럽 기준에 맞는 국가 체계를 공고히 하기 위해서 1923년 6월 22일에 당시 폴란드 공공 보건부와 법무부가 치료용, 연구용, 특수 목적 공업용이 아닌 모든 종류의 아편과 아편 가공 제제, 코카인, 헤로인, 모르핀, 에테르 등 향정신성의약품의 소지, 거래, 일반 흡입, 가공과 사용을 금지하는 법안을 발표했다. 그러므로 비트카찌는 지속적으로 불법 행위를 저지른 셈이다.

하고 공통적으로 아름다움이라는 특징을 띠므로 이 '아름다움'이라는 특질이 그 자체로 어딘가에 존재할 것이라고 플라톤은 생각했던 것이다. 그리하여 인간은 동굴 속에 쇠사슬로 묶인 노예가 (이것은 심각한 인권침해이지만 비유적인 의미에서 이해하도록 하자.) 동굴 벽에 비치는 바깥세상의 그림자만 보면서 그 그림자가 진짜 세계라고 믿는 것과 같다고 설명했다. 이 바깥 세계, 진정한 아름다움과 진정한 선이 존재하는 본질의 세계, '이데아'의 세계와, 그 그림자와 허상만이 어른거리는 한 차원 낮은 지금 우리의 현실이 따로따로 존재한다는 관점이 이원론이다. 플라톤은 인간이 이데아의 세계에 도달하거나 그런 세계를 오감으로 지각할 수는 없다고 여겼다.

　　이러한 이원론은 유럽 사회에서 그리스도교가 지배하는 중세 시대를 거치며 더욱 공고해진다. 그리스철학자들이 생각했던 이데아의 세계는 그리스도교 문화에서 신의 세계, 천국, 낙원 등의 관념과 합쳐진다. 어찌 됐든 신의 세계는 절대적으로 이상적이고 절대적으로 아름답고 절대적으로 순수하고 절대적으로 선한 세계이며 인간이 살아가는 불완전한 현실보다 고차원적이고 인간의 불완전한 현실 세계에 영향을 미치기는 하지만 인간의 현실과 별도로 존재한다고 믿었으며 이러한 믿음은 이상과 고차원의 세계 대 저열한 인간의 현실 세계라는 이원론의 관점과 구조를 그대로 이어받고 있다. 유럽의 문화와 학문과 사상과 철학은 이후로 이렇게 이상적인 신의 세계에 초점을 맞추는 태도와 인간의 세계에 초점을 맞추는 태도 사이를 왔다갔다 하면서 발전했다. 대략 10세기 이전, 문화권에 따라서는 한 13-14세기 이전까지는 신의 세계에 절대적으로 초점을 맞추는 중세였고, 그 이후에는 인간의 세계에 더 초점을 맞추려 시도하는 르네상스와 바로크의 시대가 찾아온다. 18세기는 인간의 이성을 믿고 인간 세계를 발전시키는 데 초점을 맞추는 계몽주의의 시대였고, 그러다가 18세기 말 감상주의를 거쳐 19세기 초 낭만주의가 발전하면서 유럽의 사상과 철학과 문화 예술은 신의 세계와 초월적 진리에 다시 초점을 맞추기 시작한다. 한편으로는 1776년에 제임스 와트의 증기기관 발명 이후 유럽에서는 기술과 과학이 눈부시게 발전하고 19세기 중반에 찰스 다윈의『종의 기원』(1859)과 함께 실증주의의 시대가 시작되지만, 다른 한편으로는 영국의 바이런, 폴란드의 미츠키에비치와 스워바츠키, 러시아의 푸시킨 등 낭만주의 시인들이 19세기 초반에 이성으로는 이해할 수 없는 초월적 진리와 아름다움의 세계를 갈구했고, 19세기 중후반에는 찰스 다윈보다 2년 전에 샤를 보들레르가『악의 꽃』(1857)을 발표하면서 상징주의가 유럽을 휩쓸어 폴란드에서는 대략 1890년대부터 추상적이고 철학적인 아름다움을 추구하는 상징주의 사조인 '젊은 폴란드(Młoda Polska)' 운동의 시대가 열리게 된다. 상징주의는 낭만주의와 유사하게 인간의 불완전하고 때로는 비루한 현실을 넘어선 절대적이고 이상적인 세계를 갈구하며, 세상에는 인간이 이해하지 못하는 비밀스러운 아름다움과 숨겨진 진실이 분명히 존재하고 그러한 아름다움과 진실이 언젠가는 인간의 눈앞에 모습을 드러내리라 기대한다. 그러나 낭만주의와는 달리 상징주의는 신의 뜻에 의존하기보다는 숨겨진 진실과 비밀스러운 아름다움을 예술가 자신이 직접 추구하거나 불확실하게나마 느끼는 데 의의를 둔다.

비트카찌는 시기적으로 모더니즘에 속하는 시대에 활동했으나 '순수한 형태'에 대한 이론을 보나 작품세계의 전체적인 경향을 보나 상징주의의 영향을 강하게 받았다. 모더니즘은 예술에서 최대한 새로운 표현과 새로운 기법을 추구하며 궁극적으로는 그렇게 이전에 없었던 새로운 표현과 기법을 통한 새로운 의미의 창조를 목표로 한다. 비트카찌는 (이 책의 「부록」으로 실은) 「연극 분야에서 순수한 형태 이론에 대한 서문」에서 기존 연극의 관례적인 연출과 연기 기법, 상연되는 작품들을 모두 구닥다리라 부정하며 새로운 극예술을 제안한다. 그런데 그가 제안하는 새로운 극예술이란 "형이상학적인 감각"을 관객에게 직접 느끼게 해 주는 종류의 공연이다. 즉 비트카찌가 추구했던 것은 이전 시대 유럽의 상징주의와 낭만주의 예술가들, 더 멀리는 고대 그리스철학자들이 추구했던 절대적이고 추상적인 아름다움이라는 관념의 세계이며, 비트카찌는 새로운 극예술의 형식과 연기법을 통해 그러한 절대적이고 이상적인 관념을 관객에게 직접 느끼게 해 줄 수 있다고 믿었다. 일상적 현실, 삶의 현실과는 구분되는 절

235

대적이고 이상적인 관념을 믿었고 그러한 절대적이고 추상적인 아름다움을 예술적으로 추구했다는 점에서 비트카찌는 유럽 철학과 예술에 면면이 전해 내려오는 이원론의 신봉자다. 덧붙여 그가 말하는 "형이상학적인 감각"이 종교적인 숭고미 혹은 고양감과도 연관된다는 점을 생각할 때 폴란드에서 천년 역사를 간직한 가톨릭의 영향도 분명 있었겠다. 비트카찌가 「연극 분야에서 순수한 형태 이론에 대한 서문」에서 연극이라는 장르가 본래 종교극에서 유래했다고 반복해 설명하는 이유는 폴란드 문화사에서 연극이 본래 가톨릭교회에서 성경의 내용을 대중에게 쉽게 전파하기 위해 수도원과 신학교를 중심으로 공연한 '신비극(Mystery)'에 기원을 두고 있기 때문이다. 폴란드가 국교로서 가톨릭을 처음 받아들인 해는 966년이며 당시에는 일반 대중 대부분이 문맹이었으므로 가톨릭 교리를 신도들에게 설명하기 위해 다양한 방법이 동원되었던 것이다. 여기서 '신비극'이란 신의 뜻을 인간이 이해할 수 없다는 관점에서 신비롭다는 의미로 그리스도교 전통의 종교극을 뜻하는 장르 명칭이며 수사물이나 추리물을 뜻하는 미스터리와는 아무 관련이 없다.

그러므로 비트카찌는 전면적으로 새로운 것을 추구했다는 점에서는 모더니스트였으나 절대적이고 이상적인 아름다움을 추구했다는 면에서는 상징주의와 종교의 영향을 받은 이원론자였다. 그리고 비트카찌는 자신이 추구했던 절대적이고 이상적인 아름다움을 '순수한 형태'라 이름 지었다. 이 책에 수록된 대표 희곡 세 편은 모두 주인공(들)이 어떤 방식으로든 죽었다가 살아나거나 정체성을 바꾸고 가면을 벗고 진면목을 드러내는 줄거리로 전개된다. 예술을 얽매는 구질구질한 현실에서 벗어나 완전하고 절대적인 세계에서 순수한 모습으로 다시 태어나는 것이야말로 비트카찌가 추구했던 진정한 아름다움이고 '순수한 형태'였기 때문이다. 이렇게 볼 때 비트카찌 작품에 등장하는 주인공들은 실제 인물이라기보다는 그가 추구했던 '순수한 형태'에 도달하는 과정을 인물의 활동으로 표현한 "관념의 체화(體化)"에 더 가깝다고 할 수 있다. 이 말은 사실 러시아의 철학자 미하일 바흐친이 도스토옙스키의 작품에 대해서 했던 얘기지만 비트카찌에게 적용해도 크게 무리는 아니리라 생각한다.

이 때문에 비트카찌의 희곡이 난해하거나 이상하게 보일 수도 있다. 이 경우 그렇게 느끼는 독자들이 정상이라는 사실을 정중히 강조하여 말씀드리고 싶다. 비트카찌는 새로운 표현 방식을 추구했으므로 그의 기법들은 의도적으로 난해하거나 그로테스크하며, '순수한 형태' 즉 현실과 분리된 절대적인 아름다움을 추구했기에 그의 작품 바탕에 깔린 창작 의도 자체가 난해하고 추상적으로 느껴질 수밖에 없다. 그러나 비트카찌의 작품들을 통해서 현실의 일상 속에서 느끼지 못했던 신선하고 새로운 감각을 느꼈다면, 그 감각이 어떤 것이든 간에, 비트카찌와 독자 모두 어쨌든 성공했다고 볼 수 있다.

4. 죽음

1939년 9월 1일 히틀러의 나치 독일이 폴란드를 침공하면서 제2차 세계대전이 시작되었다. 이는 세계사에 기록된 잘 알려진 사실이다. 이에 비해 잘 알려지지 않은 사실은 히틀러에 이어 16일 뒤인 9월 17일에 소련이 폴란드를 침공했다는 것이다. 폴란드는 그리하여 서쪽에서는 나치 독일의, 동쪽에서는 소련의 침공을 받아 국가 전체가 위기에 처했다. 나중에 밝혀진바, 이렇게 폴란드를 독일과 소련이 양쪽에서 침공한 상황은 당시 소련공산당 최고 권력자 스탈린과 나치 독일의 히틀러가 그해 8월, 그러니까 제2차 세계대전이 일어나기 한 달 전 비밀리에 맺은 불가침 조약인 몰로토프-리벤트로프 조약의 내용에 따라 일어난 것이었다. 그리고 비트카찌는 소련이 폴란드를 침공한 다음 날인 1939년 9월 18일에 스스로 목숨을 끊는다.

앞서 말했듯이 비트카찌는 제1차 세계대전에서 부상당한 몸으로 방치되는 상황을 견디고 생존했으며 이때의 정황에 대해 아무에게도 말하지 않았고 그 어떤 기록도 남기지 않았다. 그러나 『탐욕』을 보면 비트카찌는 공산 혁명이 소련 이외의 국가들에도 확산되어 세계가 공산화, 소비에트화되는 미래를 우려했던 것 같다. 나치 독일의 침공에 이은 소련의 폴란드 침공은 그가 느끼기에 이러한 디스토피아적 미래가 현실로 다가오리라는 참혹한 예언이었던 듯하다. 실제로 폴란드는 제2차 세계대전이 끝난 뒤 1948년 공산화되어 1989년 베를린장벽이 무너질 때까지 40년간 공산주의의 억압을 겪었으니 그의 예상은 틀리지 않았던 것이다. 그런 사실을 생각하면 비트카찌의 죽음이 더욱 가슴 아프고 절망적으로 느껴진다.

사망 당시 비트카찌가 거주하던 곳이 폴란드 동부의 예조리 비엘키에(현재는 우크라이나 영토이며 우크라이나어 지명은 벨리키 오제라)였고 1939년 9월 18일에 이곳은 소련군이 침공해 점령하고 있었으며 게다가 폴란드 전체가 제2차 세계대전의 혼란을 겪는 와중이었기 때문에 이후 가족과 친지 등이 그의 사망 사실을 확인하고 장례 절차를 진행하는 데 어려움이 많았다. 이 때문에 심지어 비트카찌가 자살을 조작하고 다른 지역으로 탈출했다는 음모론까지 제기되었다. 실제로 1988년 폴란드 정부가 비트카찌의 유해를 자코파네로 옮겨 안장하려 했으나 이후 의학 조사에서 밝혀진바, 자코파네에 이장된 시신은 다른 사람이었다. 비트카찌는 현재 공식적으로는 우크라이나 벨리키 오제라의 공동묘지에 안장되어 있다.

5. 번역 후기

비트카찌의 희곡들은 재미있다. 새로운 표현 기법을 추구하고 '순수한 형태'를 표현하는 예술적 측면을 다 떠나서 비트카찌는 기괴하게 빛나는 유머 감각을 가지고 있으며 그의 희곡들은 정신없이 재미있다. 폴란드어를 배우기 시작한 지 얼마 안 되어 폴란드에서 연극 수업 시간에 「어머니」 공연을 녹화한 영상을 관람했는데 녹화 영상이었는데

239

도, 잘 못 알아듣는데도 엄청나게 재미있었다. 대학원 시절 비트카찌의 희곡을 제대로 읽게 되었을 때에도 역시나 엄청나게 재미있었다. 그래서 이 책에 수록된 희곡들을 정말 즐겁게 번역했다. 비트카찌의 번역자가 되는 영광을 누리게 되어 매우 감사하게 생각하며, 공들여 정성껏 작업해 주신 편집자께 특히 감사드린다. 독자 여러분도, 순수한 형태는 발견 못 해도 상관없으니 비트카찌의 뒤틀린 유머 감각과 지면 속 가상의 무대 위에서 펼쳐지는 뒤죽박죽 정신없는 사건들을 함께 한껏 즐겨 주시면 좋겠다.

정보라

스타니스와프 이그나찌 비트키에비치 연보

1885년 — 2월 24일, 폴란드 바르샤바에서 태어남.

1904년 — 오스트리아와 이탈리아 등 유럽 여행.

1905년 — 크라쿠프 예술 학교 입학.

1908년 — 프랑스 파리 거주. 연기자 이레나 솔스카(Irena Solska)와
　　　　사랑에 빠진다.

1911년 — 첫 중편소설 「붕고의 622가지 몰락, 혹은 악마 같은
　　　　여자(622 upadki Bunga, czyli Demoniczna kobieta)」 발표.
　　　　솔스카를 모델로 삼았다. 유화 「바다(Morze)」를 그림. 독일과
　　　　크로아티아 등 여행.

1912년 — 사진 「스테판 제롬스키 초상(Portret Stefana
　　　　Żeromskiego)」* 촬영.

1913년 — 솔스카와 헤어지고, 화가 야드비가 얀체프스카(Jadwiga
　　　　Janczewska)와 약혼한다. 아버지 사진 「스타니스와프
　　　　비트키에비치 초상(Portrety Stanisława Witkiewicza)」
　　　　3점과 사진 「타데우슈 미치인스키 초상(Portret Tadeusza

---

* 스테판 제롬스키(Stefan Żeromski, 1864–1925). 폴란드의 소설가, 사상가, 극작가.
19세기 말 20세기 초 폴란드 사회상을 사실적으로 묘사한 작품들로 유명해 "폴란드의
양심"이라 불린다.

241

Micińskiego)」 1점을 촬영하고, 목탄화 「어둠의 왕자(Książę Ciemności)」를 그린다.

1914년 — 얀체프스카 자살. 영국 런던을 거쳐 오스트레일리아, 뉴기니 등을 여행한다. 제1차 세계대전이 발발하자 러시아제국 파블롭스키 기병대에 입대해 참전한다.

1916년 — 전투 중 크게 부상을 입음.

1917년 — 전역. 공산혁명을 목격한다. 「기병대 헬멧을 쓴 자화상 (Autoportret w gwardyjskim czaku)」을 그린다.

1918년 — 폴란드로 귀환. '형태주의'의 시작. 크라쿠프의 미술 협회 회원들과 함께 전시회를 열고, 희곡을 집필한다.

1919년 — 희곡 「실용주의자들(Pragmatyści)」과 예술 이론 「미술의 새로운 형태와 그로 인한 오해들(Nowe formy w malarstwie i wynikające stąd nieporozumienie)」을 쓴다. 채색화 시리즈 「바이올린을 켜는 F 양(Panna F. grająca na skrzypcach)」 1-2, 「햄릿(Hamlet)」을 그린다.

1920년 — 희곡 「새로운 해방(Nowe wyzwolenie)」, 「미스터 프라이스(Mister Price)」, 「그들(Oni)」을 쓴다. 파스텔화 「연인의 죽음(Śmierć kochanka)」과 「바위산에서 유니콘과의 조우(Spotkanie z jednorogiem w Górach Skalistych)」, 채색화 「전투(Walka)」와 「벌채(Rąbanie lasów)」를 그린다.

1921년 — 예술 이론「순수한 형태에 대하여(O Czystej Formie)」,
　　　　희곡「쇠물닭(Kurka wodna)」, 초상화「브루노 야셴스키
　　　　초상(Portret Brunona Jasieńskiego)」* 등을 쓰고 그린다.

1922년 — 희곡「갑오징어(Mątwa)」를 쓰고, 파스텔화「실론 섬의
　　　　기억(Wspominanie z Cejlonu)」과 수채화「운동선수들은
　　　　언제나 옳다(Die Atleten haben immer Recht)」를 그린다.

1923년 — 희곡「광인과 수녀(Wariat i zakonnica)」,「폭주
　　　　기관차(Szalona lokomotywa)」,「피즈데이카의 딸
　　　　야눌카(Janulka, córka Fizdejki)」와 예술 이론「연극
　　　　분야에서 순수한 형태 이론에 대한 서문(Teatr. Wstęp do
　　　　teorii Czystej Formy w teatrze)」을 쓴다.

1924년 — 희곡「어머니(Matka)」집필.

1925년 — 희곡「벨제부브 소나타(Sonata Belzebuba)」를 쓰고,
　　　　잡지『문학 소식(Wiadomości literackie)』1925년 4월 5일 자
　　　　14호 표지「보이젤렌스키의 여섯 가지 초상화(6 portretów
　　　　Boya-Żeleńskiego)」를 그린다.**

1926년 — "S. I. 비트키에비치 초상화 회사"라 자칭하며 파스텔로
　　　　자연주의에서 '순수한 형태'까지 여러 초상화 기법 실험.

* 브루노 야셴스키(Bruno Jasieński, 1901–40). 시인, 소설가, 극작가, 혁명가. 폴란드에서
소비에트러시아로 귀화해 스탈린의 대숙청 시기에 사망했다.
** 타데우슈 보이젤렌스키(Tadeusz Boy-Żeleński, 1874–1941). 폴란드 시인, 극작가,
번역가, 비평가, 소아과 의사.

1927년 — 소설 『가을에 보내는 작별(Pożegnanie jesieni)』 집필.

1928년 — 연필화 「인위적으로 제한된 우주의 형이상학적
틈새(Metafizyczny rozporek wszechświata sztucznie
ograniczonego)」.

1929년 — 단편영화 「비트카찌(Witkacy)」, 초상화 「보이젤렌스키
초상(Portret Boya-Żeleńskiego)」.

1930년 — 소설 『탐욕(Nienasycenie)』, 초상화 「데보라 포겔
초상(Portret Debory Vogel)」.*

1931년 — 연필화 「아버지 하느님이 처음으로 진지하게 지구(세상
아님) 존재들에 대해 숙고하다(Bóg Ojciec pierwszy raz
poważnie zastanowił się nad istotą ziemi [nie świata])」,
사진 「풀버스톤 교수 I(Profesor Pulverston I)」(촬영 유제프
그워고프스키[Józef Głogowski]), 사진 「스타니스와프
이그나찌 비트키에비치와 네나 스타후르스카(Stanisław
Ignacy Witkiewicz z Neną Stachurską)」(촬영 브와디스와프
얀 그라브스키[Władysław Jan Grabski]).

1932년 — 에세이 '마약' 시리즈 「마약: 니코틴, 알코올, 코카인,
페요틀, 모르핀, 에테르(Narkotyki: Nikotyna, alkohol,
kokaina, peyotl, morfina, eter)」, 사진 「이제까지 없었고
앞으로도 있을지 의심스러운 불한당(Drań, którego dotąd

---

* 데보라 포겔(Debora Vogel, 1902–42). 폴란드의 철학자이자 시인.

nie było i wątpliwem jest czy będzie)」(촬영 브와디스와프 얀 그라브스키), 사진 「비트카찌의 표정(Mina Witkacego)」(촬영 얀 코하노프스키[Jan Kochanowski]).

1934년 — 희곡 「구두 수선공들(Szewcy)」.

1935년 — 철학 이론 「존재의 개념을 통해 암시된 개념과 확정(Pojęcia i twierdzenia implikowane przez pojęcie Istnienia)」, 연필화 「브루노 슐츠 초상화(Portret Brunona Schulza)」.*

1936년 — 에세이 「씻지 않은 영혼들(Narkotyki-Niemyte dusze)」 집필.

1939년 — 9월 18일 자살. 향년 54세.

1985년 — 탄생 100주년을 맞이해 유네스코가 '비트카찌의 해' 선포.

* 브루노 슐츠(Bruno Schulz, 1892–1942). 폴란드 소설가, 화가. 단편집 『계피색 가게들』과 『모래시계 요양원』, 미술 작품집 『우상숭배의 책』 등을 남겼다.

워크룸 문학 총서 '제안들'

일군의 작가들이 주머니 속에서 빚은 상상의 책들은 하양
책일 수도, 검정 책일 수도 있습니다. 이 덫들이 우리 시대의
취향인지는 확신하기 어렵습니다.

1   프란츠 카프카, 『꿈』, 배수아 옮김
2   조르주 바타유, 『불가능』, 성귀수 옮김
3   토머스 드 퀸시, 『예술 분과로서의 살인』, 유나영 옮김
4   나탈리 레제, 『사뮈엘 베케트의 말 없는 삶』, 김예령 옮김
5   마세도니오 페르난데스, 『계속되는 무』, 엄지영 옮김
6   페르난두 페소아, 산문선 『페소아와 페소아들』, 김한민 옮김
7   앙리 보스코, 『이아생트』, 최애리 옮김
8   비톨트 곰브로비치, 『이보나, 부르군드의 공주 / 결혼식 / 오페레타』, 정보라 옮김
9   로베르트 무질, 『생전 유고 / 어리석음에 대하여』, 신지영 옮김
10 장 주네, 『사형을 언도받은 자 / 외줄타기 곡예사』, 조재룡 옮김
11 루이스 캐럴, 『운율? 그리고 의미? / 헝클어진 이야기』, 유나영 옮김
12 드니 디드로, 『듣고 말하는 사람들을 위한 농아에 대한 편지』, 이충훈 옮김
13 루이페르디낭 셀린, 『제멜바이스 / Y 교수와의 인터뷰』, 김예령 옮김
14 조르주 바타유, 『라스코 혹은 예술의 탄생 / 마네』, 차지연 옮김
15 조리스카를 위스망스, 『저 아래』, 장진영 옮김
16 토머스 드 퀸시, 『심연에서의 탄식 / 영국의 우편 마차』, 유나영 옮김
17 알프레드 자리, 『파타피지크학자 포스트롤 박사의 행적과 사상: 신과학소설』,
    이지원 옮김
18 조르주 바타유, 『내적 체험』, 현성환 옮김
19 앙투안 퓌르티에르, 『부르주아 소설』, 이충훈 옮김
20 월터 페이터, 『상상의 초상』, 김지현 옮김
21 아비 바르부르크, 조르조 아감벤, 『님프』, 윤경희 쓰고 옮김
22 모리스 블랑쇼, 『로트레아몽과 사드』, 성귀수 옮김
23 피에르 클로소프스키, 『살아 있는 그림』, 정의진 옮김
24 쥘리앵 오프루아 드 라 메트리, 『인간기계론』, 성귀수 옮김
25 스테판 말라르메, 『주사위 던지기』, 방혜진 쓰고 옮김
26
27
28
29
30

31 에두아르 르베, 『자살』, 한국화 옮김

32 엘렌 식수, 『아야이! 문학의 비명』, 이혜인 옮김

33 리어노라 캐링턴, 『귀나팔』, 이지원 옮김

34 스타니스와프 이그나찌 비트키에비치, 『광인과 수녀 / 쇠물닭 / 폭주 기관차』, 정보라 옮김

35 스타니스와프 이그나찌 비트키에비치, 『탐욕』, 정보라 옮김

36 아글라야 페터라니, 『아이는 왜 폴렌타 속에서 끓는가』, 배수아 옮김

37 다와다 요코, 『글자를 옮기는 사람』, 유라주 옮김

제안들 34

스타니스와프 이그나찌
비트키에비치
광인과 수녀 / 쇠물닭 /
폭주 기관차

정보라 옮김

초판 1쇄 발행. 2022년 2월 11일

발행. 워크룸 프레스
편집. 김뉘연
제작. 세걸음

ISBN 979-11-89356-64-4 04800
978-89-94207-33-9 (세트)
16,000원

워크룸 프레스
03043 서울시 종로구
자하문로16길 4, 2층
전화. 02-6013-3246
팩스. 02-725-3248
메일. wpress@wkrm.kr
workroompress.kr
workroom.kr

옮긴이. 정보라 — 연세대학교 인문학부를 졸업하고 미국 예일 대학교 러시아 동유럽 지역학 석사를 거쳐 인디애나 대학교에서 슬라브어문학 박사 학위를 받았다. 슬라브어권의 알려지지 않은 작품들을 번역하는 일에 힘쓰고 있다. 옮긴 책으로 보리스 싸빈꼬프의 『창백한 말』, 안드레이 플라토노프의 『구덩이』, 미하일 불가코프의 『거장과 마르가리타』, 타데우슈 보롭스키의 『우리는 아우슈비츠에 있었다』, 로드 던세이니의 『얀 강가의 한가한 나날』, 마르틴 하르니체크의 『고기』, 브루노 슐츠의 『브루노 슐츠 작품집』, 밀로시 우르반의 『일곱 성당 이야기』, 비톨트 곰브로비치의 『이보나, 부르군드의 공주 / 결혼식 / 오페레타』 등이 있다.